Foto: © Laura Case

Gillian McDunn hat in Kalifornien, Missouri und in North Carolina, USA, gelebt und liebt sowohl den Pazifischen als auch den Atlantischen Ozean. Sie ist mit einem jüngeren Bruder aufgewachsen, der genau wie Küken eine Form von Autismus aufweist. Gillian lebt heute bei Raleigh in North Carolina, USA.

Weitere Informationen zum Kinder- und Jugendbuchprogramm der S. Fischer Verlage finden Sie unter www.fischerverlage.de

Gillian McDunn

PELIKAN SOMMER

Aus dem Englischen
von Katja Maatsch

Mit Illustrationen
von Alisa Coburn

SAUERLÄNDER

Aus Verantwortung für die Umwelt hat sich der Fischer Kinder- und Jugendbuch Verlag zu einer nachhaltigen Buchproduktion verpflichtet. Der bewusste Umgang mit unseren Ressourcen, der Schutz unseres Klimas und der Natur gehören zu unseren obersten Unternehmenszielen.

Gemeinsam mit unseren Partnern und Lieferanten setzen wir uns für eine klimaneutrale Buchproduktion ein, die den Erwerb von Klimazertifikaten zur Kompensation des CO_2-Ausstoßes einschließt.

Weitere Informationen finden Sie unter: www.klimaneutralerverlag.de

MIX
Papier aus verantwortungsvollen Quellen
FSC www.fsc.org
FSC® C083411

Erschienen bei FISCHER Sauerländer

Die englischsprachige Originalausgabe erschien 2019 unter dem Titel ›Caterpillar Summer‹ bei Bloomsbury Children's Books, New York.

Hedderichstraße 114, D-60596 Frankfurt am Main
Umschlaggestaltung: atelier seidel verlagsgrafik, unter Verwendung einer Illustration von Verena Körting
Satz: Fotosatz Amann, Memmingen
Druck und Bindung: CPI books GmbH, Leck
Printed in Germany
ISBN 978-3-7373-5674-9

FÜR NORA.

Erster Teil

ENDE UND ANFANG

Du und ich, ich und du. Wir bleiben immer zusammen.

Caterpillar in *Caterpillar und Chicken: Der riesige Kaugummi-Pfannkuchen*

1

Cat dachte immerzu an ihren Bruder. Entweder schwirrten die Gedanken an ihn irgendwo in ihrem Hinterkopf herum oder sie war völlig von ihnen eingenommen.

Es konnte passieren, dass mitten im Bruchrechnen eine leise Stimme in ihrem Kopf fragte: »Hast du daran gedacht, das Schild aus Kükens T-Shirt rauszuschneiden?«

Oder sie war dabei, die Pflanzen der Tundra auswendig zu lernen, und fragte sich plötzlich, ob Küken wohl gerade von seinem Lehrer Henry genannt wurde, was er schrecklich fand.

Vielleicht tat sie sich auch Kartoffelbrei auf und hoffte gleichzeitig, dass Küken nicht als einziger Erstklässler im San-Francisco-Aquarium vergessen wurde.

An guten Tagen spazierte Küken einfach gern durch die Gegend. An schlechten Tagen rannte er weg. Trotzdem liebte Cat ihn bis ans Ende der Golden Gate Bridge, bis zum Grund des Meeres und so heftig wie ein Hai zubeißen kann.

Am letzten Tag in der fünften Klasse war Cat auf der Hut. Der letzte Schultag war meist ein einziges lautes Durcheinander, und das wurde Küken schnell zu viel. Dann regte er sich auf und kam nur schwer von selbst wieder zur Ruhe.

Stattdessen regte er sich immer weiter auf, bis er fast ganz überdrehte und alles ungebremst aus ihm hervorbrach. Mom nannte es einen Zusammenbruch, aber für Cat glich es eher einer Explosion. Das genaue Gegenteil von einem Zusammenbruch.

Als es zum Schulschluss klingelte, warf Cat sich den Rucksack über die Schulter und rannte im Laufschritt zur Treppe am Eingang. Der Himmel war grau und bedeckt, aber in ihrem Innern fühlte es sich nach Sonnenschein an. Sie wippte auf den Fußballen auf und ab. Jeder Hüpfer hieß *Sommer, Atlanta* und *mein bester Freund Rishi*. Wenn es möglich gewesen wäre, hätte ihr Herz sich auf der Stelle auf den Weg gemacht und die Ferien schon ohne Cat begonnen.

Morgen würden sie Richtung Osten fliegen, bis nach Atlanta. Dort gab Mom einen dreiwöchigen Collegekurs, und Cat und Küken würden mitkommen und bei den Krishnamurthys bleiben, die letzten Sommer nach Georgia gezogen waren. Selbst nach einem Jahr fehlte es Cat immer noch, einfach zum Spielen, Hausaufgabenmachen oder Dosas-Essen bei Rishi vorbeizugehen. Er war immer noch ihr bester Freund, obwohl er Tausende von Kilometern weit weg war.

Außerdem hatte Mom versprochen, dass sie *richtigen* Urlaub machen würden, wenn sie nicht mehr unterrichtete. Den ersten, seit sie nur noch zu dritt waren.

Unablässig strömten Kinder auf den Gehweg, und Cat

wich ein paar drängelnden Jungs und übermütigen Kindergartenkindern aus.

»Hallo, Cat«, hörte sie eine Stimme hinter sich sagen.

Cat drehte sich um und erwartete, Küken zu sehen, doch stattdessen stand Poppy Zhang vor ihr, das netteste Mädchen in der fünften Klasse. Wenn sie lächelte, konnte man ihre Grübchen sehen, und gerade jetzt lächelte sie.

»Beim Geometrietest hast du bestimmt abgesahnt«, sagte Poppy.

Mathe war Cats Lieblingsfach, besonders Geometrie. Ihr gefielen die klaren Regeln. Sie vermittelten ihr ein Gefühl von Ordnung.

»Danke«, sagte Cat. »Du sicher auch.«

Poppy lachte. »Da bin ich mir nicht so sicher, aber danke.« Sie deutete mit dem Kopf auf eine Gruppe Mädchen auf dem Gehweg. »Wir wollen noch ins *Toy-Boat*-Café. Magst du mitkommen?«

Natürlich wollte Cat mitkommen. Sie konnte das Schokoladen-Minz-Eis schon fast auf der Zunge spüren. Doch dann fiel ihr Küken wieder ein.

»Ich weiß, dass du nach der Schule immer auf deinen Bruder aufpasst«, sagte Poppy. »Bring ihn einfach mit.«

Das würde nie gutgehen. Küken würde auf dem Stuhl herumzappeln. Er würde das Eis auf den Tisch tropfen lassen. Und auf Poppy Zhang.

Langsam schüttelte Cat den Kopf. »Ich kann nicht.«

Poppy sah enttäuscht aus, trotzdem lächelte sie Cat zu. »Bis dann.« Damit lief sie davon, um die anderen einzuholen.

Meistens machte es Cat nichts aus, auf Küken aufzupassen. Er konnte schließlich nichts dafür, dass er sie nachmittags brauchte. Und Mom konnte nichts dafür, dass sie so viel arbeitete. Genauso wenig, wie die Krishnamurthys etwas dafür konnten, dass sie nach Georgia gezogen waren, weil Rishis Mutter einen neuen Job bekommen hatte. Niemand konnte etwas dafür, aber das Gefühl von Sonnenschein war wie weggepustet.

»Raupe!«

Sie hatte sich erst halb umgedreht, als sie schon stürmisch von hinten umarmt wurde.

»Hallo, Küken!« Sie klopfte ihm sanft auf den Rücken, bis er sie losließ. Dann hielt sie ihn auf Armeslänge von sich. Ihm war immer gleich anzusehen, wie es ihm ging. Als Cat die Lachfältchen um seine braunen Augen sah, grinste sie unwillkürlich zurück.

Ohne etwas zu sagen, hielt er ihr die geschlossene Faust hin. »Für dich, Raupe.«

Cat streckte die Hand aus, um seinen neuesten Schatz entgegenzunehmen. Der Löwenzahn war verwelkt, aber sie drehte ihn so vorsichtig, als wäre er aus Gold.

»Der ist aber schön.« Sie stopfte die Blume in die Tasche und betrachtete ihren Bruder aufmerksam. »Guten Tag gehabt?«

Küken zuckte die Schultern.

Cat sah ihn fragend an. Der letzte Schultag war meist chaotisch, und Küken mochte es nicht, wenn die Dinge anders liefen als gewöhnlich. »Sicher? War alles okay?«

Sein Blick verdüsterte sich leicht. »Als wir die Tische leergeräumt haben, war es laut, aber dann habe ich ganz tief geatmet, bis ich wieder ruhig war.« Er holte Luft, bis sein Bauch kugelrund wurde, dann blies er sie wieder aus.

»Gut gemacht.« Sie musterte ihn. Am Kinn klebte etwas Zuckerguss, und der Pullover war mit grauer Farbe bekleckert, aber er sah rundum zufrieden aus. Seine Klamotten ließen sich deutlich einfacher wieder in Ordnung bringen als seine Laune. Mit Riesenschritten lief er die Treppe hinunter, dass Zeichnungen und Arbeitsblätter nur so aus seinem Rucksack wirbelten.

Cat seufzte. Den Schultag hatte er überstanden, aber es gab immer noch Dinge, für die er sie brauchte. »Warte«, rief sie hinter ihm her und sammelte die Blätter ein. »Der Reißverschluss ist nicht zu.«

Küken drehte auf dem Absatz um, und immer mehr Blätter segelten über die Stufen.

»Alle meine Sachen von diesem Jahr«, rief er.

»Das sollen deine Schulsachen sein?«, fragte Cat. »Sieht eher aus, als wäre eine Papierfabrik explodiert.« Sie stopfte die Blätter zurück in den Rucksack.

»Und Haie? Haben gar keine Schwimmblase?« Kükens

Stimme überschlug sich fast vor Aufregung, und jeder Satz klang wie eine Frage. Haie waren Kükens Lieblingstiere – einigermaßen erstaunlich für einen Jungen, der selbst so sanft wie ein Marshmallow war.

Küken redete immer weiter. »… Aber Haie? Haben Öl in der Leber? Damit können sie schwimmen?«

Während Cat Küken weiter zuhörte, fiel ihr ein ganz bestimmter Hai ein. Einer, den sie jeden Abend vor dem Schlafengehen brauchten. Sie wühlte in seinem Rucksack, bis ihre Finger die Kanten einer Plastikflosse ertasteten. Puh.

Cat zog den Reißverschluss zu. »Startklar.«

Küken hörte mit seinem Hai-Geplapper auf und drehte sich zu ihr um. »Können wir feiern, weil ich einen guten Tag hatte und das mit dem Atmen hingekriegt habe?«

»Wie denn?« Cat dachte an Poppy Zhang. »Ein Eis im *Toy-Boat*-Café?«

Doch Küken schüttelte den Kopf, noch bevor sie zu Ende gesprochen hatte. »Bloß nicht. Da starren mich so viele Augen an.«

Die Regale im Café quollen über vor abgewetzten Actionfiguren und anderen alten Spielsachen. Küken fühlte sich unwohl inmitten der vielen Gesichter. »Die sind doch nur aus Plastik, Küken.«

Doch Küken reckte das Kinn vor. »Ich will chinesische Brötchen.«

Er konnte gar nicht genug bekommen von den sesamüberzogenen chinesischen Brötchen mit einer Füllung aus süßen roten Bohnen.

»Wo arbeitet Mom heute?«, fragte Küken.

Mom schrieb Bücher, unterrichtete Illustration am College und übernahm ab und zu Schichten in einer russischen Bäckerei. Ihr zufolge ergaben drei Jobs plus zwei Kinder ein ausgefülltes Leben. Obwohl sie Dads Krankenhausrechnungen nie erwähnte, wusste Cat, dass auch sie zu der Gleichung dazugehörten.

»Sie ist zu Hause und schreibt an ihrem Buch«, sagte Cat.

»Können wir jetzt los, bitte?« Küken hatte die Augen so weit aufgerissen, dass seine Wimpern fast die Augenbrauen berührten. »Ich stör dich auch nicht beim Packen, versprochen.«

»Einverstanden«, sagte Cat.

Sie gingen in Richtung Clement Street. Als sie die Straße überquerten, nahm Cat Küken an der Hand. Da war immer die Angst, ihn zu verlieren. Ein paarmal war es dieses Jahr schon vorgekommen, öfter als Cat zugeben mochte. Einmal war er von der Schaukel auf dem Spielplatz zum Schildkrötenteich gelaufen. Im Aquarium hatte er die Gezeitenbecken links liegenlassen und sich stattdessen den braungebänderten Bambushai angesehen. Beim Einkaufen war er aus dem Gang mit den Nudeln zur Eistruhe vorgerannt. Er war fast beängstigend ungestüm und so schnell, dass er über alle Berge sein konnte, ehe sein Verschwinden jemandem aufgefallen wäre.

Küken balancierte neben den parkenden Autos auf dem Bordstein. »Rate mal, was ich heute in der Schule gemacht habe?« Das Spiel spielten sie jeden Tag. Sie hatten es mit Daddy immer gespielt.

»Hmmmmm«, machte Cat und zog die Jacke enger um sich. »Eine Schneeballschlacht?«

»Nein!«, rief Küken und kicherte. »In San Francisco gibt es nur Nebel, keinen Schnee.«

Cat versuchte sich etwas noch Verrückteres auszudenken, um ihn gleich wieder lachen zu hören. »Ihr seid ... Fallschirm gesprungen?«

Küken prustete los. »Blödsinn! Los, noch mal.« Sie waren bei der Geary Street angekommen, und Küken schlug auf den Knopf der Fußgängerampel.

»Gib mir deine Hand«, sagte Cat.

Küken schlug noch einmal auf den Knopf. »Noch gehen wir ja nicht rüber.«

Cat sah ihn streng an. »Die Straße ist groß, und hier ist richtig viel Verkehr, okay?« Es war ein Befehl, keine Frage.

Küken blickte wütend, aber er streckte die Hand aus.

Cat drückte sie. Die Ampel wurde grün, und sie liefen über die Straße.

»Du hast noch einen Versuch«, sagte Küken. Sie waren wieder auf dem Gehweg, aber noch hatte er Cat nicht losgelassen. Sie blickte auf ihre verschränkten Hände. Cats Haut war irgendwo zwischen Dads dunklem und Moms hellem Ton. Die Haut von Küken war etwas dunkler, eher wie Daddys.

»Noch einen Versuch? Dann leg ich mich wohl besser ins Zeug.« Cat verzog angestrengt das Gesicht. Die graue Farbe auf seinem Pullover und die Zeichnungen aus dem Kunstunterricht fielen ihr wieder ein. Sie blickte ihn an. »Ich glaube, du hast einen Hai gemalt.«

Küken riss Mund und Augen weit auf. »Oh! Woher weißt du das?«

»Zufallstreffer.«

Er starrte sie an, als könnte sie zaubern. Sie stieß ihn leicht mit der Hüfte an.

Clement Street wird auch San Franciscos zweites *China Town* genannt. Es herrschte immer ein geschäftiges Treiben, selbst wenn sich kaum Touristen hierher verirrten. Küken drückte die Tür zur Bäckerei auf, und warme, süße Luft strömte ihnen entgegen. Dann hüpfte er auf dem schachbrettartigen Boden von einem Kästchen zum nächsten. Er spielte das Heiße-Lava-Spiel.

Cat bestellte und bezahlte, dann reichte sie Küken eine Papiertüte mit drei Sesambrötchen. Ihr Brötchen mit dem Ananasmuster war in einer eigenen Tüte, die sie vorsichtig in der Hand hielt, als sie mit Küken in den kühlen Nachmittag hinaustrat. Sie blieben nebeneinander stehen und betrachteten die Hochzeitstorte im Schaufenster. So oft sie auch hier waren, immer gab es etwas Neues zu sehen. Sie gingen am burmesischen Restaurant vorbei, am Möbelgeschäft und an der Bar, in der abends immer irische Musik gespielt wurde.

Küken gefiel die Fischhalle am besten. Nur den Geruch mochte er nicht, also hielt er sich die Nase zu, während sie die trüben Wasserbecken betrachteten.

Cat dachte darüber nach, dass es vom letzten Schultag der fünften Klasse bis zum ersten der sechsten nicht einmal ganz drei Monate waren. Dann käme Küken in die zweite Klasse und sie wären zum ersten Mal an verschiedenen Schulen. Die Vorstellung gefiel Cat ganz und gar nicht. Ihrem Bruder fiel einiges schwerer als anderen. Manchmal war ihm die Musik zu laut. Manchmal musste vielleicht seine Strumpfnaht geradegezogen werden. Cat konnte ihm am besten helfen, aber wie sollte das gehen, wenn ihre Schule sechs Querstraßen weit weg war?

Ein einsamer Hummer krabbelte in einem der Becken, seine Scheren waren mit blauem Klebeband zusammengebunden. Im Becken darunter zankten sich Krebse. Ein besonders dicker war auf die anderen geklettert, als wäre er ihr Anführer. Cat wollte Küken anstupsen, doch ihr Ellenbogen stieß ins Leere.

Sie drehte sich um. Da war kein Siebenjähriger mit brauner Haut und lockigem Haar. Kein grauer Rucksack, kein gelb gestreiftes T-Shirt. Cat blickte die Straße entlang, dann wirbelte sie wieder herum. Ihr Magen zog sich zusammen. Er war verschwunden.

»Küken?«, rief sie.

Ein Mann mit Ohrringen schlenderte vorüber, in der Hand hielt er einen Pappbecher mit Kaffee. Er hob den Blick von seinem Handy und nickte Richtung Schaufenster. »Nein, keine Küken. Aber jede Menge Fisch.« Er lachte vor sich hin und ging weiter.

Super Hilfe. Cat starrte ihm grimmig hinterher.

An den Obst- und Gemüseständen baumelten kleine Bananen über glänzenden Auberginen und schrumpeligen Avocados. Bleiche Kohlköpfe waren zu hohen Bergen aufgetürmt, und getrocknete Wurzeln erinnerten an Außerirdische, doch von Küken fehlte jede Spur.

Wenn sie ihn wiederfinden wollte, musste sie genauso denken wie er. Cat rannte die Straße hinunter. Küken liebte die Pizzeria, denn dort bekamen sie immer frischen Teig zum Selberkneten, aber die machte erst heute Abend auf. Die Apotheke war klein, und ein Blick genügte, um festzustellen, dass Küken nicht dort war. Cat lief zurück in Richtung Fischhalle, wich Leuten mit Einkaufstüten aus und schlängelte sich durch eine Gruppe Menschen mit Piercings. Eine Frau, die einen Einkaufswagen aus Metall hinter sich herzog, redete laut in Mandarin. Ein Bus hielt an, und Menschen strömten auf den Gehweg.

Als Cat wieder bei der Fischhalle angekommen war, warf sie einen Blick auf die glänzenden Lachse, Makrelen und Barsche. Sie hatte das Gefühl, als wäre sie ebenfalls unter

Wasser – und bekämen keine Luft mehr. Ein Laster rumpelte vorbei, und ihr wurde fast übel.

»Küken!«, schrie sie. Keine Antwort.

Als der Bus weiterfuhr, entdeckte sie etwas auf der gegenüberliegenden Straßenseite. Vor dem Buchladen stand ein koboldähnlicher Clown, der mit einem breiten Grinsen auf die Sonderangebote hinwies. Küken fand ihn schon toll, seit er ein Baby war. Er nannte ihn den Buchkobold.

Cat blickte sich nach beiden Seiten um, dann rannte sie über die Straße. Küken war nirgends zu sehen. Sie stürzte in den Buchladen. Hinter dem Tresen stand eine Frau mit leuchtend pinken Haaren.

»Haben Sie meinen Bruder gesehen?«, fragte Cat.

Die Frau blickte hoch. »Wer ist denn dein Bruder?«

»Er sieht aus wie ich, aber so groß.« Cat hielt die Hand etwa auf Höhe ihres Brustkorbs. »Kurze Haare, grauer Rucksack.«

Die Frau zuckte die Schultern. »Ich habe überhaupt keine Kinder gesehen.«

Im Handumdrehen war Cat wieder draußen. Die Frau rief ihr noch etwas hinterher, doch Cat rannte einfach weiter. Jetzt konnte ihr niemand mehr helfen. Das Herz schlug ihr bis zum Hals. Tränen schossen ihr in die Augen, und die Welt verschwand hinter grüngrauen Schlieren. Entschlossen wischte Cat die Tränen weg. Heulen brachte ihr Küken auch nicht zurück.

Da entdeckte Cat etwas.

Auf der anderen Seite des Maskottchens, unter dem Tisch mit den Sonderangeboten, ragte ein Paar blauer Turnschuhe hervor. Kleine Turnschuhe, die an dünnen Beinen steckten.

Cat ging hinüber und hockte sich hin. »Küken.«

Als er sie sah, breitete sich ein Lächeln auf seinem Gesicht aus. In der einen Hand hielt er das angebissene Sesambrötchen, in der anderen ein Buch. »Das ist von Mama!« Er streckte es Cat entgegen, und auf dem Umschlag erkannte sie die vertrauten Figuren: Caterpillar, die Raupe und Chicken, das kleine Huhn. »Von Amanda Gladwell.«

Cat lehnte die Stirn gegen den Tisch. Noch immer saß ihr das Herz quer im Hals und schlug wie verrückt. »Küken. Was machst du hier?«

»Ich hatte keine Lust mehr auf die Fische«, erklärte er ihr geduldig. »Also bin ich zum Buchkobold gegangen.«

Cat kroch ebenfalls unter den Tisch und zog Küken fest an sich. Sie lehnte sich gegen die Hauswand und atmete den Geruch von Fingerfarbe, Ohne-Tränen-Shampoo und Bohnenpaste ein. An Kükens Kinn klebten sechs Sesamkörner. Cat schossen Tränen in die Augen, ohne dass sie sagen konnte, wieso.

Sie knibbelte an einem der Körner, aber es saß fest. »Du kannst nicht einfach so wegrennen.«

Küken versuchte ihren Fingern zu entkommen. »Ich bin nicht *gerannt*. Ich bin gegangen.«

»Hör schon auf«, fuhr sie ihn an. Damit würde er sich nicht herausreden können. »Du weißt genau, was ich meine – du darfst nicht einfach so verschwinden! Stell dir vor, du wärst angefahren worden! Oder jemand hätte dich mitgenommen!«

Küken blinzelte langsam. Dann legte er den Kopf schief. »Aber ich bin nicht angefahren worden, und niemand hat mich mitgenommen. Ich bin genau hier.«

»Mach das nie wieder«, sagte Cat bestimmt. Und fügte etwas sanfter hinzu: »Du darfst nicht einfach so weglaufen. Ich hatte Angst um dich.«

Sie zogen die Füße ganz unter den Tisch und sahen der Parade aus Beinen zu, die an ihnen vorüberzog. Küken sah sich Moms Buch an, und Cat schlang unterdessen den Arm unter seinem Rucksack hindurch. Die Wand in ihrem Rücken fühlte sich kühl an. Küken kicherte beim Lesen. Er zeigte vergnügt auf Chickens wilde Einfälle und Caterpillars Gesichtsausdrücke.

Vieles von dem, was Cat und Küken miteinander erlebten, verwandelte Mom später in eine Geschichte, ein Caterpillar-und-Chicken-Buch. Und Caterpillar und Chicken waren niemand anderem nachempfunden als Cat und Küken selbst. Moms Leser konnten gar nicht genug von den beiden bekommen. In den Büchern gab es nach 32 Seiten für jedes Problem eine einfallsreiche Lösung.

Im wirklichen Leben war es komplizierter. Mom verließ

sich darauf, dass Cat auf Küken aufpasste. Doch damit wäre es vielleicht vorbei, wenn Mom wüsste, dass Küken ab und zu weglief. Dann würde der Stapel Krankenhausrechnungen vielleicht nie kleiner. Mom könnte es nicht ertragen, wenn sie wüsste, dass Küken manchmal weglief. Sie hatte ja nur Cat und Küken.

Küken fuhr das Muster auf dem Vorsatzpapier mit den Fingern nach. »Cat?«

Sie drückte sanft seine Schulter. »Ja?«

Er wies mit dem Kopf auf ihre Hand. »Isst du das noch?«

Das Ananasbrötchen. Sie gab es ihm.

Er biss ab, schnitt eine Grimasse und verdrehte die Augen. Sie lachten und drängten sich unter dem Tisch zusammen, als säßen sie in ihrem Geheimversteck. Aber die ganze Zeit behielt Cat die Hand auf seiner Schulter. Sie musste gut auf ihn achtgeben.

2

Den ganzen Weg zurück zu ihrer Wohnung hielt Cat Küken an der Hand. Küken hüpfte schon eine Stufe nach der anderen hinauf, als Cat noch im Rucksack nach dem Schlüssel suchte.

Ihr Haus sah ein bisschen so aus wie eine Schichttorte, jede Wohnung hatte ihre eigene Etage. Auch wenn das Gebäude schon etwas heruntergekommen war und die Farbe abblätterte, war Nr. 544 doch das einzige Zuhause, das Cat kannte. Sie schloss die Tür auf. Küken ließ den Rucksack auf den Boden fallen und sauste durch den Flur.

»Psst!«, rief Cat, so leise sie konnte, und zeigte auf die Tür zu Moms Atelier, die zugezogen war. »Mom arbeitet.«

Küken antwortete nicht. Kopfschüttelnd hob Cat seinen Rucksack auf und hängte ihn an den Haken.

Auf dem niedrigen Tisch im Wohnzimmer türmten sich die Bücher. Die Plastikeisenbahnen standen noch genauso kreuz und quer über das Spielfeld verteilt wie gestern, als sie *Zug um Zug* mitten im Spiel unterbrochen hatten. In einer Ecke verkümmerte ein Efeu.

Daneben lag Moms Atelier, das hellste Zimmer der ganzen Wohnung, wie sie sagte. Manchmal hörte sie bei der

Arbeit Musik oder ließ einen Podcast laufen, aber heute war alles still.

Im nächsten Zimmer, dem von Cat und Küken, schüttete Küken gerade die Blechdose mit seinen Murmeln aus. Mom hatte ein Stück Teppich aufgetrieben, damit es in der Wohnung unter ihnen nicht so laut dröhnte, doch der Teppich war zu groß für das Zimmer. Er rollte sich an den Wänden auf wie eine heruntergefallene Scheibe geschmolzener Käse.

Der Boden in der Küche war aus PVC, das wie Marmor aussehen sollte, und die Schränke waren buttergelb. Hellgelbe Fliesen setzten sich bis zur Spüle fort, auf zweien davon waren ein Mädchen und ein Junge in holländischer Tracht gemalt. Das Mädchen trug einen spitz zulaufenden Hut, hatte rosa Wangen und blickte starr geradeaus. Ihr Bruder stand in Holzschuhen neben ihr.

»*Dein* Bruder läuft dir bestimmt nie weg«, murmelte Cat leise.

Von der Küche führte eine Tür mit einem kleinen Mattglasfenster in Moms Schlafzimmer. Früher war dort das Esszimmer gewesen, und für Cat war es der schönste Raum der Wohnung. Von der Decke hing ein Kronleuchter herab, direkt über dem mit einer Patchworkdecke überzogenen Bett. Bücherregale mit bunten Glastüren standen rechts und links vom Kamin. Er machte das Zimmer gleich gemütlicher, auch wenn er nicht funktionierte.

Einmal in der Woche half Mom Cat die Haare zu waschen und zu einem perfekten französischen Zopf zu flechten. Das Kämmen dauerte lange und stellte ihre Geduld auf die Probe. Aber wenn sie danach auf Moms Bett saßen und Mom genau richtig zupackte – nicht zu sanft, aber auch nicht zu fest –, so dass Cats Haare *wusch-wusch-wusch* im Zopf verschwanden, war das für Cat die beste Zeit der ganzen Woche.

Manchmal, wenn Küken schon im unteren Bett lag und schnarchte, zog der Duft von gebuttertem Popcorn aus der Küche. Dann machten Cat und Mom es sich mit einer Riesenschüssel Popcorn auf der Patchworkdecke gemütlich. Meist entschied sich Mom für einen alten Film aus einer Zeit, als die Leute einen eher fragwürdigen Klamottengeschmack gehabt hatten.

Manchmal erzählte Cat auch alberne Geschichten, und Moms lautes, schallendes Lachen erfüllte den Raum. Oder Cat berichtete flüsternd von Gemeinheiten, wie damals, als alle Mädchen außer ihr denselben lila Nagellack getragen hatten, von einem Geburtstag, zu dem Cat nicht eingeladen gewesen war. Moms Umarmung hatte nicht alles wieder gut machen können, aber sie hatte Cats Herz immerhin aus der tiefsten Tiefsee ungefähr auf Höhe des Meeresspiegels zurückgeholt.

Mom arbeitete unentwegt, so dass sie schon ewig keinen Filmabend mehr gemacht hatten. Doch gerade neulich hatten sie zusammen am Fenster gestanden. Cat hatte weit über den Schulhof und die dichtgedrängten Bäume des Presidio-Parks hinweg bis zu dem winzigen roten Licht ganz oben auf der Golden Gate Bridge geschaut.

»Heute Nacht haben sie es wieder angemacht«, hatte Cat gesagt.

Mom hatte angestrengt in die Ferne geschaut. »Was haben sie wieder angemacht?«

»Das Licht«, sagte Cat. »Manchmal ist es an und manchmal nicht. Heute schon.«

»Ach, Süße«, sagte Mom. »Das Licht brennt jede Nacht.«

Cat stutzte. Sie wusste, dass es *nicht* immer da war. Mom lehnte das Kinn auf Cats Hinterkopf.

»Manchmal legt sich der Nebel dazwischen«, fuhr Mom fort. »Aber das Licht brennt trotzdem immer.«

Mom war wie das Licht auf der Brücke, fand Cat. Sie war da, auch wenn sich eine Mauer aus Zeichnungen und Abgabeterminen zwischen sie legte. Dieser Gedanke hielt Cat aufrecht, egal, was passierte.

Sie warf einen Blick auf die Uhr, rechnete drei Stunden für Georgia dazu und überlegte, ob wohl noch Zeit für einen Video-Chat war. Kükens Murmeln klack-klack-klackerten, als er sie zu kleinen Haufen sortierte. Cats Magen knurrte, die zwei Bissen Ananasbrötchen waren ewig her, aber vielleicht konnte sie noch schnell mit Rishi reden, bevor sie Abendbrot machte.

Sie nahm ihr Tablet vom Küchentisch und klickte auf Rishis Namen, aber es kam keine Antwort. Sie nahm sich vor, später noch einmal seine E-Mails zu lesen, in denen er über die Abenteuer schrieb, die sie beim Schwimmen, Segeln und Angeln erleben würden. Drei Wochen voller Leuchtstäbe und Marshmallows, drei Wochen voller Glühwürmchen und Baden unter dem weiten, blauen Himmel Georgias. Cat war zu allem bereit.

Sie öffnete den Kühlschrank. Früher hatte Dad immer für alle gekocht. Cat erinnerte sich daran, wie mühelos das Messer beim Gemüseschneiden in seine großen Hände gepasst hatte. Er hatte ihr Eier angereicht, eins nach dem anderen, die sie dann in ihrer eigenen kleinen Schüssel aufgeschlagen hatte. Nie hatte er gemeckert, wenn ein bisschen Schale hineingeriet, sondern ihr immer das Gefühl gegeben, dass er froh über ihre Hilfe war.

Cat stellte den Herd an und steckte Brot in den Toaster. Die Tür zu Moms Atelier war noch immer zu. Dieses Ausgesperrtsein würde Cat bestimmt nicht vermissen, wenn sie endlich alle zusammen in Georgia waren. Sie schlug die Eier auf und verquirlte sie, gab Salz und Pfeffer dazu und goss die Mischung in eine Pfanne. Dann nahm sie drei Teller aus dem Schrank. Während sie die Eier verrührte, rief sie nach Küken. »Toast mit Erdnussbutter?«

»Ja!«

Also strich sie Erdnussbutter auf den Toast und schnitt

Äpfel klein. Küken würde sie vermutlich nicht anrühren, aber Cat wollte es zumindest versucht haben. Sie griff nach seiner scharfen Lieblingssoße, die mit dem Holzdeckel und dem Bild einer weiß gekleideten Frau. Ohne diese scharfe Soße aß Küken nichts mehr.

Er tapste in die Küche. »Isst Mom mit uns?«

Cat zögerte. »Ich frag sie. Wasch dir schon mal die Hände.« Sie nahm Moms Teller und ging in den Flur. Wenn sie Glück hatten, aß Mom mit ihnen, aber wahrscheinlich nahm sie nur schnell beim Arbeiten einen Happen zu sich.

Als Cat ins Atelier kam, sah Mom müde aus. Sie hatte dunkle Ringe unter den Augen, aber trotzdem strahlte sie Cat an. »Hallo, Cat, meine süße Raupe.«

Cat stöhnte innerlich. Sie hatte Mom gesagt, dass sie nicht mehr so genannt werden wollte.

»Ich habe Rührei gemacht«, sagte sie und hielt ihr den Teller hin.

Mom blickte Cat zerknirscht an. »Ich muss noch ein bisschen was tun.«

Wenn Mom mitten in der Arbeit steckte, fiel ihr jede Unterbrechung schwer, vor allem, wenn ein wichtiger Abgabetermin drängte.

»Ich stell es dir hierhin.« Cat schob einen Stapel Briefumschläge zur Seite, um Platz zu schaffen.

Mom griff nach Cats Hand und hielt sie fest. Cats Blick folgte ihr. Mom trug Dads silbernen Ehering am Daumen.

An einer Stelle hatte sie ihn mit Garn umwickelt, damit er ihr nicht vom Finger rutschte. Als Dad noch lebte, durfte Cat den Ring aufprobieren, so oft sie wollte. Ohne Probleme hatte sie drei ihrer schmalen Kinderfinger hindurchstecken können. Das war schon ewig her.

»Süße«, sagte Mom. »Irgendetwas stimmt nicht, das sehe ich doch.«

Cats Magen krampfte sich zusammen. Wusste Mom etwa, dass Küken schon wieder weggelaufen war?

»Ich kann mir vorstellen, was dich bedrückt«, fuhr Mom fort. »Ich arbeite zu viel und lade dir viel zu viel auf.«

Jetzt fühlte Cat sich erst recht schlecht. Sie wollte keine Geheimnisse vor Mom haben. Andererseits hatte Mom schon genug Stress. Und Küken war ja nichts passiert, nur das zählte.

»Ist nicht so schlimm. Wirklich.« Die Worte kamen ihr falsch vor.

Doch Mom schüttelte den Kopf. »Ich arbeite so viel, damit ich im Urlaub entspannen kann. Wenn ich mit dem Kurs fertig bin, habe ich nur Zeit für euch.«

Mom seufzte, sie hielt noch immer Cats Hand. »Ich verlasse mich auf dich, aber ich weiß, du schaffst das. Du hältst uns drei zusammen.«

Cat kniff die Augen zu. Die Worte lasteten schwer auf ihr. Mom wäre sich da bestimmt nicht mehr so sicher, wenn sie wüsste, dass Küken weglief. Aber wie sollte Cat ihr davon erzählen, wenn Mom doch auf ihre Hilfe angewiesen war? Sie würde es ihr ein andermal sagen, wenn sie nicht so gestresst war.

Mom zog Cat zu sich heran und drückte sie kurz. Cat erwiderte die Umarmung.

»Sag Küken, dass ich noch mal zu ihm komme, okay?«

Cat nickte. Leise zog sie die Tür hinter sich zu.

In der Küche schlang sie das inzwischen kalt gewordene Rührei hinunter, und sie und Küken räumten den Tisch ab.

»Baden?«, fragte er.

Cat sah auf die Uhr. »Heute nicht. Gesicht und Zähne.«

Sie wusch das Geschirr ab und stellte alles zum Trocknen neben die Spüle. Küken kam im Schlafanzug aus dem Badezimmer, das Oberteil saß verkehrt herum.

»Zeig mal«, sagte sie.

Zum Beweis riss er den Mund weit auf. Cat sah auch hinter seinen Ohren nach.

»Gut gemacht. Noch ein Buch?«

»Nein!«, sagte Küken.

Cat blickte ihn fragend an. »Kein Buch?«

»Ich will nicht nur *ein* Buch. Ich will zehn Bücher«, sagte er und grinste.

»Ein Buch! Und erst, wenn du im Bett liegst.«

Schon rannte er los und schlitterte auf Strümpfen über den Holzboden. Cat ließ ihm einen Vorsprung, bevor sie hinterherlief und wie er durch den Flur rutschte.

»Gewonnen!«, rief er, als sie ins Zimmer kam. Er hatte die Decke bis zum Kinn hochgezogen und hielt ein Caterpillar-und-Chicken-Buch in der Hand. Es war dasselbe, das er sich in der Clement Street angeschaut hatte.

Cat lächelte. Als Küken noch in die Vorschule ging, gab es für ihn nichts Tolleres als Eisenbahnen. Dieses Buch erzählte eine Geschichte, die sich wirklich so zugetragen hatte – Küken hatte sich unbedingt einen Zug aus der Nähe ansehen wollen, also kaufte Mom Fahrkarten für sie alle. Im Bahnhof sprudelte er fast über vor Begeisterung, doch das änderte sich, als sie einsteigen wollten.

Zu einem Zug.
Nicht IN einen Zug.

Cat warf Küken einen Blick zu. Er war beim Vorlesen eingeschlafen und hielt seinen Plastikhai fest in der Hand. Sie sah sich das letzte Bild noch einmal an, eine dunkle Wolke war über Caterpillars Kopf gekritzelt.

Keine Frage, Caterpillar war wütend. In den neueren Büchern war sie das nie. Immer blieb sie nett und lieb und war nicht das geringste bisschen genervt, egal, was Chicken anstellte.

In Wirklichkeit war der Tag damals überhaupt nicht lustig gewesen. Küken hatte im Bahnhof herumgeschrien, und Mom war die personifizierte dunkle Wolke gewesen. Cat hatte schließlich herausgefunden, dass Küken überhaupt nicht vorgehabt hatte Zug zu fahren. Er wollte einfach zusehen, wie die Züge an ihm vorbeifuhren.

Das meinte Mom, wenn sie sagte, dass Cat sie alle zusammenhielt. Einkaufen, kochen oder packen war nur ein Teil davon. Cat war die Problemlöserin, sie kannte Küken gut genug, um den Unterschied zu bemerken zwischen dem, was er sagte, und dem, was er meinte.

Küken stieß Cat seinen knochigen Ellenbogen in die Rippen. Sie rollte zur Seite und lauschte seinen ruhigen Atemzügen. Die Schranktür stand weit offen, wahrscheinlich seit Küken seinen Pyjama herausgeholt hatte. Sie musste noch packen. Gleich würde sie aufstehen und damit anfangen, nur einmal schnell die Augen schließen. Der Tag war anstrengend gewesen, und sie brauchte eine kurze Pause.

Die Nebelhörner auf der Golden Gate Bridge tuteten, mal hoch, mal tief. Cat versuchte ein Muster zu erkennen. Trotz des Sommernebels und obwohl sie es nicht sehen konnte, wusste Cat, dass das kleine rote Licht brannte.

3

»Cat, *Cat*.«

Die Stimme kam wie aus weiter Ferne. Cat bewegte sich schläfrig, aber machte die Augen nicht auf. Küken schnarchte, und es klang, als hätte sie einen winzigen Kipplaster im Ohr. Sie musste letzte Nacht bei ihm im Bett eingeschlafen sein. Sie stupste ihn sanft, damit er aufhörte zu schnarchen, und zog sich die Decke über den Kopf.

Eine Hand rüttelte sie. »Wach auf. Wir haben verschlafen.«

Langsam drangen die Worte zu ihr durch. Cat riss die Augen auf, sprang aus dem Bett und knallte gegen Mom.

»Ich habe noch nicht fertiggepackt!«, sagte Cat.

Küken setzte sich auf und blinzelte.

Mom war erstaunlich ruhig. »Ich ziehe Küken an, und du packst. Einverstanden?«

Cat nickte.

Mom hatte ein T-Shirt und Jogginghosen in der Hand. »Komm schon, Küken.«

Er folgte ihr und machte sich kurz darauf polternd im Bad fertig.

Cat stopfte bergeweise Klamotten in den Koffer. Sie hatten zehn Minuten, bis das Taxi zum Flughafen kam.

»Hast du meine Sonnenbrille gesehen?«, rief Mom.

»Wohnzimmertisch!«, schrie Cat zurück.

Moms Schritte klackerten durch den Flur, dann gab es einen Aufprall, und irgendetwas schlitterte durch die Gegend. »Mist«, murmelte Mom. Sie war bestimmt über das *Zug-um-Zug*-Spielfeld gestolpert. Cat stellte sich vor, wie die winzigen Plastikeisenbahnen quer durch die Luft sausten und überall im Raum umherflogen. Küken wäre völlig aufgelöst, wenn er mitbekam, dass ihr Spiel total durcheinandergebracht war – hoffentlich merkte er nichts.

Cat zerrte am Reißverschluss, doch der war wie festgewachsen. Endlich gab er nach, und sie konnte den Koffer zumachen. Sie rannte durch den Flur und hievte den Koffer Richtung Tür. Jetzt kamen die Rucksäcke an die Reihe, die sie kurzerhand auf den Fußboden ausleerte. Die Zettel aus der Schule türmten sich zu einem Haufen, Cat griff nur einen Malblock, die Federtasche und Kükens dickes Hai-Lexikon. Das könnten sie im Flugzeug gebrauchen.

Mom kam mit Kükens Tablet aus dem Atelier. »Aufgeladen und abmarschbereit.«

Sie legte es in den Rucksack, und Cat beeilte sich mit Anziehen. Irgendetwas fehlte noch, aber Cat konnte sich beim besten Willen nicht daran erinnern, was es war. Sie hatte an die Sternenohrringe gedacht, das Shampoo für krause Haare und ihren Lieblingspullover. Sie steckte noch ein paar Lollis ein, nur für den Notfall.

Küken linste um die Ecke. »Hast du meinen Schuh gesehen?«

Cat blickte an ihm herunter. Er trug ausgeleierte Strümpfe und hielt den linken Schuh in der Hand. »Stand er nicht neben dem da?«

Küken wackelte mit den Zehen. »Nee.«

Cat seufzte. »Vielleicht solltest du sie mal an ein und derselben Stelle ausziehen.«

Er verzog das Gesicht. »Wie langweilig. Ich mag Überraschungen.«

Damit drehte er sich um und hüpfte durch den Flur. Cat schüttelte den Kopf. Sie hätte nichts gegen etwas weniger Überraschungen in ihrem Leben, vor allem an so einem Morgen.

»Gefunden!«, rief Mom aus dem Flur.

Cat griff sich drei Äpfel und drei Müsliriegel vom Küchentresen, als Mom zur Tür hereinkam und sich die Hände an der Hose abwischte.

»Der Müll ist auch weg«, sagte sie. »Auf geht's.«

Es klingelte an der Tür. Perfektes Timing. Der Fahrer nahm die Koffer und lud sie in den Kleinbus.

Küken kletterte zu einer älteren Dame mit einem bunt gemusterten Schal. »Sie duften nach Blumen«, sagte er. Die Frau lächelte schmallippig, ohne den Blick von ihrem Handy zu nehmen. Küken versuchte sich anzuschnallen, doch der Rucksack war im Weg.

»Augenblick«, sagte Cat. »Hast du deinen Plastikhai?«

Küken schluckte. »Vergessen!«

»Mom!«, rief Cat. »Er hat seinen Hai vergessen!«

Mom rannte zurück ins Haus. Cat schaute den Fahrer und die Schal-Dame von der Seite an.

»Tut mir leid«, sagte sie. »Wir haben etwas Wichtiges vergessen.«

Der Fahrer warf einen Blick auf die Uhr und grunzte. Die Schal-Dame sagte nichts.

Endlich tauchte Mom mit dem Hai in der Hand wieder auf. Küken applaudierte. Mom beugte sich an Cat vorbei zu Küken und gab ihm den Hai, und Küken küsste ihn schmatzend.

»Wo war er?«, fragte Cat.

Mom schüttelte den Kopf, doch sie lächelte dabei. »Ganz hinten unter der Decke natürlich.«

»Natürlich.« Cat grinste zurück.

Sie hatten es geschafft. In zehn Minuten Koffer gepackt und los. Wenn Mom und sie ein Team waren, konnten sie alles schaffen. Mom stieg vorne ein und unterhielt sich mit dem Fahrer, der fast freundlich wurde, als sie sich erst einmal auf den Weg gemacht hatten.

Auf der anderen Seite vom Golden Gate Park hielten sie vor einem rosa Mietshaus an. Am Straßenrand warteten zwei Männer: einer mit blondem Bart und ein Schwarzer mit eckiger Brille. Während die beiden hinten einstiegen, öffnete Cat ihren Rucksack und sah hinein. Hoffentlich hatten sie auch alles, was sie brauchten.

Küken linste über die Lehne zu den beiden Männern hinter ihm. »Entschuldigung, mögen Sie Haie?«

Seine Stimme war deutlich lauter als nötig gewesen wäre. Cat drehte sich halb um, sie wollte sehen, wie die Männer reagierten. Nicht jeder kam mit Küken klar, viele waren einfach genervt von ihm. Vor allem, wenn er in engen Räumen so laut redete.

»Drinnen-Stimme«, sagte sie so leise, dass nur er es hören konnte.

Blonder Bart blickte einfach weiter auf sein Handy, aber Eckige Brille lächelte. »Haie sind toll«, sagte er. »Was ist dein Lieblingshai?«

»Ich mag ziemlich viele«, sagte Küken und lehnte sich über den Sitz. »Den Zwerglaternenhai, weil er so winzig ist, den Zigarrenhai, weil er so schlau ist, und den Walhai, weil er der größte ist. Morgen gehe ich ins Georgia-Aquarium, und da gibt es jede Menge Haie.«

Cat ließ die Erwachsenen nicht aus den Augen, wie würden sie reagieren? Eckige Brille wirkte entspannt, und Blonder Bart hatte den Blick gleichgültig weiter auf sein Handy gerichtet. Die Schal-Dame schien nicht gerade begeistert davon, dass Küken neben ihr auf dem Sitz herumhampelte. Sie drehte sich so weit wie möglich von ihm weg und lehnte schon fast mit der Stirn am Fenster. Mom zerbrach sich über so was nie den Kopf, sie unterhielt sich weiter mit dem Fahrer, der, wie sich herausstellte, selbst aus Georgia kam.

Cat tätschelte Kükens Hand. »Er ist aufgeregt wegen der Reise«, erklärte sie den anderen Fahrgästen. »Ich hoffe, er stört Sie nicht.«

Eckige Brille lächelte Cat an. »Er stört mich ganz und gar nicht. Ich finde Haie wirklich toll.«

»Soll ich Ihnen welche zeigen?«, fragte Küken. Bevor Cat ihn daran hindern konnte, öffnete er seinen Rucksack und zerrte das Hai-Lexikon heraus.

Die restliche Fahrt über zeigte er Eckiger Brille sein Buch und der schnalzte voller Bewunderung. Cat lächelte vor sich hin. Irgendwie schaffte es Küken immer, sich die nettesten Leute herauszusuchen.

Am Flughafen zog als Erstes die Schal-Dame mitsamt ihrem Gepäck von dannen.

»Viel Spaß mit den Haien«, sagte Eckige Brille zu Küken, ehe er mit Blonder Bart davonging.

Bei der Gepäckaufgabe fragte Küken, woher die Koffer wussten, in welches Flugzeug sie gehörten. Bei der Sicherheitsschleuse wollte er die Röntgengeräte erklärt bekommen. Und im Flugzeug nach Chicago fragte er nach so ziemlich allem – danach, wie Flugzeuge funktionierten, und nach den Wolken am Himmel. Zum Glück saß Mom zwischen ihnen und beantwortete alle seine Fragen, während Cat in ihrem Buch versank.

Bei der Zwischenlandung in Chicago aßen sie Hamburger und Pommes. Küken mochte keine krossen Pommes, also überließ Cat ihm die weichen aus ihrer Tüte. Er biss von jedem einmal ab und ordnete sie dann nebeneinander auf der verknitterten Burgerverpackung an. Er pflückte die Sesamkörner von seinem Brötchen und aß sie eins nach dem anderen.

»Du solltest schon ein bisschen mehr essen als Pommes und Körner«, sagte Cat.

»Das Essen schmeckt langweilig«, sagte er.

Mom wühlte in ihrer Tasche. Wortlos holte sie eine Miniflasche scharfe Soße heraus und reichte sie Küken. Er drückte eine Pfütze auf das Tablett und tauchte seinen Burger hinein.

Draußen auf der Landebahn machte gerade ein Flugzeug am Gate fest. Sie waren auf halbem Weg nach Atlanta, nur noch einen Flug von Rishi entfernt.

Mom fummelte am Handy herum. »Manjula hat versucht mich anzurufen.«

»Hat sie auf die Mailbox gesprochen?«, fragte Cat.

»Schon, aber ich habe hier keinen Empfang, und der Akku ist fast leer.«

»Mom! Hast du etwa vergessen, ihn aufzuladen?«, fragte Cat.

Mom sah zerknirscht aus. »Immerhin habe ich daran gedacht, Kükens Tablet aufzuladen.«

Sie blickten zu Küken hinüber, der Pommes-Boote mit viel *Blubb-blubb-blubb* durch einen See aus scharfer Soße schob.

Mom steckte das Handy zurück in die Tasche. »Wir sind ja bald da. Wahrscheinlich hat sie nur gesagt, wie sehr sie sich auf euch freut.« Sie tätschelte Küken sanft den Kopf. Er strahlte sie an.

Dann ging ihr zweiter Flug. Küken setzte sich ans Fenster und Cat in die Mitte. Kaum waren sie in der Luft, stellte Mom ihren Sitz zurück und schloss die Augen.

»Millionen von Wattewolken!«, sang Küken. Er schielte zu Mom. »Komm, die zeigen wir ihr.«

Cat schüttelte den Kopf. Mom brauchte Erholung. »Vielleicht später. Hai-Parade?«

»In Ordnung«, sagte er und griff nach dem Tablet.

Cat saß vor ihrem Buch, war aber viel zu aufgeregt, um zu lesen. Auf Kükens Bildschirm flimmerten lautlos Haie vorüber, während sich der Himmel erst Pink, dann Lila und schließlich Schwarz färbte.

Als das Flugzeug mit dem Landeanflug begann, wachte Mom auf. Cat stupste Küken an und gab ihm einen blauen Himbeer-Lolli. Er nahm ihn und drehte sich wieder zum Fenster.

»Nicht mit dem Gesicht ans Glas lehnen«, sagte Cat.

Küken warf ihr einen schnellen Blick zu. »Das ist kein Glas. Das ist Acryl.«

»Du weißt genau, was ich meine«, sagte Cat.

Er steckte sich den Lolli in den Mund. »So viele Lichter!«

Mom kniff die Augen zusammen. »So viel Verkehr.«

Dicht gedrängt reihten sich auf der Straße unter ihnen rote Rücklichter und weiße Scheinwerfer aneinander. Das Flugzeug setzte zur Landung an, doch Cats Herz blieb auf Höhe der Wolken, so leicht kam es ihr vor. Gleich würde sie Rishi wiedersehen.

»In einem von den Autos ist Rishi«, sagte Küken. »Mit Manjula und Sandeep, oder?«

»Natürlich«, sagte Cat. »Rishi kann doch noch nicht Auto fahren.«

Küken ließ den Lolli im Mund herumkreiseln. »Ich werde mit Rishi Haie spielen. Er ist mein bester Freund.«

Cat spürte, wie die Eifersucht in ihr zu knistern begann. Rishi war *ihr* Freund. Es nervte sie, dass Küken jeden Tag mit Rishi Haie spielen wollte.

Sie wusste, dass sie unfair war. Selbst wenn Rishi und Cat schon länger Freunde waren, hatte Küken doch recht, Rishi war auch sein Freund. Rishi mochte jeden. Das war ja das Tolle an ihm.

Sie würden drei Wochen in Atlanta bleiben. Genug Zeit für Küken und Rishi, um zusammen zu spielen, und genug Zeit für Cat und Rishi, um zusammen abzuhängen. Sie hatten Ferien, also hatten sie alle genug Zeit füreinander – sogar Mom.

Das Flugzeug sank weiter.

Küken hatte die Augen weit aufgerissen und packte Cat am Arm. »Wir sind immer noch so schnell.«

Die Landung in Atlanta war holpriger als die in Chicago. Cat sackte der Magen in die Knie und beruhigte sich erst wieder, als das Flugzeug langsamer wurde.

»Puh!«, machte Küken so laut, dass die Leute um sie herum lachten.

Die Passagiere aus den vorderen Reihen stiegen aus. Küken blickte weiter aus dem Fenster und beschrieb Cat die Laster mit ihren blinkenden Lichtern.

Cat zog ihren Rucksack unter dem Sitz hervor. »Deine Tasche, Küken.«

»Gleich«, sagte er. »Ich warte noch auf unsere Koffer.«

Cat beugte sich über ihn und zog an seinem Rucksack, der sich unter dem Sitz verklemmt hatte. Küken wehrte sich nicht, als sie ihm die Riemen über die Schultern zog, aber er hielt den Blick weiter aus dem Fenster gerichtet.

Dann waren sie an der Reihe. Mom stand auf. »Komm schon, Küken.«

Er rührte sich nicht. Cat legte ihm eine Hand auf die Schulter.

Er schüttelte sie ab. »Ich sehe den Arbeitern zu!«

Cat atmete tief ein. »Drinnen sind noch mehr Arbeiter. Echt coole.«

Davon wollte Küken nichts wissen. »Drinnen-Arbeiter interessieren mich nicht.«

Cat beugte sich zu ihm und flüsterte ihm ins Ohr: »Weißt du, was? Der Gang besteht aus flüssiger Lava, und wir müssen von Insel zu Insel hüpfen. Du musst mir helfen, Küken, sonst falle ich rein.«

Er kicherte und lief mit extra großen Schritten aus dem Flugzeug und die Gangway hinunter. Cat und Mom mussten sich beeilen, um mit ihm mitzuhalten. Doch seine plötzliche Energie hielt nicht lange an. Kaum waren sie im Terminal angekommen, ließ er sich auf den Boden sinken. Reisende mit klobigen Koffern strömten rechts und links an ihnen vorbei.

Er blickte zu Cat hoch. »Keine Lava mehr.«

»Steh auf, Küken«, sagte Cat.

Er schleuderte die Schuhe von den Füßen.

»So nicht, mein Bester«, sagte Mom und sammelte die Schuhe wieder ein. *So nicht, mein Bester* war einer dieser Südstaaten-Ausdrücke, die Mom gebrauchte, wenn Küken richtig aus der Reihe tanzte. Leute aus dem Süden wurden immer freundlicher, je wütender sie waren. Das ergab überhaupt keinen Sinn.

Küken streckte sich auf dem Boden aus. Ein Mann musste ausweichen und rempelte Küken dabei fast mit seinem Koffer an. Eine Frau murmelte etwas über verwöhnte Gören. Cat hätte platzen können vor Wut.

Mom hob Küken hoch und zog ihn vom Laufband weg. »Wenn du nicht aufpasst, wirst du noch getreten.«

Das stimmte zwar, aber es interessierte Küken nicht. Sein Gesicht verzog sich in Zeitlupe. Dann warf er den Kopf zurück und kreischte, dass die ganze Ankunftshalle widerhallte. Mom atmete tief ein und aus und bewegte lautlos die Lippen. Bestimmt zählte sie bis fünfzig.

Küken lief im Kreis herum und flatterte mit den Händen. Je aufgebrachter er war, desto schwerer fiel es ihm, sich wieder zu beruhigen. Wenn sie warteten, bis Mom bei fünfzig angekommen war, wäre Küken bestimmt schon auf fünfhundert. Cat wühlte in seinem Rucksack.

»Küken«, sagte sie. »Wenn du fertig bist, zeig ich dir was.«

Sie tat so, als wäre sie ganz ruhig, auch wenn ihre Eingeweide rumorten. Küken würde sich schon beruhigen, wenn sie nur ganz gefasst blieb.

Sie zog das Fotoalbum heraus, das sie immer nur das Große Blaue Buch nannten. Küken war ganz verrückt nach den Familienfotos.

Während Cat blätterte, beobachtete sie ihn aus den Augenwinkeln. Als sie auf der vierten Seite angekommen war, setzte er sich neben sie. Zwei Seiten später lehnte er den Kopf an ihre Schulter. Kaum hatte sie ihm den Plastikhai gegeben, steckte Küken ihn schon in den Mund.

Die Fotos im Album folgten keiner zeitlichen Reihenfolge. Ein Bild von Mom und Daddy aus Collegetagen klebte neben einem von Cat und Küken vom letzten Jahr mit Plastik-Halloween-Kürbissen in den Händen. Cat gefielen die durcheinandergewürfelten Bilder, denn so war Dad direkt neben ihnen und nicht in der Zeit vor vier Jahren gefangen.

Als sie die letzte Seite umgeblättert hatten, fingen sie wieder von vorn an. Sie betrachteten die Fotos, bis Küken wieder normal atmete.

So sanft sie konnte, sagte Cat: »Bei der Gepäckausgabe können wir uns das Große Blaue Buch weiter angucken. Gute Idee?«

Küken nickte und streckte die Arme nach Mom aus. Die hob ihn hoch und nickte Cat dankbar zu. *Teamwork.* Cat schnappte sich Kükens Rucksack und Moms Tasche. Ganz schön schwer, aber Cat war stark.

Als sie bei der Rolltreppe waren, beugte Mom sich zu Cat. »Was für ein Glück, dass du an das Buch gedacht hast. Vielen Dank.«

Mom hievte Küken etwas höher. Obwohl sie selbst nicht gerade klein war, wurde es auch für Mom langsam schwierig, ihn zu tragen. Seine Füße baumelten herab und schlugen ihr beim Laufen gegen die Beine. Cat versuchte sich daran zu erinnern, wie es sich anfühlte, getragen zu werden. Es gelang ihr nicht.

Bei der Gepäckausgabe hielt sie Ausschau nach Rishi, doch er war nicht da.

Mom sah ihr die Enttäuschung an. »Stehen wahrscheinlich im Stau.«

Cat ließ die Taschen auf einen freien Sitz fallen und holte

das Große Blaue Buch heraus. Mom setzte ihr Küken auf den Schoß.

Von seiner Anspannung war nichts übriggeblieben. Er kuschelte sich an sie und strich mit den Fingern über die Haiflossen. Vor lauter Gähnen konnte er kaum sprechen. »Mehr Fotos.«

Cat schlug das Fotoalbum auf, doch da waren Küken die Augen schon halb zugefallen. Er seufzte einmal und schlief dann in ihrem Arm ein. Vorsichtig legte Cat das Fotoalbum auf den Sitz neben sich.

Sie sah sich überall um. Immer noch kein Rishi. Koffer trudelten die Rampe herunter und rutschten auf das Gepäckband. Mom kam mit ihren Sachen zurück. Sie griff in eine Seitentasche vom Koffer und holte das Ladegerät heraus, dann ging sie hinüber zu den Steckdosen und stöpselte ihr Handy ein. Küken zuckte im Schlaf und schlug mit den Armen um sich, wobei er Cat fast im Gesicht getroffen hätte.

»Schhh«, murmelte sie.

Was für ein langer Tag. Cat fühlte sich todmüde. Doch ihr Herz war noch immer federleicht und hellwach. Gleich würde sie Rishi sehen, und dann fing endlich der tollste Sommer aller Zeiten an.

Mom kam zurück. »Planänderung«, sagte sie.

Cat gähnte. Dann blickte sie sich um – immer noch kein Rishi. »Sind sie gleich da?«

Mom setzte sich. »Manjula hat gestern Abend noch schlechte Nachrichten bekommen. Ihre Mutter hatte einen Herzinfarkt und liegt jetzt im Krankenhaus.«

»Oh, nein!«, rief Cat bestürzt. Wie furchtbar für Manjula. Cat erinnerte sich an den Tag, als sie die schlechten Nachrichten von Daddy bekommen hatten. Ihr wurde fast übel vor Traurigkeit. Sie schüttelte den Kopf, um wieder klar zu denken. »Und was heißt das?«

Mom seufzte. »Das heißt, dass Manjula, Sandeep und Rishi auf dem Weg nach Indien sind.«

Endlich begriff Cat. Die Krishnamurthys würden sie nicht vom Flughafen abholen. Sie waren gar nicht mehr hier, sondern schon auf dem Weg um die halbe Welt.

»Dann fangen unsere Ferien eben ein bisschen später an«, sagte Cat und versuchte ruhig zu bleiben. »Ehe wir uns versehen, sind sie wieder da.«

Mom blickte sie sanft an. »Sie sind ewig nicht in Indien gewesen – Rishi kennt nicht mal alle seine Cousins und Cousinen. Sie bleiben bestimmt ein paar Wochen, vielleicht sogar einen ganzen Monat.«

Cats Herz krachte mit solcher Wucht zurück auf die Erde, dass sie den Krater zu sehen meinte, den es hinterließ.

»Einen *Monat*?« Sie sprach lauter als beabsichtigt. »Was ist mit uns?«

Mom sah sie entrüstet an. »Sie müssen jetzt zu ihrer Familie, Cat.«

»Wir gehören auch zu ihrer Familie«, sagte Cat. Tränen schossen ihr in die Augen. Das war ungerecht. Jetzt saßen sie hier fest, Tausende von Kilometern von Zuhause entfernt – für nichts und wieder nichts.

»Cat …« Mom sah sie inständig an.

Cat wischte sich mit dem Ärmel über die Augen. »Das hatte sie dir also auf die Mailbox gesprochen? Du hättest echt dein Handy aufladen sollen.«

Mom wich zurück, und Cat wusste, dass ihre Worte sie verletzt hatten. Aber warum konnte Mom nicht ein bisschen mehr wie andere Erwachsene sein? Wenn sie schon in San Francisco Bescheid gewusst hätten, säßen sie überhaupt nicht in diesem ganzen Schlamassel.

»Plankton«, flüsterte Küken im Schlaf.

Mom presste die Finger auf ihre Augenlider. »Wir brauchen einen Babysitter.«

Glaubte Mom wirklich, sie könnten innerhalb von zwei Tagen einen Babysitter finden? Und selbst wenn sie früher davon erfahren hätten, die meisten Babysitter kamen sowieso nicht mit Küken zurecht. Da passte Cat lieber selber auf ihn auf.

»Auf keinen Fall«, sagte sie.

Mom blickte sie an. Sie wusste, wieso. Cat brauchte ihr nichts zu erklären.

»Lass mich nachdenken. Wir stecken in der Klemme, und ich habe keinen Schimmer, was wir tun sollen.« Mom biss sich auf die Lippe. »Wir wär's mit einem Feriencamp? Das wäre doch toll, oder?«

Manchmal war Mom wirklich weltfremd. Küken hielt es noch nicht mal in der Nachmittagsbetreuung aus, wie sollte er dann drei Wochen Feriencamp überstehen?

»Ich kann zu Hause bei den Krishnamurthys auf ihn aufpassen«, sagte Cat tonlos.

Mom schwieg und schien den Vorschlag abzuwägen. Dann schüttelte sie den Kopf. »Nach der Schule passt du super auf ihn auf. Aber ich arbeite den ganzen Tag und manchmal auch abends. Ich kann euch nicht einfach hier allein lassen, wo ihr euch gar nicht auskennt.«

»Kannst du den Kurs nicht absagen? Und wir fahren wieder nach Hause?« Wenn der Sommer schon so wie immer werden würde, konnten sie ihn genauso gut zu Hause verbringen. Vielleicht könnte sie dann doch mit Poppy Zhang ins *Toy-Boat*-Café gehen.

Mom zwirbelte das Aufladekabel zwischen den Fingern. »Ich würde den Kurs ja gern absagen, aber das geht nicht. Keine Chance.« Sie sah erschöpft aus. Küken seufzte im Schlaf.

»Auf ein Feriencamp oder einen Babysitter habe ich aber keine Lust«, sagte Cat frostig.

Mom holte tief Luft, als hätte sie eine Entscheidung getroffen. »Ich habe eine Idee. Warte hier.«

Sie stand auf und ging in die Ecke mit den Steckdosen zurück, den Blick aus dem Fenster gerichtet.

Cat biss sich von innen auf die Wange. Manchmal wäre sie gern wie Küken. Ihn kümmerte es nicht, was andere dachten. Sie hätte jetzt auch gern geschrien und geweint.

Mom kam zurück und drehte das Handy nervös in der Hand. »Neuer Plan. Ihr bleibt bei euren Großeltern.«

Cats Großeltern lebten in St. Louis. Cat hatte nichts dagegen, sie zu besuchen. Vielleicht konnten sie sich ein Spiel der Cardinals anschauen. Aber St. Louis lag nicht gerade in der Nähe von Atlanta.

»Wir fahren zu Granny und Pop?«, fragte Cat.

»Nicht zu Daddys Eltern«, sagte Mom gereizt. »Zu meinen. Nach North Carolina.«

Moms Eltern? *Moms* Eltern? In *North Carolina?* Cat traute ihren Ohren nicht. Sie kannte Moms Eltern überhaupt nicht und hatte sie noch nie getroffen. Cat hatte irgendwann aufgehört nach ihnen zu fragen, weil Mom nur ein schmallippiges Lächeln und ausweichende Antworten für sie parat hatte. Aber jetzt sollten sie und Küken also drei Wochen bei ihnen bleiben. Wie stellte Mom sich das vor?

Mom stupste Küken an, damit er aufwachte. Er öffnete die Augen einen Spaltbreit und lächelte sie schief an, dann streckte er ihr die Arme entgegen. Mom hob ihn auf die Schulter und schnappte sich einen der Rollkoffer.

»Mom, was …«, fing Cat an.

Doch Mom hörte ihr nicht zu. Sie nickte in Richtung Ausgang. »Da vorn kriegen wir ein Auto.«

Cat beeilte sich mitzukommen und zerrte die Taschen hinter sich her. Sie hatte schon längst nicht mehr das Gefühl, dass Mom und sie ein Team waren. Mom bestimmte, und sie würde sich garantiert nicht von ihrem Plan abbringen lassen.

Cat fragte sich nicht zum ersten Mal, was wohl vorgefallen war, dass Mom nicht mehr mit ihren Eltern sprach. Es musste etwas Schreckliches gewesen sein. Und doch wollte Mom Küken und sie bei ihnen lassen. Das würde sie doch nicht tun, wenn ihre Eltern wirklich so schlimm waren?

Ob sie wohl einen Südstaaten-Akzent hatten, überlegte Cat, wie Mom, wenn sie wütend war? Bestimmt wussten sie von Cat und Küken, aber wie viel genau wussten sie über Küken? Auch, dass ihm manchmal alles zu viel wurde?

Küken war aufgewacht und spähte über Moms Schulter, die Augen rund und wachsam. Er hatte keine Ahnung, was vor ihnen lag, genauso wenig wie Cat. Doch sie würde ihn beschützen, egal, was passierte. Dafür waren Schwestern schließlich da.

4

Bisher war der Tag auf der aktuellen Skala der Urlaubskatastrophen nicht sonderlich bemerkenswert gewesen. Küken maulte, weil sie Rishis Familie und die Walhaie im Georgia-Aquarium verpassen würden. Es war eine stille Autofahrt an einem traurigen Morgen.

Doch nach dem Mittagessen war aus Cats Enttäuschung ekliges Magenkribbeln geworden. Sie hatte es gestern Abend kaum glauben können, dass Mom Küken und sie zu Großeltern bringen wollte, die sie überhaupt nicht kannten. Inzwischen war sie hauptsächlich nervös. In ein paar Stunden würden sie da sein.

Entschlossen riss sie eine Tüte superscharfer Käsesticks auf und reichte sie Küken. Der las weiter in seinem Hai-Lexikon, während er aß, und hinterließ auf jeder Seite orange Fingerabdrücke.

»Mom«, sagte Cat. »Ich find's irgendwie unheimlich hier.«

Mom lachte leise. »Wieso denn?«

Cat zeigte aus dem Fenster. »Überall nur Bäume. Ich hätte nie gedacht, dass es so viele verschiedene Grüntöne gibt.«

»Sommergrün«, sagte Küken, ohne den Blick vom Buch zu heben.

»Ist doch schön, mal wieder Bäume zu sehen. Wir fahren durch einen Wald, falls dir das noch nicht aufgefallen ist.« Mom klang amüsiert.

»Immergrün«, flüsterte Küken.

»Ich habe nichts gegen Bäume, aber *nur* Bäume ist unheimlich«, sagte Cat. »Das geht schon ewig so. Keine Häuser. Keine Geschäfte. Sogar dieser Hähnchen-Laden, wo wir heute Mittag waren – den konnte man von der Autobahn überhaupt nicht sehen. Wahrscheinlich fährst du uns einfach nur im Kreis.«

»*Landstraße*«, sagte Mom. »Hier gibt's keine Autobahn. Und ›dieser Hähnchen-Laden‹ war eine meiner vier Hauptternährungsquellen, als ich so alt war wie du.«

»Die Frau da hat gefragt, ob du unsere Mutter bist«, sagte Küken. Er blätterte weiter, ohne aufzuschauen.

Mom warf ihm im Rückspiegel einen Blick zu. »Ja.«

»Ich weiß, wieso«, sagte Küken. »Weil wir nicht die gleiche Hautfarbe haben.«

»Ja, mein Herz, das stimmt. Aber wir gehören alle zu einer Familie.« Solange Cat sich erinnern konnte, war das Moms Antwort gewesen.

Küken fuhr mit dem Finger die Umrisse eines Megalodon-Haizahns in Originalgröße nach. Er sagte nichts dazu.

Cat versuchte sich so hinzusetzen, dass der Gurt nicht an ihrem Hals scheuerte. »Wohnen deine Eltern mitten im Wald?«

»Nein«, sagte Mom. »Sie wohnen auf einer Insel.«

»Auf einer Insel!«, sagte Cat. Damit hatte sie nicht gerechnet.

Jetzt blickte sogar Küken auf. »So richtig im Meer? Mit Haien?«

Mom lächelte. »Ja. Eine echte Insel so richtig im Meer – Gingerbread Island.«

»Wie die Lebkuchenhäuser? Im Ernst jetzt?« Cat stellte sich ein verziertes Lebkuchenhaus voller Weingummis an einem Meer aus Zuckerguss vor.

»Nein, nicht wie die Lebkuchen. Gingerbread nennt man auch die Verzierungen und Schnitzereien auf Piratenschiffen«, sagte Mom.

Cat starrte sie wütend an. Was war das für ein Quatsch? »Piratenschiffe? Ach, komm.«

Mom lachte wieder. »Glaub mir. Dein Großvater könnte dir endlos Geschichten erzählen. Es ist ewig her, aber früher war die Küste von North Carolina voll von Piraten.«

Küken murmelte vor sich hin. »Zigarrenhai, Schwarzspitzen-Riffhai, Weißspitzen-Riffhai, Tigerhai, Zitronenhai, Walhai, Hammerhai, Zigarrenhai, Scharfnasenhai …«

»›Zigarrenhai‹ war doppelt«, unterbrach ihn Cat.

»Den mag ich am liebsten«, sagte Küken fröhlich. »Der Zigarrenhai gehört zur Familie der Dornhaie und fühlt sich im warmen Wasser am wohlsten. Wenn er zubeißt, reißt er kreisrunde Stücke aus seiner Beute, als würde jemand mit einem Zigarrenschneider Löcher in einen Fisch stanzen. Er nascht eben gern«, Küken kicherte. Er hielt das Buch hoch, in dem ein Fisch nach einem Zigarrenhaiangriff zu sehen war. Sein Leib war mit kreisrunden Löchern übersät.

»Der Fisch findet das bestimmt nicht komisch«, sagte Cat.

»Spitzkopf-Siebenkiemenhai, Zigarrenhai, Menschenhai, Zwerg-Laternenhai, Ammenhai, Koboldhai, Zigarrenhai, Riesenhai.« Küken war zurück in seiner eigenen Welt.

»Mom, und wie sollen wir sie nennen?«, fragte Cat. Dads Eltern waren Granny und Pop, so hatten sie schon Cats ältere Cousinen genannt, als die noch klein waren. Moms Eltern konnte Cat auf keinen Fall so nennen.

»Deine Großeltern? Wie wär's mit Grandma und Grandpa?«

Sie konnte doch zu Fremden nicht Grandma und Grandpa sagen. »Wie heißen sie wirklich?«

Mom fummelte an der Sonnenblende herum. Sie fluchte leise und drehte sie so lange hin und her, bis sie einrastete. Dann sagte sie: »Sie heißen Macon und Lily Stone.«

»Macon und Lily«, wiederholte Cat. »Ist wahrscheinlich besser als Mr und Mrs Stone.«

»Doctor und Mrs Stone«, sagte Mom und trommelte mit den Fingern aufs Lenkrad. »Er war Arzt. Chirurg.«

»Chirurg!«, sagte Cat. Das hatte sie nicht erwartet – wo Mom doch jedes Mal fast in Ohnmacht fiel, wenn Cat oder Küken sich das Knie aufschrammten. »Wie sind sie so?«

»Mom wirst du mögen, sie freut sich sehr auf euch. Dad wird sowieso nicht viel zu Hause sein.« Die Straße schlängelte sich an einem Feld voll lilafarbener Wildblumen entlang.

Warum sagte Mom nicht, was sie damit meinte? Cat kannte diese Leute überhaupt nicht, und trotzdem sollte sie, ohne zu murren, wochenlang bei ihnen bleiben.

»Was ist überhaupt passiert? Warum erzählst du nie von ihnen? Warum rufst du sie nie an?«, fragte Cat.

Mom fing Cats Blick im Rückspiegel auf, ehe sie schnell wieder auf die Straße sah. »Tu ich doch«, sagte sie leise.

»*Was?* Du redest mit ihnen?« Cat hatte noch nie gehört, dass Mom mit ihnen telefonierte.

»Mit meiner Mutter.« Mom verhaspelte sich fast, als wollte sie die Worte so schnell wie möglich loswerden, um danach von etwas anderem zu sprechen.

Cat sank in sich zusammen wie ein Ballon, aus dem alle Luft entwichen war. Sie war nicht länger wütend, bloß verletzt. Und wie vor den Kopf gestoßen. Mom telefonierte also mit ihnen, mit diesen Leuten, von denen sie Cat und Küken nicht das Geringste erzählt hatte.

Cat fragte sich, was sie noch alles nicht wusste. »Hab ich sie mal getroffen, als ich klein war?«

»Nein«, sagte Mom leise. Das einzige Geräusch im Auto war das Rascheln, wenn Küken die Seiten umblätterte.

Mom räusperte sich. »Wir hatten damals einen Riesenkrach, als ich mit dem College fertig war. Mein Vater wollte einfach nicht verstehen, dass ich eigene Pläne für meine Zukunft hatte.«

Cat schwirrte der Kopf vor lauter Fragen. Vielleicht waren sie wütend gewesen, weil Mom wegziehen wollte. Oder sie waren dagegen gewesen, dass sie Dad heiratete. »Was soll das heißen?«

Wieder trommelte Mom mit den Fingern aufs Lenkrad. »Sie fanden mich zu jung, um zu wissen, was ich will«, sagte sie schließlich. »Aber eigentlich konnten sie bloß nicht verstehen, dass ich ganz anders leben wollte als sie.«

Cat fand Mom nicht besonders jung, auch wenn sie gut fünfzehn Jahre jünger war als die Eltern von Rishi und den meisten anderen an ihrer Schule. Aber warum hätten Moms Eltern sich darüber aufregen sollen?

Küken blickte vom Buch auf. »Vielleicht gibt's bei unseren Großeltern ja Haie im Meer.«

Mom lächelte ihn im Rückspiegel an. »Besser nicht.«

»Ganz viele«, sagte Küken. »Echte. Vielleicht sogar einen Walhai.«

Dann unterhielten sie sich darüber, ob es überhaupt Walhaie in der Gegend gab und wenn ja, ob sie lieber nah am Ufer oder weit draußen im Meer schwammen. Mom versuchte ihm wieder und wieder klarzumachen, dass es keine gute Idee war, Haie aus der Nähe zu sehen. Küken war anderer Ansicht.

Cat wollte lieber weiter über ihre Großeltern reden, aber nicht mal bei der hundertsten Schleife zum Thema, ob Haie eher Freunde oder Feinde waren, gelang es ihr, das Gespräch in ihre Richtung zu lenken. Sie wurde das Gefühl nicht los, dass Mom ihr etwas verheimlichte. Kein Streit konnte so schlimm sein, dass eine Familie daran zerbrach. Cat jedenfalls war nie lange wütend, wenn es um Mom oder Küken ging. Wie schlimm mussten sie sich gestritten haben, dass Mom danach weggezogen und nie wiedergekommen war?

Als sie fast bei der Insel waren, kurbelte Mom die Fenster herunter und sog die Luft tief ein. »Riecht ihr das?«

Cat und Küken sahen sich an.

»Mom?«, sagte Cat. »Wir wissen, wie das Meer riecht. Wir kommen aus San Francisco, schon vergessen?«

Mom schüttelte den Kopf. »Glaubt mir, hier riecht es anders.«

Cat und Küken atmeten ein. Es roch … salzig.

Mom warf einen Blick nach hinten und grinste breit. »Wie ich das vermisst habe!«

Vor ihnen blinkte es rot. Cat beugte sich irritiert nach vorn. »Warum halten wir?«

»Gleich geht die Drehbrücke auf«, sagte Mom.

Küken schlängelte sich aus seinem Gurt. »Das will ich sehen! Was ist eine Drehbrücke?«

»So was Ähnliches wie eine Zugbrücke. Nur dass sie nicht

nach oben schwingt, sondern zur Seite. Sei mal still – hörst du das?«

Ein Ächzen und Kreischen ertönte. Es war unfassbar laut und hörte gar nicht mehr auf. Cat dröhnte der Kopf davon.

Küken hielt sich beide Hände über die Ohren. »Das quietscht so!«

»Mom!«, rief Cat. »Das klingt ja, als würde sie jeden Moment ins Meer stürzen.«

Mom lächelte. »Es ist eine Drehbrücke! Gemach, gemach.«

Gemach, gemach? Cat und Küken blickten sich an. Nur wenn Mom richtig wütend war, hörte man, dass sie aus den Südstaaten kam. Jetzt wirkte sie allerdings überhaupt nicht wütend. Aber vielleicht waren die endlose Fahrt durch die Wälder, der Geruch vom Meer und das Ächzen der Brücke doch zu viel gewesen.

Nachdem die Brücke wieder zurückgeschwungen war, fuhren sie ohne das geringste Quietschen auf die Insel. Das Wasser war weit und blau, und die unterschiedlichsten Boote schwammen darauf.

»Ist das schon das Meer? Wo sind dann die Wellen?«, fragte Cat.

»Das ist die Bucht«, sagte Mom. »Das Meer fängt auf der anderen Seite der Insel an. Das seht ihr gleich.«

Küken lehnte sich vor. »Wo sind die Haie?«

»Hast du eigentlich gar kein anderes Thema?«, fragte Cat.

Er sah sie ernst an. »Nein, Raupe. Eins reicht mir.«

Mom lachte. »Gut möglich, dass es Haie in der Bucht gibt. Und im Meer auch, aber ich hoffe, sie kommen euch nicht zu nah.«

Sie bogen auf die Ocean Road und fuhren an einem kleinen Platz mit einer Handvoll Geschäfte vorbei.

»Ist das alles?«, fragte Cat. »Ist das die ganze Stadt?«

Mom schmunzelte. »Ja, das ist die ganze Stadt.«

Die Häuser waren in Pastelltönen gestrichen. Sie standen auf Stelzen, zwischen denen Autos parkten. Hier und da blitzte das Meer hervor, doch die meiste Zeit versperrten die Häuser und Dünen die Sicht darauf.

Nach ein paar Querstraßen tauchte ein Haus auf, das hoch über allen anderen thronte. Cat beugte sich vor und musterte es aufmerksam. Es kam ihr bekannt vor, aber das konnte unmöglich sein, wenn sie doch noch nie hier gewesen war.

Mom bog scharf rechts in die Auffahrt ein. Das Haus war steingrau mit weißen Zierleisten und ragte vor den Dünen in die Höhe. Cat hörte das Rauschen der Wellen – und roch die salzige Seeluft. Auf der Rückseite des Hauses führte eine breite weiße Holztreppe zur Auffahrt hinunter, in der ein Jeep und ein Kombi parkten. Cat legte den Kopf in den Nacken und zählte vier Stockwerke, das Haus war so groß wie ihr Mietshaus in San Francisco. Um jedes der Stockwerke lief eine Veranda, zu der weitere Treppen hinaufführten.

»Ich weiß, wo wir sind«, sagte Küken. »Das ist das Haus von Caterpillar und Chicken in *Die Rache der Yeti-Piraten*.«

Cat blinzelte. Er hatte recht. Unzählige Male hatte sie das Buch schon gelesen, ohne auch nur zu ahnen, dass das Haus darin Moms eigenes war. Sie fragte sich, warum Mom ihnen nie davon erzählt hatte. Als wären nur sie beide nicht eingeweiht. Wie damals, als alle außer Cat lila Fingernägel hatten.

Moms Lächeln wurde breiter. »Hier bin ich aufgewachsen.«

Sie stiegen aus, und Küken hielt Cats Hand ganz fest. Auf einem polierten Holzschild stand *THE STONE HOUSE*.

Mom sah, wie Cat das Schild anstarrte. »Das hängt schon ewig da«, sagte Mom. »Hier hat sich nichts verändert.«

Eine Fliegengittertür schlug zu, und ein Mann und eine Frau kamen die Treppe herunter.

Die Frau – *Lily* – zog Mom fest an sich. »Meine Süße!« Sie sahen einander ähnlich – groß und schlank, nur dass Lilys Haare schon ganz silbern waren und die von Mom noch blond und wellig.

Macon blieb etwas abseits stehen, kein bisschen schlank – eher wie ein Ziegelstein mit abgeschlagenen Ecken. Falten durchzogen sein wettergegerbtes Gesicht, und er sah kein bisschen so aus wie die Ärzte, die Cat kannte. Sie konnte ihn sich beim besten Willen nicht in einem weißen Kittel vorstellen.

Er bemerkte Cats Blick, aber sagte nichts. Stattdessen nickte er kurz und schob sich eine ausgeblichene blaue Baseballkappe tief in die Stirn. Er sah mürrisch aus, sehr mürrisch, und Cat konnte sich leicht vorstellen, dass man vor ihm Reißaus nehmen und nie wiederkommen wollte.

Lily streckte die Hand nach Cat und Küken aus und strich ihnen sanft übers Gesicht. Ihre Hand war kühl und roch nach Orangen.

Ihre Augen glitzerten feucht. »Catherine und Henry.«

Küken drückte den Kopf eng an Cat. »Küken«, murmelte er in ihr T-Shirt.

»Wie schön, dass ihr hier seid«, sagte Lily. Nervös schob sie sich eine Haarsträhne hinter das Ohr.

Natürlich war Cat höflich, aber das hieß nicht, dass sie sich freuen musste. »Hallo, Lily.«

Wenn Lily erwartet hatte, dass Cat sie Grandma oder so nannte, ließ sie sich jedenfalls nichts anmerken.

»Ich bin ja so froh«, sagte sie. »Kommt erst mal mit rauf.« Sie legte einen Arm um Mom und ging mit ihr Richtung Treppe.

Cat und Küken blieben bei Macon zurück. Cat wusste nicht, was sie tun sollte. Da räusperte sich Macon: »Ihr könnt mir mit dem Gepäck helfen.«

Er angelte etwas aus seiner Tasche und ging zu einer schmalen Tür. Er steckte den Schlüssel hinein und drückte auf einen Knopf.

»Wir haben einen kleinen Aufzug«, sagte Macon. »Nutzen wir kaum, bloß für Einkäufe. Und für Koffer, wenn unerwartet Gäste kommen.«

Er hatte sie nicht seine Enkel genannt, sondern unerwartete Gäste. Wahrscheinlich freute er sich genau so wenig über ihren Besuch wie Cat.

Die Türen glitten auf. Cat und Küken hatten noch nie so einen Fahrstuhl gesehen. Er war nicht groß, und trotzdem imposant. Gerade genug Platz für sie drei und das Gepäck.

Schweigend fuhren sie in den ersten Stock. Als die Türen aufgingen, zog Macon die Koffer in einen schmalen Flur. Dann schloss er hinter ihnen ab und hängte den Schlüssel sorgfältig auf einen der Haken neben dem Kühlschrank. Cat dachte, er würde die Koffer in ihre Zimmer bringen, doch stattdessen ging er zur Küchentür hinaus und stapfte die Treppe hinunter.

Küken stahl sich von Cats Seite und lief zum Wohnzimmerfenster. Cat folgte ihm, in erster Linie, um auf ihn aufzupassen. Das Meer kannte sie schließlich.

Aber als sie zum Fenster kam – wow!

Weit gefehlt, dachte sie. Der Atlantik war ganz anders als der Pazifik – keine zerklüftete Küste mit malerischen Klippen, sondern nichts als weißer Sand, der sich bis zu sonnenglitzernden, grünen Wellen erstreckte, die am Horizont zu einem dünnen, dunkelblauen Streifen zusammenliefen. Cat konnte endlos schauen, weit über die Veranda und die

Dünen mit ihren federleichten, schmalblättrigen Gräsern hinweg.

Ein Schwarm Pelikane glitt ganz knapp über dem Wasser dahin. Abgesehen von den Vögeln und einer Handvoll Menschen war der Strand leer. Als ob er ihnen allein gehörte.

»Wollt ihr eure Zimmer sehen?«, fragte Lily. Sie schaute Mom an. »Ich dachte, Cat könnte dein altes haben, Amanda. Es ist noch genau wie damals. Kommst du mit rauf?«

Mom zögerte. »Ich mach mich nach der Fahrt lieber ein bisschen frisch.« Damit verschwand sie im Badezimmer, und Cat hörte das Wasser laufen.

Lily nickte. »Wir schaffen das auch allein.« Sie griffen sich die Taschen und trugen sie nach oben. Lily zeigte auf eine Tür, und Cat ging hinein. Der Anblick verschlug ihr die Sprache.

Ihr eigenes Zimmer! Es war wunderschön und groß, die Wände waren in zartem Graugrün gehalten, und auf den breiten Dielen vor dem Bett lag ein flauschiger kleiner Teppich. Das Beste aber war der Platz direkt am Fenster, zwischen Regalen voller Muscheln, Bücher und anderer Schätze. Das Fenster selbst war riesig und ging aufs Meer hinaus. Cat wusste nicht, wo sie zuerst hinschauen sollte.

Küken schmiss seinen Rucksack aufs Bett. »Schön hier«, sagte er, als wäre damit alles geklärt.

»Nebenan ist noch ein Gästezimmer, das gefällt dir bestimmt, Küken«, sagte Lily. »Da gibt's eine blaue Patchworkdecke, und das Meer kannst du von da aus auch sehen.«

»Nein«, sagte er und ließ sich aufs Bett fallen. »Ich bleib hier.«

Enttäuschung machte sich in Cat breit. Schon klar, dass Küken hier, wo ihm alles fremd war, nicht allein schlafen wollte.

»Kein Problem«, sagte sie. »Wir können's uns teilen.«

Unsicher blickte Lily zwischen Cat und Küken hin und her. Dann wandte sie sich an Küken.

»Komm, deine Sachen können wir drüben auspacken, auch wenn du hier schläfst. Da wartet noch eine Überraschung auf dich.«

»Okay«, sagte Küken. »Aber ich schlafe trotzdem hier.«

Die beiden gingen hinaus, und Cat blickte sich um. Sie sollte auch auspacken, aber das konnte sie immer noch tun, wenn die anderen zurückkamen. Die ausladende Fensterbank mit den weichen Kissen sah so gemütlich aus. Gedankenverloren schaute sie aus dem Fenster in die Brandung.

Aufgeregt stürzte Küken zurück ins Zimmer.

Cat riss sich vom Fenster los und sah ihn streng an. »Was hast du da in der Hand?«

»Ich habe die Überraschung gefunden«, krähte er. »Ein Schildkrötennachtlicht!«

»Sei vorsichtig«, sagte Cat. »Mach's nicht kaputt.«

Er starrte sie wütend an. »Dann zeig ich's dir eben nicht.«

Aufmerksam betrachtete Cat die Schildkröte aus Milchglas. »Wie schön sie ist. Und so zerbrechlich. *Sei bloß vorsichtig.*«

»Ja, ja. Ich bring sie zurück.« Schon war er wieder verschwunden.

Schnell packte Cat ihre Sachen aus und ließ sich aufs Bett plumpsen. Die Decke war ganz ähnlich wie ihre zu Hause, nur die Farben waren andere, dunkelblau und korallenrot. Unzählige Kissen waren darauf verteilt. Sie stopfte gerade eins davon in ihre seidene Kissenhülle, als Lily den Kopf zur Tür hereinsteckte.

»Hab ich die Kissen gar nicht bezogen?«, fragte sie besorgt.

»Ähm.« Obwohl Cat keine große Lust auf Erklärungen hatte, sagte sie: »Von Baumwollkissen werden meine Haare immer so trocken, darum nehme ich das hier.«

Lily schien erleichtert. »Mach das. Fühl dich wie zu Hause. Das sieht herrlich weich aus, vielleicht sollte ich mir auch so eins besorgen.«

Sie lächelten einander vorsichtig an, bis Küken zurück ins Zimmer polterte.

»Mom sagt, wir gehen an den Strand!«, rief er und war schon wieder verschwunden.

Cat wäre am liebsten in ihrem Zimmer geblieben und hätte sich die Bilder angesehen oder noch ein bisschen auf der Fensterbank gesessen. Aber dafür war später noch genug Zeit.

Als sie nach unten kamen, stand Küken vor dem großen Wohnzimmerfenster, das Gesicht an die Scheibe gepresst und die Hände zum Schutz gegen die Sonne um die Augen gelegt. Er zeigte auf einen Weg, der sich endlos in beide Richtungen erstreckte. »Wohin geht der?« Seine Hände hinterließen orange Abdrücke auf der Scheibe.

Cat versuchte, sie wegzuwischen. So ordentlich wie es hier war, würde sie ständig hinter Küken herwischen müssen.

»Da lang geht's zum Pier«, sagte Lily. »Und da lang kommt man zu den Geschäften, bestimmt habt ihr die auf dem Weg hierher gesehen.«

»Will ich sehen«, rief Küken. »Los, kommt!«

Mom zögerte. »Du wirst ein Auge auf ihn haben müssen, Mom. Er kann noch nicht schwimmen, und manchmal reißt er einfach so aus.«

Lily nickte, während sie die Tür aufschob. »Am besten ziehst du die Schuhe gleich hier aus – macht keinen Spaß, wenn Sand reinkommt. Magst du meine Hand nehmen, Küken?«

Bei Lily hörte es sich so an, als warteten direkt hinter der Tür die größten Abenteuer. Cat war sich nicht sicher, was Küken tun würde, aber er griff nach Lilys Hand, als würden sie sich schon ewig kennen. Seine Finger waren klebrig und voller Krümel, aber Lily zuckte nicht einmal. Hand in Hand marschierten sie nach draußen.

»Also los«, sagte Lily. Mom folgte ihnen.

Cat warf einen Blick zurück, sie wollte sehen, ob Macon wiedergekommen war, doch er war nirgends zu sehen. Sie beeilte sich, die anderen einzuholen. Lily schien zu wissen, wie man mit Küken reden musste, normalerweise vertraute er Fremden nicht so schnell. Aber sich mit jemandem zu unterhalten und draußen auf ihn aufzupassen waren zwei Paar Schuhe. Wenn Küken am Strand war, würde Cat in der Nähe sein müssen, um eingreifen zu können, wenn es nötig war.

Der Sand brannte unter Cats Füßen, doch sie lief weiter. Sie wollte ihre Füße im leuchtend grünen Meer kühlen. Endlich war sie am Wasser. Sie wappnete sich gegen die eisige Kälte, die sie vom Ocean Beach zu Hause kannte, aber als die Welle kam, blieb das Frösteln aus. Erstaunt blickte sie auf ihre Füße.

»Das ist ja warm!«, sagte Cat.

Mom tauchte den Fuß hinein. »Nicht schlecht. Wart's nur ab, das wird sogar noch besser.«

Cat sah sich um. »Wahnsinn, dass du auf einer Insel aufgewachsen bist.«

»Schön hier, oder? Oh!« Mom griff in den Sand und hielt dann etwas zwischen ihren Fingern. »Ein Haifischzahn!«

Mom reichte ihn ihr. Er war schwarz und glänzend, kleiner als Cats Fingernagel und hart wie Stein. »Der soll von einem Hai sein? Warum ist er schwarz?«

»Das ist eine Versteinerung«, sagte Mom. »Bestimmt mehrere tausend Jahre alt.«

Cat rollte den Zahn in ihrer Hand hin und her. Unglaublich, dass er einmal zu einem Hai gehört hatte. Das eine Ende war rund, dort, wo der Zahn im Kiefer gesessen hatte, das andere spitz mit einer scharfen Kante zum Zubeißen. Ehe Cat fragen konnte, von welchem Hai der Zahn wohl stammte, hatte Mom ihn sich schon wieder geschnappt.

»Den muss ich Küken zeigen«, sagte sie und lief die paar Schritte zu ihm. Er hielt Lilys Hand fest gepackt. »Die Wellen machen ihm Angst«, sagte Lily, als Mom näher kam.

»Ist wahrscheinlich besser so, das macht's leichter für dich«, sagte Mom. Lily und sie tauschten ein Lächeln. Dann beugte Mom sich mit dem Zahn zu Küken hinunter. Cat konnte den Abdruck noch immer in ihrer Hand spüren. Sie hätte den Zahn gern noch etwas behalten.

Cat schlang die Arme um sich, damit sie nicht fror. Seit Mom gestern ihren Plan verkündet hatte, fühlte Cat sich allein gelassen. Als wären sie Hunderte von Meilen voneinander entfernt, obwohl sie doch am selben Strand waren.

Aus der Ferne hatte das Meer friedlich gewirkt, aber von nahem donnerten die Wellen auf den Sand. Das Meer machte die Insel zu einer Gefahr für Küken – einer noch größeren Gefahr als die vielbefahrene Clement Street.

Nach einer Weile blickte Mom auf die Uhr, und sie gingen

zurück zum Haus. Küken hielt den Haifischzahn fest in der Hand.

Im Wohnzimmer schaute Cat sich um. An der Wand die Treppe hinauf hingen Fotos von Mom aus jedem Schuljahr, vom Kindergarten, wo sie mit riesiger Schleife im Haar dastand, bis zum Schulabschluss, allesamt wie festgefroren in der Zeit. Auf der obersten Stufe hörten die Bilder plötzlich auf, als hätte das Mädchen sich in Luft aufgelöst, und in gewisser Weise hatte sie das ja auch.

Lily rief aus der Küche. »Was möchtet ihr essen?«

»Ich muss langsam los«, sagte Mom.

Lilys Lächeln verflog. »Jetzt schon zurück nach Atlanta? Aber ein bisschen was zu essen und Tee pack ich dir noch ein.«

Heißer Tee im Sommer klang schrecklich, doch Lily öffnete den Kühlschrank und nahm eine Karaffe heraus. »Nur ein bisschen gesüßt, so, wie du ihn magst.«

»Eistee ist perfekt«, sagte Mom. »Danke.«

»Ich hole nur schnell deinen Vater aus der Werkstatt. Er will sich bestimmt von dir verabschieden.« Lily rannte die Stufen hinunter zu dem Anbau, der Cat gleich an einen Schuppen erinnert hatte.

Mom drehte sich zu Cat und umarmte sie. »Bist meine Beste.«

»Ich werde dich vermissen«, sagte Cat.

Mom hielt sie auf Armeslänge von sich weg. »Ich dich auch. Nächstes Wochenende bin ich ja wieder hier.«

Cat wollte nicht, dass Mom wegfuhr, wollte nicht allein mit Küken bei diesen Fremden bleiben. »Geh nicht«, flüsterte sie, doch Mom hörte sie nicht. Sie war schon bei Küken.

»Ich habe dich lieb, mein kleines Küken«, sagte sie. »Versprich mir, dass du auf deine Großeltern und Cat hörst. Das Meer ist tabu!«

Er kicherte. Mom sah ihn an, und ihr Lächeln war wie lauter Sonnenstrahlen. Cat stand abseits.

Macon und Lily kamen zurück. Lily und Mom umarmten sich zum Abschied.

Mom wandte sich zum Gehen, bevor Macon auch nur irgendetwas sagen oder tun konnte, allerdings war Cat sich nicht sicher, ob er das überhaupt versucht hätte. Er war das Gegenteil von Lily, zumindest was Freundlichkeit anging.

Lily, Cat und Küken winkten von der Veranda, als Mom auf die Ocean Road zurücksetzte. Sie hupte und fuhr davon.

»Also gut«, sagte Lily. »Jetzt gibt's Kekse.«

Zweiter Teil

SCHLECHT UND GUT

Unbekanntes kann Angst machen,
aber auch Spaß.

– Caterpillar in *Caterpillar und Chicken: Der nervöse Narwal.*

5

Küken drehte sich um und stieß sie mit dem Fuß in die Seite. »Riechst du das?«

Cat blinzelte müde, ehe sie antwortete. Doch dann roch sie es auch. Das ganze Zimmer duftete nach geschmolzener Butter.

Küken sprang aus dem Bett und zog sie so lange am Arm, bis sie mit ihm nach unten kam.

»Guten Morgen.« Lily zog gerade ein Blech voller Kekse aus dem Ofen.

Küken steckte sich fünf davon in den Mund, bevor er antwortete. »Die sind lecker!«

Lily lächelte zufrieden. »Wenn du willst, können wir die jeden Tag machen.«

»Ja, bitte«, sagte er mit vollem Mund.

»Das reicht jetzt, Küken«, sagte Cat. »Lass noch ein paar für Macon übrig.«

Lily winkte ab. »Der trinkt vor seinem Morgenspaziergang höchstens einen Kaffee.«

Cat schaute aus dem Fenster. »Ist er am Strand?«

»Jeden Tag, egal, ob's regnet oder schneit«, sagte Lily.

Ehe Cat ihren und Kükens Teller wegräumen konnte,

hatte Lily sie ihr schon abgenommen. »Lass mich nur machen.«

Cat blieb verlegen stehen. »Soll ich dir helfen?«

»Sieh dich einfach ein bisschen um«, sagte Lily. »Schließlich wohnst du hier für die nächsten drei Wochen.«

Cat ging hinter Küken her zum Wohnzimmerfenster. Das grüne Leuchten von gestern war verschwunden. Heute lag das Meer unbeweglich und grau unter einer dicken Wolkendecke.

Küken sah sich das Bücherregal an. »Da sind ja alle Bücher von Mom.«

Er hatte recht. Auf einem der unteren Regalbretter waren alle Caterpillar-und-Chicken-Bücher nebeneinander aufgereiht. Wahrscheinlich hatte Lily sie gekauft – oder Mom hatte sie ihr geschickt. Macon hatte bestimmt kein einziges davon gelesen. Wusste Lily, dass sie von Cat und ihrem Bruder handelten?

Auf dem Boden neben dem Regal stand ein grüner Wäschekorb aus Plastik voll frisch gewaschener Handtücher. Küken kippte den Korb aus und stapelte Bücher hinein.

»Das ist mein Boot«, sagte er. Damit sprang er in den Korb und nahm sich ein Buch.

Cat sah ihn entsetzt an. »Küken! Sofort raus da!« Was sollte Lily bloß denken?

»Lass ihn nur«, sagte Lily. »Ihr sollt euch hier wie zu Hause fühlen.«

Cat sammelte die Handtücher auf und legte sie wieder zusammen. Oben auf dem Regal standen lauter goldene Pokale. Sie sahen anders aus als Rishis Fußballpokale, und Cat brauchte einen Moment, bis sie erkannte, woran das lag. Es waren Angelpokale, und einen jeden zierte ein Fisch. Auf goldenen Plaketten war die Jahreszahl eingraviert und der Name AMANDA STONE. Sie gehörten Mom!

»Lily?«, fragte Cat. »Hat Mom viel geangelt?«

Lily blickte vom Abwasch auf. »Und wie, früher gab's nichts Tolleres für sie. Unsere Gefriertruhe quoll ständig über, wir sind kaum dagegen angekommen.«

»Mit uns ist sie noch nie angeln gewesen«, sagte Cat. Kein einziges Wort hatte Mom darüber verloren. Nicht mal, als Cat ihr von Rishis Angelplänen erzählt hatte.

Lily stellte den Teller ab. »Willst du Fotos sehen?«

Cat nickte. Lily zog ein leinenbezogenes, dickes Fotoalbum hervor, das viel ordentlicher aussah als Kükens abgeliebtes Großes Blaues Buch.

Sie nahmen das Album mit aufs Sofa und blätterten darin. So viele Bilder von Mom. Wie vornehm sie aussah in den blumenbestickten Kleidern mit Monogramm. Auf jedem Bild trug sie ein anderes Kleid und dazu eine riesige Schleife im Haar.

Aber wenn sie nicht schick herausgeputzt war, sah man sie angeln. Angeln! Cat staunte nicht schlecht. Mom mit vier oder fünf, in rosa Gummistiefeln bis zu den Knien und mit einem Fisch in der Hand, der genauso groß war wie sie selbst. Auf dem Pier, mit Zöpfen und drei kleinen Fischen in der Faust, Macons Hand auf ihrer Schulter, und beide grinsen über das ganze Gesicht. Die gesamte Grundschulzeit und noch danach, auf jedem Bild etwas älter, die Haare länger, mal mit Pferdeschwanz, mal mit offenen Locken. Aber nie ohne Angel.

Cat blätterte weiter. »Davon hat sie uns nie erzählt.«

In der Highschool hörten die Angelbilder dann auf. Cat blieb an einem besonders prächtigen Foto hängen: junge Mädchen in weißen Kleidern, mit Handschuhen und Blumensträußen.

»Was ist das?«

»Der Debütantinnenball«, sagte Lily. »Mit ihren Freundinnen. Da ist sie.« Lily zeigte auf eins der Mädchen, doch Cat hatte Mom in dem leichten, stufig fallenden Kleid längst erkannt.

»Verrückt«, sagte Cat. Kaum zu glauben, dass Mom sich so ein Kleid ausgesucht hatte, wo Cat doch niemanden kannte, der lieber in Jogginghosen herumlief. »Was ist ein Debütantinnenball?«

»Damit werden junge Mädchen in die Gesellschaft eingeführt.« Lily lächelte wehmütig. »Das war eigentlich nicht so Amandas Ding, aber Macon wollte es gern. Sie hat ihm zuliebe mitgemacht.«

Also hatte Mom Macon zumindest früher gerngehabt.

Cat blätterte weiter, noch ein Bild von Mom in demselben Kleid, zusammen mit Lily in einem himmelblauen.

»Warum gibt es keine Bilder mit Macon von dem Abend?«

Lilys Blick verdüsterte sich. »Er wurde zu einem Notfall gerufen. Amanda war stinksauer, dass er nicht dabei war.«

Mom sah hübsch aus, aber ihr Blick war teilnahmslos. Den Kiefer hatte sie entschlossen vorgereckt, Cat kannte den Ausdruck. So sah Mom aus, wenn sie sich etwas in den Kopf gesetzt hatte und keinen Deut davon abrücken wollte.

Cat blätterte zurück zu dem Mädchen mit den Zöpfen, das so unbeschwert und glücklich gewirkt hatte. Auch Macon hatte gelächelt. Irgendetwas an dem Bild kam Cat vertraut vor, auch wenn sie es nicht gleich zu fassen bekam. Auf einmal wusste sie es: Die beiden wirkten wie ein Team. Es versetzte Cat einen Stich.

Sie musste unbedingt herausfinden, was damals passiert war. Sie blätterte weiter vor und zurück. Das ungestüme kleine Mädchen in den Gummistiefeln hatte nichts gemein mit der jungen Frau in dem fließenden weißen Kleid. Irgendetwas fehlte. Als Kind war Mom bestimmt glücklich gewesen. Sie wohnte in einem tollen Haus und hatte das Meer direkt vor der Nase. Sie war mit ihrem Vater angeln gegangen und hatte jede Menge Freundinnen gehabt. Es schien perfekt, und Cat hätte alles dafür gegeben.

Aber aus irgendeinem Grund hatte Mom Gingerbread Island den Rücken gekehrt. Cat musste herausfinden, was dahintersteckte, all die kleinen Geheimnisse in Erfahrung bringen, die nicht in Fotoalben aufbewahrt werden. Sie könnte Lily fragen und vielleicht sogar Macon. Und bestimmt gab es in einer so kleinen Stadt noch andere Leute, die Mom kannten. Warum war Mom so lange nicht zurückgekommen ... Cat verstand es nicht.

Sie hatte unzählige Fragen und hoffte, die Insel hielt die Antworten parat.

6

Von allen Räumen im Haus mochte Cat ihr Zimmer – Moms altes Zimmer – am liebsten. Das ganze Haus kam ihr wie ein Traum vor und erst recht dieses Zimmer.

In dem großen Bett fühlte sie sich sicher und geborgen, auch wenn sie es mit Küken teilen musste. Detailverliebte Zeichnungen von Schiffen und Landkarten, in denen man sich stundenlang verlieren konnte, säumten die Wände. Cat stellte sich vor, wie Lily sie ausgesucht und gerahmt hatte. Bestimmt hatte Mom sie genauso gern angesehen.

Cat suchte überall nach Hinweisen. Aber bisher hatte sie nur herausgefunden, dass Mom alles Mögliche gesammelt hatte. Zu ihren Schätzen gehörten Muscheln und Haifischzähne, ein Teleskop, drei Nachtlichter in Form von Häschen (dein Ernst, Mom?) und tausende Buntstifte in sämtlichen Farben. Es war großartig, und für drei lange Wochen gehörte das alles ihr – und Küken, jedenfalls nachts.

Lily räumte unten die Küche auf. Küken saß am Tisch und malte.

»Gehen wir heute wieder an den Strand?«, fragte Cat.

Während sie sprach, wurde die Tür aufgeschoben, Macon stand auf der Veranda und schüttelte Sand aus seinen Schuhen. In der einen Hand hielt er einen blauen Kaffeebecher, in der anderen etwas Abfall.

»Wie war's?«, fragte Lily.

»Gut.«

»Irgendwas Besonderes?«, fragte sie.

»Nein, nichts«, sagte er. Er warf den Abfall weg und wusch sich die Hände in der Spüle.

Lily bemerkte Cats fragenden Blick und lächelte. »Meeresschildkröten. Er sieht nach ihren Nestern.«

Küken riss die Augen auf. »Hier gibt's Schildkröten?«

»Ja, um diese Jahreszeit bauen sie hier ihre Nester«, sagte Lily. »Deshalb müssen wir nachts alle Lichter ausmachen, damit sie den Weg zurück ins Meer finden.«

»Ich will ein Nest finden«, sagte Küken.

Lily strich Küken leicht über die Schulter. »Das geht nicht, nachher verletzen wir noch die Babyschildkröten. Aber wir können so an den Strand gehen. Ich brauche nicht mehr lang.« Sie blickte zu Macon.

»Ah«, sagte Macon. »Ich wollte eigentlich noch ein bisschen am Kiel und am Ruder arbeiten.«

»Du meine Güte«, sagte Lily. »Hol das Boot halt rauf, wenn es nicht warten kann.«

Macon ließ die Tür hinter sich zufallen.

»Ich kann auf Küken aufpassen, wenn er nicht hierbleiben …«, fing Cat an, aber Lily war schon verschwunden, um sich fertig zu machen. Cat blieb verlegen zurück, wie gestern beim Abräumen. Sie kannte sich hier nicht aus. Vielleicht sollte sie ihnen sagen, dass sie auf Küken aufpassen konnte – das machte sie schließlich ständig.

Sie sah zu ihm hinüber. »Hat Macon gesagt, er muss an einem Schiff arbeiten?«

»Hat er«, sagte Küken und malte weiter.

»Und er wird es hier raufholen?«

»Das hat Lily gesagt«, antwortete Küken und nahm sich einen orangen Stift.

»Wie soll das denn gehen?«

Küken blickte nicht auf. Er malte die Flosse eines Hammerhais.

Cat sah sich das Bild genauer an. »Haie haben keine orangen Flossen.«

Küken zuckte mit den Schultern. »Dieser hier schon.«

Die Tür ging auf, und Macon kam zurück, in der einen Hand hielt er ein paar Holzstückchen, in der anderen eine Glasflasche. »Dachte, ihr hättet vielleicht Lust, euch das hier anzugucken.« Macon legte die Flasche auf den Tisch. Darin war ein winziges Schiff.

»Wow!« Küken ließ den Buntstift fallen. »Die ist ja genau wie die im Gästezimmer. Hast du die selbst gemacht?«

»Ja«, sagte Macon.

»Wie?«, fragte Cat.

»Ich habe mit Bausätzen angefangen, aber inzwischen mache ich sie aus Holzresten.«

Cat beugte sich vor. Das Schiff sah nicht so aus, als wäre es aus Holzresten gemacht. Es hatte zwei Masten mit zwei großen und mehreren kleinen Segeln. Der Schiffsrumpf war in einem satten Dunkelblau gestrichen, und es gab sogar kleine Bullaugen und einen winzigen Anker.

»Fährst du manchmal zum Angeln?«, fragte Cat. »Also auf richtigen Booten.«

Macons Gesicht verfinsterte sich. »Nein, dabei wird mir schlecht.«

Schwer zu glauben, dass jemand so Robustes seekrank werden konnte. Cat musste fast ein bisschen lächeln, so wie wenn sie einen langen Lulatsch sah, der einen winzigen Hund ausführte.

Macon räusperte sich. »Eure Mutter konnte nicht genug davon bekommen, aber mir wird jedes Mal schlecht. Ich bin einfach nicht fürs Meer geschaffen, fürchte ich.« Er hielt den Blick gesenkt. Cat war nicht länger nach Lächeln zumute.

Macon stand so ruckartig auf, dass der Stuhl über den Boden kratzte. »Ich muss noch etwas erledigen. Eure Großmutter ist bestimmt gleich wieder hier.« Damit sammelte er seine Sachen zusammen und war zur Tür hinaus, ehe Cat oder Küken auch nur ein Wort sagen konnten.

Warum verschwand er, kaum dass sie sich zum ersten Mal richtig unterhielten? Als Cat dem blauen Jeep beim Ausparken zusah, wurde ihr bewusst, wie einsam Küken und sie auf dieser Insel waren. Natürlich, Macon und Lily waren ihre Großeltern, aber sie waren zugleich völlig Fremde. Und zumindest Macon schien das nicht ändern zu wollen.

»War Macon sauer?«, fragte Küken erschrocken.

Cats Traurigkeit verwandelte sich in Wut. Sie konnte Leute nicht ausstehen, die Küken verunsicherten.

»Wahrscheinlich musste er einfach noch mal los. Erwachsenenzeug.« Etwas anderes fiel ihr nicht ein.

»Am besten, er probiert es mal mit Bauchatmung, dann regt er sich nicht so auf«, sagte Küken. Er reichte Cat einen fuchsienroten Stift. »Malst du mit?«

Sie zeichnete einen Seestern und malte ihn aus, bis Lily herunterkam.

»Seid ihr so weit?«, fragte sie. Sie trug drei zusammengerollte Handtücher und hielt ihnen einen Beutel voller Sandspielzeug hin. Zusammen gingen sie an den Strand. Die Sonne tanzte auf den Wellen.

»Erst spazieren gehen oder erst Burgen bauen?«, fragte Lily.

»Spazieren gehen«, sagte Cat, gerade als Küken »Burgen!« rief.

Lily sah sie an. Cat wollte schon sagen, dass es ihr nichts ausmachte, erst zu bauen, und ihr Spaziergang warten könnte.

»Kommt, wir gehen ein bisschen«, sagte Lily endlich. »Ich möchte nach Meerglas für meine Sammlung suchen. Was ist mit dir, Küken, willst du auch was sammeln?«

Küken nickte, ein Glitzern in den Augen. »Haifischzähne.«

Das war klar. Lily fasste Küken fest an der Hand, und zusammen liefen sie zum Wasser.

»Ich mag keine Wellen«, sagte Küken und stemmte die Füße in den Sand.

»Wir gehen nicht rein, aber wenn wir Haifischzähne finden wollen, müssen wir schon ein bisschen näher ran«, sagte Lily.

Küken machte die Augen zu. Cat wusste, welcher Kampf in seinem Innern tobte – wasserscheu gegen haiverrückt. Er öffnete die Augen und blinzelte in die helle Sonne.

»Wir können nach Haifischzähnen suchen«, sagte er schließlich. »Aber ich will nicht nass werden.«

Sie liefen Richtung Meer, und bei jedem Schritt entdeckte Küken Muscheln und Steine. Die gab er Lily.

Cat blieb an der Wasserlinie stehen. Hier lagen so viele Muscheln, dass sie aufpassen musste, wo sie hintrat. Sie sah sich noch einmal nach den beiden um, ob Lily Küken auch an der Hand hielt. Ja, ganz fest. Küken zeigte aufs Wasser und redete ohne Punkt und Komma auf Lily ein, und die hörte aufmerksam zu.

Das Wasser war kälter als gestern. Cat watete bis zu den Knien hinein, den Blick auf die kabbeligen Wellen um ihre Beine gerichtet. Eine Handvoll Pelikane stieg über dem Meer auf.

Am liebsten hätte Cat die Zeit zurückgedreht. Es kam ihr vor, als hätte Küken sie verraten, weil er sich hier gleich so wohl fühlte. Dabei hatte er sich fast genauso auf Rishi gefreut wie Cat. Alles in ihr sträubte sich dagegen, den ursprünglichen Plan für die Ferien aufzugeben. Sie sehnte sich nach dem grünen See und nach Freunden, bei denen sie zur Familie gehörten – und danach, dass Mom jeden Abend bei ihnen war. Statt sie einfach bei Leuten abzuladen, die sie kaum kannten.

Eine Welle riss sie einen Schritt zurück. Cat grub die Zehen in den Sand. Sie schaute zu Küken, aber der hielt immer noch Lilys Hand, als hätte er nie etwas anderes getan. Am liebsten hätte Cat sich auf den Boden geschmissen und geheult, so wie Küken am Flughafen. Der Unterschied war, dass Küken sicher sein konnte, von jemandem aufgehoben zu werden, aber Cat nicht. Sie musste sich selbst aufrappeln. Ihr würde nichts anderes übrigbleiben als herauszufinden, wie sie das hier schaffen sollte.

7

Der Nachmittag war heiß, und Lily spielte mit Küken Quartett. Cat las in ihrem Zimmer.

Als sie später herunterkam, war es still im Haus. Nirgends eine Spur von Lily und Küken. Vielleicht waren sie rausgegangen. Macon hatte sie seit heute Morgen nicht mehr gesehen.

Cat schob die Glastüren auf, als ein Schrei vom Strand ertönte. Einen Augenblick lang war sie wie gelähmt. *Küken.* Sofort malte sie sich das Schlimmste aus – wie er verzweifelt den Strand entlanglief. Oder, schlimmer noch, direkt ins Meer. Bei dem Gedanken setzte ihr Herz einen Schlag aus. Sie rannte über den Sand. Da, am Strand, waren Küken und Lily. Irgendwie hatte er sie überredet, den Wäschekorb mit rauszunehmen.

»Alles okay?«, fragte sie, als sie bei ihnen war. »Hast du nicht eben geschrien?«

Küken drehte sich zu ihr um. »Wir haben eine Krabbe ausgebuddelt. Die war schon halb aufgefressen, voll eklig.«

Lily lächelte. »Wir haben sie dort drüben hingeworfen, wenn du sie dir noch ansehen willst, ehe eine Möwe sie sich schnappt.«

Cat wartete lieber, bis ihr Herz nicht mehr ganz so wild schlug, bevor sie sich etwas so Ekliges ansah.

Lily und Küken hatten angefangen, eine Sandburg zu bauen. Lily saß im Sand, während Küken im Wäschekorb kniete und sich zum Buddeln weit über den Rand lehnte. So weit, dass er beinahe hinausfiel.

»Pass auf, deine Schätze«, sagte Lily.

Er blinzelte zu Cat hoch. »Willst du meine Sammlung sehen?«

Der Wäschekorb war voller Muscheln.

»Sehr schön«, sagte Cat. Sie ließ sich auf den Boden sinken und fuhr mit der Hand durch den Sand.

»Wenn wir fertig sind, schaufeln wir den Eimer voll für den Burggraben«, sagte Küken.

»Damit die Drachen draußen bleiben?«, fragte Lily.

Küken sah Lily an, als hätte sie den Verstand verloren. »Der ist für die Haie.«

Er schüttelte den Kopf und buddelte weiter, »Drachen« murmelte er.

Cat lächelte vor sich hin und grub eine Handvoll Sand aus. *Natürlich* waren Burggräben für Haie gedacht. So ganz hatte Lily Küken doch noch nicht durchschaut.

Lily reichte ihr eine Schaufel. Keine besonders gute, aber besser als nur mit den Händen zu graben.

»Wir finden bestimmt noch was Besseres«, sagte Lily. »Wir wussten ja nicht, dass ihr kommt.«

Cat wollte nicht, dass Lily eine große Sache daraus machte. In drei Wochen würden sie wieder fahren und vielleicht nie zurückkommen. »Du musst nicht extra was Neues kaufen. So lang sind wir ja nicht hier.«

Schweigend arbeiteten sie weiter. Lily häufte feuchten Sand auf die Burg. Nach einer Weile hatte Küken keine Lust mehr. Stattdessen ordnete er die Muscheln zu kleinen Haufen.

Das Graben hatte etwas Beruhigendes, fand Cat. »Wenn Mom arbeiten musste, sind wir manchmal mit Rishi und seinen Eltern an den Strand gegangen.«

»Das klingt ja nett«, sagte Lily.

»Meist war das Wasser viel zu kalt zum Schwimmen«, fuhr Cat fort, »aber buddeln ging.«

Aus dem Wäschekorb kam ein *Blubb-Blubb-Blubb … wruum.* Küken machte ein Motorboot nach. Cat und Lily tauschten ein kurzes Lächeln.

»Um diese Zeit mag ich es hier am liebsten.« Lilys Stimme war kaum lauter als die Wellen.

»Wenn es allmählich kühler wird, kurz bevor die Sonne untergeht … dann ist das Licht so schön, und alles leuchtet.«

Cat drückte eine Handvoll Sand zusammen. Langsam öffnete sie die Finger wieder. Die Lücken zwischen ihren Fingern hatten Furchen im Sand hinterlassen. »Dad hat so übers Licht gesprochen.«

Lily hielt mitten im Schaufeln inne. »Er hat in allem das Besondere gesehen.«

Überrascht blickte Cat von ihren Händen auf. »Kanntest du ihn?«

»Natürlich«, sagte Lily. »Amanda hat ihn oft mit nach Hause gebracht, schon bevor sie ein Paar waren. Es gefiel ihm auf der Insel. Und ich hatte die beiden gern hier.«

War sie etwa ganz unerwartet über einen Hinweis gestolpert? Sorgfältig strich Cat die Wände des Burggrabens glatt, sie wollte ihre Überraschung nicht zeigen. Dann hatten Macon und Lily Dad also doch gekannt, das hatte sie nicht gewusst. Und es klang sogar so, als hätte Lily ihn gemocht. Was Macon wohl von ihm gehalten hatte? Das würde sie unmöglich herausfinden, wenn er sich die ganze Zeit in seinem Schuppen versteckte. Bei ihrer bisher einzigen Unterhaltung war er unvermittelt aufgestanden und verschwunden. Vielleicht war Mom tatsächlich seinetwegen gegangen.

Lily kniff die Augen zusammen und blickte an Cat vorbei.

»O je«, sagte sie. »Die Jungs sollten wirklich runter von den Dünen. Das wissen sie doch.«

Auf Höhe der Häuser tobten drei Jungen über die sandigen Hügel.

»Da steht ›Betreten verboten‹«, sagte Cat.

»Die Dünen sind Schutzgebiet«, sagte Lily. »Wenn der

Strandhafer kaputtgeht, haben die Dünen keinen Halt mehr.«

»Was für Idioten«, sagte Cat.

Lily schien zu überlegen, ob sie etwas zu den Jungen sagen sollte, doch dann drehte sie sich zu Cat: »Ich bin so froh, dass du hier bist, Cat. Du bist ein tolles Mädchen.«

»Oh«, sagte Cat und blickte zu Boden. Sie ließ Sand durch ihre Finger rieseln. »Danke.«

»Ich habe gesehen, wie gut du auf Küken aufpasst«, sagte Lily. »Du kümmerst dich wirklich toll um ihn.«

Cat zuckte mit den Schultern. Küken spielte immer noch Motorboot.

»Es macht nicht besonders viel her, sich um die Familie zu kümmern«, fuhr Lily fort. »Manchmal merken es die anderen kaum.«

Cat wischte sich den Sand von den Händen und dachte nach. Ohne sie würden Mom und Küken ständig in entgegengesetzte Richtungen laufen. Trotzdem kam es ihr manchmal so vor, als bemerkten die beiden sie gar nicht. Was Lily sagte, stimmte.

Plötzlich verstummte das Motorengeräusch. Küken sah über den Rand des Wäschekorbs.

»Ich muss mal groß«, verkündete er. »Sofort.«

Lily fasste sich leicht auf die Brust. »Du lieber Himmel!« Sie nahm Küken an der Hand und lief mit ihm ins Haus.

Cat hob den Korb auf und sammelte das Spielzeug ein. Sie

hatte keine Lust, an der Burg weiterzubauen. Der Strand war verlassen, abgesehen von den drei Jungen auf den Dünen. Sie kletterten hinauf, ließen sich nach vorne fallen und drehten einen Salto in der Luft, ehe sie landeten. Am Fuß der Dünen stand eine Schubkarre, und ein paarmal wären sie fast hineingekracht. Doch die Jungen kletterten übermütig wieder hinauf, ohne sich um den Strandhafer zu kümmern, den sie dabei zertrampelten. Cat schlich sich näher heran.

Zwei der Jungen hatten braune Haare, und einer glatte blonde. Er war kleiner als die beiden anderen. Cat schätzte ihn auf acht oder neun – irgendwo zwischen ihr und Küken. Er war auch bei weitem nicht so kräftig wie die anderen.

Der größte der Jungen war am wagemutigsten. Er bewertete die anderen nach einem ausgedachten Punktesystem. »Das waren fünfzig Punkte, Tanner. Und sechs für dich, John Harvey.«

Cat verdrehte die Augen. Sechs Punkte für den kleinen Blonden, wenn der andere fünfzig bekam? Bestimmt war der große John Harveys älterer Bruder.

John Harvey guckte grimmig. »Das ist unfair, Briggs.« Dafür, dass er so klein war, klang seine Stimme erstaunlich tief und rau.

Briggs feixte. »Heul nicht. Wenn du einen halbwegs anständigen Salto schaffst, kriegst du auch mehr Punkte.«

John Harveys Nacken lief rot an. Er kletterte die Düne hinauf und fuchtelte oben mit den Armen in der Luft. »Ich mach einen Rückwärtssalto!«

Briggs und der andere Junge lachten.

»Das würde ich ja gern mal sehen«, sagte Briggs.

John Harvey funkelte sie wütend an. »Hundert Punkte, wenn ich es schaffe.«

Vom höchsten Punkt der Düne aus warf er sich nach hinten. Anfangs sah es super aus, so als ob er auf den Füßen landen würde, doch der Schwung reichte nicht ganz. Und mit dem sandigsten Bauchklatscher aller Zeiten knallte er kopfüber auf den Strand.

Er lag mit dem Gesicht nach unten still da, während die anderen beiden johlten. Briggs trat eine Ladung Sand über John Harveys Beine. Der rührte sich nicht. Cat stellte den Wäschekorb ab und kam näher. Sie konnte doch nicht einfach weggehen, wenn er so dalag. Vielleicht hatte er sich am Rücken oder am Hals verletzt. Die größeren Jungen schubsten sich gegenseitig und lachten.

»Hey«, sagte Cat. Die beiden machten einfach weiter. Cat ging näher. »Hey!«

Jetzt hatten die Jungen sie gehört. Sie drehten sich zu ihr um, und da bewegte sich auch John Harvey. Er setzte sich auf und rieb sich über Augen und Mund. Er sah aus wie ein gezuckerter Donut mit all dem Sand im Gesicht.

»Was willst *du* denn hier?«, fragte Briggs.

Er starrte sie wütend an, als hätte sie etwas falsch gemacht. Cat fand so fiese Typen unerträglich.

Sie drehte sich zu John Harvey. Er sah klein aus, da auf dem Boden. »Alles in Ordnung?«

Briggs und der andere Junge lachten. Damit hatte Cat nicht gerechnet. Sie wurde wütend.

Briggs stieß John Harvey an. »Jetzt wirst du schon von einem Mädchen verteidigt.«

Cat funkelte Briggs an. Was machte das für einen Unterschied, dass sie ein Mädchen war? »Hört einfach auf, kleine Kinder zu ärgern.«

Die größeren Jungen konnten sich kaum halten vor Lachen.

John Harvey bekam rote Ohren. Er stand auf und hielt sich sehr gerade. »Ich bin kein kleines Kind. Ich bin zwölf.«

Cat konnte es nicht glauben. Zwölf? Sie musterte ihn aufmerksam. Er war wirklich klein, aber dabei viel muskulöser als kleine Kinder sonst, und er starrte sie wutschnaubend an.

»Was für ein Heulbaby«, sagte Briggs und zog die Vokale endlos in die Länge. »Du machst wohl noch in die Windeln.«

»Soll sie dir doch nächstes Mal beim Salto helfen«, sagte Tanner und grinste, als Briggs laut losprustete.

Cat hätte platzen können vor Wut, nicht nur ihretwegen, sondern auch wegen John Harvey. »Ihr dürft sowieso nicht auf die Dünen!«

Die Jungen warfen sich in Positur. Briggs' Lachen war einem höhnischen Grinsen gewichen.

»Woher willst du dich denn damit auskennen?«, fragte er. »Einmal hier Ferien machen, und schon bist du die Expertin? Lass mich raten, eine Woche Strandurlaub?«

Cat starrte ihn feindselig an, ihr Herz zitterte wie ein gefangenes Insekt. Dabei stimmte es doch. Lily hatte selbst gesagt, dass es verboten war, auf die Dünen zu klettern. Er hatte kein Recht, sie so herablassend zu behandeln, als gehörte sie nicht hierher. Sie stellte sich angriffslustig hin.

»Nur damit du es weißt«, fing sie an, »ich mache hier keinen Urlaub, ich besuche meine Großeltern. Sie wohnen da hinten.« Dann zeigte sie auf das Schild hinter sich. »Und überhaupt, lesen lernen kann man auch woanders. Vielleicht ja sogar besser als hier.«

»Klappe«, sagte John Harvey. Er schüttelte sich die Haare aus den Augen. »Immerhin nehmen wir keine Wäschekörbe mit an den Strand.«

Cat wollte schon fragen, mit welchem Recht ihr das jemand vorhielt, der selbst mit einer Schubkarre hier war, doch Briggs war zu schnell für sie. Mit ein paar großen Schritten hatte er den Wäschekorb erreicht, hob ihn mit einer Hand hoch und warf ihn zu Tanner. Spielzeug und Muscheln purzelten heraus.

Cat ballte die Hände zu Fäusten. »Gib ihn zurück. Das gehört meinem Bruder.«

Tanner warf den Korb in einem ziemlich schiefen Bogen zu John Harvey. Der fing ihn auf und schaute zu Briggs, der mit dem Kopf Richtung Düne nickte.

John Harvey lächelte verschlagen. Dann stieg er die Düne hinauf und platzierte den Wäschekorb ganz oben. »Wofür brauchst du den überhaupt? Willst du hier etwa deine Wäsche waschen?« Die anderen Jungen lachten.

»Und wofür brauchst du die Schubkarre?«, fragte Cat. »Willst du hier etwa Gemüse pflanzen?«

Die Jungen reagierten nicht.

»Kommt, lasst uns verschwinden«, sagte Briggs. »Macht keinen Spaß hier.«

Cat konnte es nicht glauben, aber sie ließen den Wäschekorb von Küken tatsächlich auf der Düne liegen.

»Holt ihn wieder runter«, rief Cat ihnen hinterher.

Briggs drehte sich um und ging rückwärts weiter, während er ihr zurief: »Und wenn nicht?«

Darauf wusste Cat keine Antwort.

John Harvey grinste höhnisch. »Nächstes Mal werfen wir ihn ins Meer.«

Die drei lachten und liefen weiter den Strand entlang und John Harveys dämliche Schubkarre hinterließ eine alberne Linie im Sand. Cat presste die Finger auf die Augen. Wegen ein paar fieser, dummer Inseljungs würde sie bestimmt nicht anfangen zu heulen. Aber den Korb musste sie noch holen.

Die Düne war steiler, als sie erwartet hatte. Statt schnell

hinaufzustürmen, war es eher ein schwerfälliges Nach-oben-Trotten. Bei jeder kurzen Pause rutschte sie zurück und strauchelte in dem losen Sand. Endlich fand sie Halt und schaffte es bis nach oben.

In einem Haus in der Nähe schlug ein Fenster auf. Ein beinahe glatzköpfiger Mann lehnte sich heraus. »Also wirklich! Runter von der Düne mit euch.«

Cat hob den Wäschekorb in die Höhe. »Ich habe …«, fing sie an. Da knallte das Fenster schon wieder zu.

Cat kochte innerlich vor Wut. Sie wurde angeschrien, aber die Jungen mussten sich nicht das Geringste anhören. Sie rannte die Düne wieder hinunter und sammelte Muscheln und Sandspielzeug ein. Die Insel war nicht groß, aber auch nicht winzig. Wenn sie Glück hatte, konnte sie den Jungen aus dem Weg gehen.

Zurück beim Haus drückte sie die Schiebetüren auf.

»Mein Boot!«, rief Küken.

Er hätte ruhig »Danke« sagen können, auch wenn er natürlich nicht wusste, was sie durchgemacht hatte, damit sie den dummen Korb wiederbekam.

»Ich freue mich auch, dich zu sehen«, sagte Cat.

Küken zuckte mit den Schultern. »Das tu ich auch, Cat. Aber über mein Boot freue ich mich extra super doll!« Er setzte sich den Korb auf den Kopf und marschierte durchs Wohnzimmer.

Lily schnitt Gemüse. Aber Cat wollte sowieso nicht mit

ihr reden, schon gar nicht darüber. Der Zwischenfall am Strand hatte sie erschöpft.

»Komm, wir gucken, ob Mom Zeit zum Chatten hat«, schlug sie Küken vor.

»Ja! Dann zeig ich ihr mein Boot.«

Cat rannte nach oben und holte das Tablet runter. Es dauerte einen Augenblick, bis die Verbindung zustandekam.

»Nicht schreien und nicht zu nah mit dem Gesicht an den Bildschirm«, erinnerte sie Küken.

»Mach ich nicht«, sagte er.

»Na ja, machst du eigentlich immer«, sagte Cat.

»Gar nicht *immer*«, sagte Küken und lehnte sich so weit zurück, dass er beinahe hintenüberfiel.

Endlich machte es *Ping*, und die Verbindung stand.

»Hallo, meine Süßen!«, sagte Mom. »Wie geht's euch? Mein Handy ist kaum aufgeladen, also kann ich nicht lang sprechen.«

»Wir waren heute schon zwei Mal am Strand«, sagte Küken. »Und wir haben das Boot von Macon gesehen, das in so ein Einmachglas passt.«

»Kein Einmachglas, eine Flasche«, sagte Cat.

»Wie schön«, sagte Mom. »Und sonst?«

»Lily hat uns ihr Großes Blaues Buch gezeigt«, sagte Küken. »Nur blau ist es nicht, aber sonst genau wie unseres.«

»Ich habe Fotos von dir gesehen«, sagte Cat.

Selbst aus so großer Entfernung und auf einem so kleinen

Bildschirm war offenkundig, dass Mom davon nicht begeistert war. »Ziemlich öde, oder?«

Cat verstand nicht, wovon Mom sprach. Sie und Macon hatten auf allen Fotos gelacht. Das sah überhaupt nicht langweilig aus, sondern toll. Wie sehr wünschte Cat sich so was auch mit Mom.

»Du warst ständig mit Macon angeln«, sagte sie.

»Das ist schon eine Ewigkeit her«, antwortete Mom.

»Können wir das am Wochenende machen, wenn du hier bist?«, fragte Cat. »Du kannst es mir beibringen.«

»Ähm …«

»Komm schon, Mom, bitte?«

Mom seufzte. »Also gut, mal abwarten.«

Cat strahlte. Sie würden zusammen angeln, endlich wieder ein Team sein. Natürlich käme das nicht an die Reise nach Atlanta heran, aber vielleicht reichte es ja für die zweitbesten Ferien.

»Mein Akku ist fast leer, wir reden morgen oder übermorgen wieder. Hab euch lieb! Seid brav!«

»Klar, Mama«, sagte Küken.

»Hab dich auch lieb«, sagte Cat.

Das Bild verschwand. Einen Augenblick noch starrte Cat den leeren Bildschirm an, dann schaltete sie das Tablet aus. Warum machte Mom nur so ein Geheimnis aus der Vergangenheit? Cat überlegte, was sie bisher herausgefunden hatte: Als Kind hatte Mom für ihr Leben gern geangelt, Macon hatte als Arzt viel arbeiten müssen, und dann war Mom weggezogen und nie zurückgekehrt. Nichts davon passte zusammen. Sie hatte eine Handvoll Puzzlesteine, aber keine Ahnung, welches Bild sie ergaben.

Mom hielt alle Steine in der Hand, aber sie rückte sie nicht heraus. Sie sprach so wenig wie möglich über die Insel. Um Antworten zu bekommen, würde Cat sich etwas einfallen lassen müssen. Wenn Mom ihr nichts erzählte, müsste sie jemand anderen fragen.

8

Die aufgehende Sonne färbte den Himmel rosarot, und Cat wollte von der Veranda aus zusehen. Sie legte sich eine Decke um die Schultern und ging nach unten.

Das Wohnzimmer war dämmrig und still, abgesehen vom Gluckern der Kaffeekanne. In der Küche war niemand. Cat wollte gerade die Schiebetür aufdrücken, als sie hinter sich eine Stimme hörte. »Morgen.«

Sie drehte sich um. Da stand Macon und goss sich Kaffee in einen Thermobecher.

»Hallo«, sagte sie. »Gehst du jetzt spazieren?«

»Gut erkannt, mein Fräulein«, sagte Macon und drückte den Deckel fest. »Wie jeden Tag.«

Cat fragte sich, ob der Sonnenaufgang am Meer wohl noch schöner aussah. »Kann ich mitkommen?«

Kaum hatte sie die Worte ausgesprochen, hätte sie sich am liebsten auf die Zunge gebissen. Gestern war Macon schon nach drei Sätzen zur Tür hinausgestürzt. Er hatte bestimmt keine Lust, sie bei seinem geliebten Morgenspaziergang dabeizuhaben.

Macon sah erstaunt aus. »Wenn du willst. Aber viel gibt's so früh am Morgen nicht zu sehen.«

»Macht nichts«, sagte sie.

Macon zögerte, dann nickte er kurz. »Ist kalt draußen, zieh dir lieber was über.«

Sie lief nach oben. Als sie mit ihrem Kapuzenpulli zurückkam, wartete Macon schon auf der Veranda. Er schritt weit aus, und Cat musste fast laufen, um mitzuhalten.

Nach einer Weile hatte sie sich an sein Tempo gewöhnt, und sie liefen einträchtig nebeneinander her.

»Lily hat sie Schildkrötenspaziergänge genannt«, sagte Cat. »Sehen wir welche?«

Macon wedelte unbestimmt mit der Hand in Richtung Meer. »Unwahrscheinlich. Vielleicht finden wir Spuren, wo sie ihre Eier in den Sand gelegt haben.«

Das klang aufregend. »Wie viele Eier sind denn in so einem Nest?«

»Bis zu sechzig«, sagte Macon. »Dauert ein paar Monate, bis alle ausgebrütet sind. Bis dahin seid ihr längst wieder weg.«

Cat blickte ihn von der Seite an. Küken und sie waren gerade erst angekommen, aber Macon dachte schon daran, dass sie wieder wegfuhren – vielleicht freute er sich sogar darauf. Sie versuchte es noch einmal.

»Das Schiff in der Flasche war toll«, sagte sie.

»Es ist immer gut, Hobbys zu haben«, sagte er.

Eine Möwe lief den Strand entlang. »Machst du noch was anderes, außer den Schiffen?«

»Ab und zu ein paar Holzarbeiten, und dann habe ich ja noch meinen Tischlerschuppen. War nicht immer so einfach, Zeit dafür zu finden. Jetzt habe ich mehr als genug.«

Cat fielen die Pokale auf dem Bücherregal wieder ein. »Und was ist mit Angeln?«

Eine steile Falte bildete sich auf seiner Stirn. »Das ist ewig her.«

»Mom hat gesagt, sie bringt's mir bei.« Dass Cat sie dazu drängen musste, erwähnte sie lieber nicht.

Macon trank einen Schluck Kaffee.

Wie wütend er gestern geworden war, als sie übers Angeln gesprochen hatten. Vielleicht war er einfach traurig und sehnte sich nach den schönen Zeiten mit Mom. Auf den Bildern hatte es jedenfalls so ausgesehen, als hätten sie damals jede Menge Spaß gehabt. Und er hatte gesagt, dass Hobbys wichtig sind.

»Komm doch mit«, sagte sie.

Macon räusperte sich. »Ich glaub nicht, dass das eine gute Idee ist.«

»Warum?«, fragte Cat. Erst nach ein paar Schritten fiel ihr auf, dass er nicht mehr neben ihr ging. Er war stehen geblieben und blickte aufs Meer. Sie beobachtete ihn, dann lief sie zu ihm zurück. Er starrte einfach nur vor sich hin.

Cat wartete.

Endlich ging er weiter, als wäre nichts passiert.

»Ich wäre nur im Weg«, sagte er schließlich. »Und so gern mag ich's auch nicht mehr.«

Macon war genauso dickköpfig wie Mom, dabei würde es ihm bestimmt Spaß machen, wenn er es wieder versuchte, dachte Cat. Dann würden Mom und er sich daran erinnern, wie schön sie es früher hatten.

»Bitte, Macon«, sagte Cat. »Das wird toll.«

»Nein«, fuhr er sie an. »Auf gar keinen Fall.« Er machte auf dem Absatz kehrt und ging den Weg zurück, den sie gekommen waren.

Cat war wütend. Es gab so einiges, was Macon nicht mochte, eine ganze Liste ungeliebter Dinge: Boot fahren, angeln, Küken und Cat. Meeresschildkröten und Kaffee hingegen mochte er. Da Cat in keine der beiden Kategorien passte, hatte es auch keinen Zweck, noch mal mit ihm zu sprechen. Auf dem Rückweg versuchte sie gar nicht erst ihn einzuholen.

9

Am Nachmittag war der Himmel voller Wolken. Macon holte einen alten Drachen vom Dachboden, und nach viel Überzeugungsarbeit von Lily kam er mit ihnen an den Strand. Küken kriegte sich kaum ein vor Aufregung. Er wollte alles über den Drachen wissen, und es dauerte nicht lang, da waren Macon und er in ein Gespräch über Aerodynamik vertieft. Sie unterhielten sich, als würden sie sich schon ewig kennen.

Cat stieß vor Wut mit den Zehen in den Sand. Sah ganz so aus, als könnte sie Küken von Macons Liste der ungeliebten Dinge streichen.

»Ich hätte Lust, ein wenig spazieren zu gehen«, sagte Lily. »Magst du mitkommen, Cat?«

Cat wies mit dem Kopf in Richtung Küken. »Ich sollte besser bei ihm bleiben.«

»Wir gehen nicht weit«, sagte Lily.

Cat beobachtete Macon und Küken. Offenbar waren die beiden seit neuestem richtig dicke Freunde. Und sie bliebe ja in der Nähe.

Cat lief neben Lily am Wasser entlang. Sie hielt vor allem nach Meerglas Ausschau. Es war nicht leicht zu finden, und jedes Stück war wie ein Schatz. Bisher bestand ihre Sammlung aus zwei braunen und einer durchsichtigen Glasscherbe. Lily war genauso begeistert davon. Sie hatte grüne und blaue Scherben in einer großen Schüssel auf dem Sofatisch gesammelt.

Gerade als Lily erklärte, wie die Wellen das Glas hin- und herwiegten, bis es ganz glattgeschliffen war, sah Cat etwas aus den Augenwinkeln.

Macon blickte dem Drachen hinterher. Er redete und zeigte zum Himmel, während Küken unbemerkt ein paar Schritte Richtung Wasser gelaufen war. Eine Welle rollte heran und spülte über seine Füße. Doch statt vor Angst wegzulaufen, lächelte er. Cat lächelte auch, sie wusste noch, wie erstaunt sie selbst gewesen war, dass das Meer warm sein konnte.

Einen Augenblick lang stand Küken wie gebannt.

»Das ist ja warm!«, rief er.

Macon sah sich erschrocken nach ihm um. Cat blickte Küken streng an und überlegte fieberhaft, wie lange es dauerte, bis sie bei ihm war.

Plötzlich rannte Küken ins Wasser und stolperte. Eine Welle schlug über seinem Kopf zusammen, und er verschwand.

»Küken! Küken!«

Cat rannte über den Strand, Lily war direkt hinter ihr. Macon stand schon bis zu den Oberschenkeln im Wasser und fischte Küken aus den Wellen. Der blickte erschrocken um sich, als er wieder auftauchte, und erschrak umso mehr, als Macon ihn hochhob und wie ein Baby in die Arme schloss.

Lily war zu ihnen ins Wasser gerannt. »Alles in Ordnung mit ihm? Atmet er?«

Als Antwort warf Küken den Kopf in den Nacken und heulte los. Sein Geschrei übertönte sogar das Rauschen der Wellen. Verzweifelt versuchte er sich aus Macons Griff zu befreien, doch der hielt Küken fest in den Armen, während er mit ihm zurück an den Strand ging.

Lily tätschelte Küken, als wollte sie sichergehen, dass ihm nichts fehlte. »Ist er verletzt?«

Lily wusste es nicht besser. Rein äußerlich war Küken nichts passiert. Und doch war er stärker erschüttert, als die Wellen allein es vermocht hätten. Macon und Lily meinten es nur gut, trotzdem machten sie alles falsch.

Küken heulte immer noch. Er bog den Rücken durch und schlug mit den Armen wild um sich.

Cat machte einen Schritt vor. »Du hältst ihn zu fest, Macon. Er mag nicht auf dem Rücken sein, dann fühlt er sich nicht sicher.«

Aber Macon hörte sie nicht. Er und Lily ließen Küken einfach nicht in Ruhe. Inzwischen waren alle drei klitschnass.

Küken atmete zitternd aus. »Will einen Hai.«

Lily blickte besorgt. »Macon, er will seinen Hai! Ich glaube, der liegt auf dem Küchentisch.«

»Bitte«, Küken weinte verzweifelt. »Ich will runter.«

»Auf gar keinen Fall!«, sagte Macon und hielt ihn weiter im Arm. »Nicht dass du uns noch mal ins Wasser läufst.«

Küken trat nach Macon, doch der verstärkte seinen Griff bloß. Es gab kaum Schlimmeres für Küken, als so festgehalten zu werden.

Cat streckte die Arme aus. »Gib ihn mir.«

Macon zögerte. »Er ist zu schwer. So ist es sicherer.«

Cat starrte ihn empört an. Meinte Macon wirklich, dass seine eigene Schwester nicht auf Küken aufpassen konnte, obwohl er derjenige gewesen war, der Küken hatte ins Meer laufen lassen?

»Wenn dir das so wichtig ist, hättest du besser auf ihn aufpassen sollen«, rief sie. »Du hältst ihn viel zu fest! Und auf dem Rücken sein mag er auch nicht. Ich weiß am besten, was gut für ihn ist.«

Lily kam näher. Die Haare klebten ihr am Kopf. »Gib ihn ihr, Macon.« Ihre sonst so sanfte Stimme klang mit einem Mal entschlossen.

Also legte Macon Küken in Cats Arme. Cat drehte sich um und ging langsam zurück zum Haus. Es war gar nicht so einfach, dabei nicht zu stolpern. Küken war wirklich schwer. Damit hatte Macon recht gehabt.

Sie blieb kurz stehen und lockerte Kükens Arme, die er

ihr so fest um den Hals geschlungen hatte, dass sie kaum noch Luft bekam. Er war klitschnass und schwierig festzuhalten, und er schien tatsächlich schwerer.

»Ich will einen Hai«, heulte Küken wieder.

»Ich weiß«, antwortete Cat. Sie schwankte kurz, dann fing sie sich wieder.

»Nicht den Plastikhai. Einen echten. Zigarrenhaie mögen warmes Wasser, und hier ist das Meer warm.«

»Ach, Küken«, sagte Cat. »Das kannst du machen, wenn du groß bist, wenn du schwimmen kannst.«

Diesmal widersprach er ihr nicht, schien nur ganz leise etwas zu flüstern.

Sie blieb stehen und zog ihn höher. »Was hast du gesagt?«

»Wenn ich groß bin.«

»Ja«, sagte sie, »aber jetzt noch nicht.«

Sie trug ihn die ganze Strecke zurück und setzte ihn erst auf der Veranda ab. Dann griff sie nach einem gestreiften Handtuch.

»Komm her«, sagte sie und rubbelte ihn trocken, damit er nicht tropfte. Küken brauchte sie auf eine Weise, die Macon und Lily nicht verstanden. Cat verstand es selbst nicht immer. Sie rieb ihm den Sand von den Füßen.

Küken blickte über das Geländer. »Worüber reden sie?«

Cat hob den Blick vom Handtuch. Macon und Lily sprachen ernst miteinander. Aber sie standen so weit weg, dass Cat sie nicht verstehen konnte. »Wahrscheinlich über uns.«

Küken sah sie erschrocken an. »Schicken sie uns weg?«

Cat beobachtete sie genau. Lily redete, und Macon nickte die meiste Zeit.

»Glaube ich nicht«, antwortete sie. »Aber du kannst nicht einfach so wegrennen, Küken, schon gar nicht am Meer. Das ist gefährlich.«

»In Ordnung«, sagte Küken.

Sie schaute ihn an. Dafür, dass er eben noch so geschrien hatte, war er jetzt schon wieder erstaunlich ruhig. Er musste verstehen, wie wichtig das war.

»Du musst es mir versprechen«, sagte sie.

»Versprochen«, sagte er. »Kein Meer, bis ich groß bin.«

Das Handtuch war inzwischen ebenfalls klitschnass, und Cat hängte es zum Trocknen über das Geländer. »Komm, wir suchen dir was Trockenes zum Anziehen.«

Küken zog sich in seinem Zimmer um und brachte Cat dann die nassen Sachen.

»Liest du mir was vor?«, fragte er. In der Hand hielt er *Der zerbrochene Keks*, ein Buch, das erst vor kurzem herausgekommen war.

»Klar«, sagte Cat. Sie kletterte auf die Fensterbank, und er machte es sich neben ihr gemütlich. Auf den ersten Seiten sah man Caterpillar und Chicken in einer Bäckerei, sie suchten sich jeder einen Keks aus. Doch draußen auf dem Gehweg stolperte Chicken. Sein Keks zerbrach. Wütend und traurig stapfte er über die Seite.

Die Geschichte war lustig gemeint, und trotzdem hinterließ sie bei Cat ein schales Gefühl. Hätte es nicht gereicht, dass Caterpillar Chickens Keks einen Puzzle-Keks nennt, ohne dass sie dafür ihren eigenen zerbricht? Cat wurde immer wütender. Eigentlich war es nur eine Geschichte über Kekse. Und gleichzeitig war es so viel mehr.

Cat war Kükens große Schwester. Natürlich würde sie immer für ihn da sein, wenn er sie brauchte. So wie Caterpillar für Chicken. Und obwohl Küken jetzt wieder warm und trocken neben ihr saß, zitterte sie noch immer, wenn sie nur daran dachte, wie er in den Wellen untergegangen war. Es war schlimm gewesen, eine Katastrophe.

Aber ein zerbrochener Keks war keine Katastrophe. Höchstens ein bisschen traurig.

Trotzdem hatte Caterpillar ihren Keks ohne Not zerbrochen. Sogar absichtlich. Das konnte nicht richtig sein.

»Küken«, sagte Cat, »was meinst du, warum hat Caterpillar ihren Keks auch zerbrochen?«

Küken knetete die Finger. »Weil Puzzle-Kekse toll sind.«

»Stimmt«, sagte Cat. »Aber das hätte sie doch auch erklären können, ohne ihren Keks zu zerbrechen.«

Küken sah sie verständnislos an. »Sie will halt, dass Chicken glücklich ist. Der Keks ist ihr egal.«

Wütend klappte Cat das Buch zu. »Das sollte er aber nicht!«

Küken verschränkte die Arme vor der Brust. »Ist er aber.«

»Du hast einen Puzzle-Keks!«

»Es geht doch gar nicht um den Keks. Der ist nur ein *Symbol*. Für alles, was Caterpillar aufgibt, damit Chicken glücklich ist.« Cat dachte an den letzten Schultag und daran, dass sie nicht mit Poppy Zhang ins *Toy-Boat*-Café gegangen war. Küken hatte ja keine Ahnung, was sie alles für ihn aufgab.

Er schüttelte den Kopf. »Das ist doch blöd. Blöde Symbole.«

»Manchmal bedeuten Geschichten mehr als nur das, was aufgeschrieben steht«, sagte Cat.

Küken nahm ihr das Buch weg. »Das ist dumm. Wenn die Geschichte etwas anderes bedeuten soll, kann Mom das doch einfach anders schreiben. Sie würde nicht schummeln.«

Er verstand es einfach nicht. Cat schüttelte ungeduldig den Kopf. Ein leises Klopfen war zu hören. Lily stand in der Tür.

»Mögt ihr vielleicht Limonade?«, fragte sie.

»Ja«, sagte Küken. Er rutschte von der Fensterbank und lief aus dem Zimmer, ohne sich noch mal umzublicken.

»Cat?«

»Nein, danke«, sagte Cat. Als sie die Schritte der beiden auf der Treppe hörte, schloss sie die Tür. Sie wollte allein sein.

Zurück auf der Fensterbank baute sie sich mit Kissen ein Lager. Es war sinnlos, mit Küken zu diskutieren. Er verstand einfach nicht, dass ein Buch mehr als nur eine Geschichte sein konnte. Vordergründig ging es um einen Keks. Aber dahinter verbarg sich so viel mehr. Immer steckte Caterpillar zurück, selbst wenn es gar nicht sein musste. Cat war anders. Oder etwa nicht?

Immer musste sich jemand um Küken kümmern. Auf ihn aufpassen und sich Gedanken um ihn machen, damit nichts passierte. Ihn daran erinnern, dass es keine gute Idee war, mit Klamotten ins Meer zu laufen, vor allem, wenn man nicht schwimmen konnte. Manchmal fand Cat, dass Küken mehr brauchte, als sie oder Mom geben konnten. Er brauchte mehr als zwei – am besten so viele wie möglich.

So viele brauchte Cat nicht, aber ganz allein zu sein war auch nicht gut. Sie schaute auf die Uhr. Mom unterrichtete noch, aber sie konnte Rishi eine Mail schreiben.

Rishi,

wie geht es deiner Großmutter? Es tut mir leid, dass sie einen Herzinfarkt hatte. Ich hoffe, es geht ihr schon wieder besser.

Wie ist es in Indien?

Wir sind jetzt bei Moms Eltern in North Carolina. Ziemlich verrückt.

Ich habe sie diese Woche zum ersten Mal getroffen. Lily ist echt nett.

Und ich glaube, Macon ist ganz in Ordnung.

Küken ist heute einfach so ins Meer gelaufen. (Aber ihm ist nichts passiert.) Ich konnte dir noch nicht mal erzählen, dass er am letzten

Schultag auf der Clement Street weggelaufen ist. Manchmal macht er mir Angst.

Schreib mir oder lass uns chatten, wenn du Zeit hast.

Cat

• • •

Küken schlief längst, aber Cat war noch wach. Sie hatte sich auf der Fensterbank zusammengekuschelt und las. Gerade wollte sie das Licht ausmachen, da hörte sie Macon und Lily auf der Veranda unter sich. Sie saßen auf der Hollywoodschaukel, die über das Rauschen der Wellen hinwegknarzte. Eigentlich soll man ja nicht lauschen, aber Cat konnte nicht anders.

»Hatte noch nie solche Angst …«, hörte sie Macon sagen.

»Es ist ja alles gutgegangen …«, beruhigte ihn Lily.

»Hätte mich nicht wegdrehen sollen, aber er wollte alles über den Drachen wissen …«

»Es war nicht dein Fehler. Er hat sich einfach ablenken lassen.«

Macon erwiderte etwas, das klang wie: »Ich weiß nicht, ob ich das kann.«

Sie sprachen leise. Cat lehnte sich vor und spitzte die Ohren.

»Es kann mir jeden Moment um die Ohren fliegen«, sagte Macon schließlich. »Ich muss nur einen Fehler machen, dann sind sie weg. Und alles wäre meine Schuld.« Die Worte klangen abgehackt, als könnte er es kaum über sich bringen, sie auszusprechen.

Lily sagte etwas, aber ihre Stimme war zu leise. Die Hollywoodschaukel knarzte noch mindestens fünfhundert Mal, ehe Cat neben Küken unter die Decke krabbelte, und als sie endlich die Augen schloss und einschlief, knarzte sie noch immer.

10

Die Morgensonne weckte Cat. So wie Küken schnarchte, konnte sie unmöglich wieder einschlafen. Also zog sie sich einen Pullover über und ging hinunter. Nach dem, was gestern passiert war, würde Macon sie wohl kaum beim Spaziergang dabeihaben wollen. Doch auf dem Küchentresen standen zwei Becher.

»Morgen«, sagte Macon. »Bist du so weit?« Es klang, als wäre es längst beschlossene Sache, dass sie zusammen gehen würden.

Cat nickte.

Er griff nach dem blauen Becher und wies mit dem Kinn auf den silbernen. »Für dich.«

Überrascht schaute Cat den silbernen Becher an.

»Heißer Kakao«, sagte Macon. »Dachte, Kaffee ist nicht gut für dich.« Ehe sie ihm danken konnte, hatte er sich umgedreht und war zur Tür hinaus.

Die feuchte Luft draußen erinnerte Cat an den Nebel in San Francisco. Sie nahm ihren Becher und folgte Macon. Schweigend liefen sie nebeneinander her und tranken in kleinen Schlucken. Der Kakao war herrlich sahnig.

Cat quetschte den nassen Sand zwischen den Zehen hindurch. Sie wollte mehr über Macons Spaziergänge erfahren. »Warum schaust du eigentlich nach den Schildkröten?«

Macon ging mit schnellen Schritten weiter. »Ich mag Schildkröten. Die meiste Zeit kommen sie gut zurecht. Es gibt erst dann Probleme, wenn ihnen Menschen in die Quere kommen.«

»Wie meinst du das, ›in die Quere kommen‹?«

»Wie deine Großmutter gesagt hat, die Lichter führen sie in die Irre. Und manchmal werden sie auch krank, weil sie zu viel Müll fressen, vor allem Luftballons und Plastik. Beim Spazierengehen sammle ich den Müll ein.«

»Das ist nett von dir.«

»Ist keine große Sache. Einfach da sein, wenn man gebraucht wird.«

Ein paar Schritte vom Wasser entfernt lagen die Scherben einer lila Plastikschaufel. Cat sammelte sie auf.

»Einfach da zu sein, darauf kommt es im Leben an«, sagte Macon leise, wie zu sich selbst. »Und es gibt Dinge, für die es sich lohnt, da zu sein.«

Den Rest des Spaziergangs schwiegen sie.

• • •

Als sie zurückkamen, saß Küken in der Küche und verdrückte eine Riesenportion Pfannkuchen. Macon und Cat wuschen sich nacheinander die Hände.

»Raupe«, sagte Küken, »Lily hat gesagt, die Bücherei macht einen Lesewettbewerb. Und da kann man Preise gewinnen! Ich lese alle Bücher über Haie, die sie haben.«

»Viele Preise gewinnst du damit bestimmt nicht«, sagte Cat. »So lange sind wir ja gar nicht hier.« Sie nahm sich eine Erdbeere.

Küken schüttete Sirup über seine angebissenen Pfannkuchen. »Ich gewinne jede Menge Preise, wart's nur ab.«

Macon wandte sich an Lily. »Willst du mit ihm dahin gehen?«

»Das kann ich machen«, sagte Cat. »Ist ja nicht weit.«

Macon räusperte sich. »Nach gestern ist es mir lieber, wenn ein Erwachsener mitkommt.«

Cat schüttelte den Kopf. »Das ist nicht nötig! In San Francisco fahren wir überall allein mit dem Bus hin. Die paar Straßen können wir laufen.«

Lily sah erst Cat und dann Macon an.

»Hol deine Schuhe, Küken«, sagte Cat.

Er rannte ins Wohnzimmer. Macon räumte den Tisch ab. Er sprach leise und besorgt mit Lily.

»Ich verlauf mich schon nicht«, sagte Cat. Sie sprach zu Macons Rücken. Er sollte sich an gestern erinnern, da hatte er sich auch geirrt. »Und ich kann gut auf ihn aufpassen.«

Macon blieb mit dem Rücken zu ihr an der Spüle stehen.

»Na, dann mal los«, sagte Lily. »Viel Spaß.«

Macon schwieg.

»Danke«, sagte Cat. »Bis später.« Sie ging mit Küken hinaus und ließ die Tür hinter sich ins Schloss fallen.

Draußen fragte Küken: »Ist Macon sauer auf uns?«

Cat war immer noch wütend. »Nein, ist er nicht«, schnaubte sie. »Aber er denkt, ich bin noch genauso klein wie du.«

Küken sah sie unsicher an. »Bist du sauer?«

»Nein!«, sagte Cat. »Aber er soll mich nicht wie ein Baby behandeln.«

»Ich bin auch kein Baby mehr«, sagte Küken entschieden.

Cat zog ihn an sich. »Weiß ich doch.«

In der Stadt war es ruhig. Es gab ein paar Andenkenläden, einen kleinen Supermarkt und einen Eisladen namens *Miss Sunshine*. Um einen quadratischen Spielplatz standen große Bäume.

»Spielplatz!«, rief Küken.

»Erst in die Bücherei«, sagte Cat.

Vor der Bücherei standen Skulpturen von riesigen Meeresschildkröten und Haien. Kinder kletterten darauf herum. Küken sah ihnen sehnsüchtig zu.

»Später«, sagte Cat. »Nachher können wir spielen.«

Er nickte, und sie stiegen die Treppe hinauf. Auf einem Schild stand *Heute: Start des Sommerferien-Lesewettbewerbs*. Drinnen wimmelte es nur so vor Kindern.

Jemand tippte ihnen auf die Schulter. Es war eine Frau mit weiß geschminktem Gesicht, lila Perücke und einem riesigen aufgemalten roten Grinsen.

»Ahhhhh!«, kreischte Küken und versteckte sich hinter Cat. Die Clownin seufzte.

»Tut mir leid«, sagte Cat.

»Das passiert mir schon den ganzen Tag.« Die Clownin zeigte geradeaus. »Zur Anmeldung für den Sommerferien-Lesewettbewerb geht's da lang.«

»Danke«, sagte Cat. Durch eine Glastür gingen sie in einen Raum voller Wandgemälde und hoher Fenster. Überall an den Regalen hingen handgeschriebene Empfehlungen der Bibliothekarinnen. Sommerlich geschmückte Tische zu unterschiedlichen Themen standen im ganzen Raum verteilt. Als Küken einen Hammerhai aus Pappmaché zwischen lauter Haibüchern entdeckte, zog er scharf die Luft ein.

»Die will ich alle«, sagte er.

»Wir nehmen drei. Nur drei.«

Aber Küken hatte sich bereits einen Armvoll Bücher geschnappt. Auf Cats strengen Blick erwiderte er bloß: »Schon gut, ich *stöbere* ja nur.«

»Wir melden uns erst an, dann kannst du so viel gucken, wie du willst.«

Sie nannten der Bibliothekarin hinter dem Tresen ihre Namen, und die trug sie in ein dickes Buch ein. Dann bekamen beide ein Namensschild in Form einer Schildkröte.

Küken fuhr mit dem Finger die Liste der Gewinne entlang. »Ich will Minigolf!«

»Du willst Minigolf *spielen*.«

»Nein«, sagte Küken. »Hier steht ›Minigolf‹, schau doch.«

Cat hatte keine Lust, sich zu streiten. »Dann fang mal an zu lesen, wenn du etwas davon willst.« Sie gingen zu einem Tisch beim Schwarzen Brett, wo ein bärtiger Bibliothekar Bücher ins Regal einräumte. Ein hellgrüner Flyer an der Wand fiel Cat ins Auge.

Cat las den Flyer gleich ein zweites Mal. Wenn Rishi hier wäre, würde er sich sofort anmelden. Das wäre genau sein Ding. Vielleicht sollte sie es versuchen. Sie konnte zwar nicht angeln, aber Macon könnte es ihr beibringen. Gar keine schlechte Idee. Sie las den Zettel noch einmal.

Dann wandte sie sich an den Bibliothekar. »Entschuldigung, wissen Sie, wo ich die Anmeldezettel für den Wettbewerb finde?«

Gingerbread Island-Angelwettbewerb für Kinder und Jugendliche

Großer Spaß – tolle Preise

An alle Inselbewohner zwischen 8 und 14! Kommt am Samstag, 9. Juli von 5 Uhr morgens bis 8 Uhr abends zum Gingerbread Island-Pier und fangt so viele Fische wie möglich. Den Hauptgewinn stiftet dieses Jahr der Kleine Fische-Imbiss. Anmeldung bis zum 25. Juni in Willis Supermarkt.

Der Mann schaute hoch. »Gleich hier am Schwarzen Brett. Hängen da etwa keine mehr?«

»Macht nichts«, sagte Cat. Es war von Anfang an eine Schnapsidee gewesen.

»Vielleicht gibt's am Tresen noch Anmeldungen. Sonst haben sie welche in Willis Supermarkt.«

Der Bibliothekar ging nachsehen, und Cat schaute noch einmal ans Schwarze Brett. Da stand nirgends, wie viel Geld man gewinnen konnte. Ob es wohl genug war, um sich damit später noch einen Flug zu Rishi leisten zu können?

Auf einmal hörte sie jemanden hinter sich heulen. Cat zuckte zusammen. Sie drehte sich um und fürchtete schon, Kükens verweintes Gesicht zu sehen.

Aber da stand ein kleiner Junge mit dunklen Haaren und einem blassen, von Sommersprossen übersäten Gesicht. Aus seiner Nase tropfte Blut. In der Hand hielt er ein Buch, an dem gleichzeitig Küken zerrte.

Während Cat noch zusah, schwoll das blutige Rinnsal weiter an und rostrote Tropfen fielen auf das T-Shirt des kleinen Jungen.

Sofort war Cat bei ihnen. »Lass das Buch los«, fuhr sie Küken an. Erschrocken machte er einen Schritt zurück.

Der Junge klammerte sich weiter an das Buch, das inzwischen ebenfalls Blutflecken abbekommen hatte. Cat wäre am liebsten im Boden versunken.

Sie beugte sich zu dem Jungen herunter. »Hallo«, sagte sie. »Alles in Ordnung? Ist deine Mama auch hier, oder sonst jemand, den du kennst?«

Er schüttelte den Kopf und heulte weiter.

»Alles wird gut«, versuchte Cat es noch einmal. »Wir helfen dir.«

Der Junge schluchzte. Küken schwieg.

Cat berührte ihn leicht am Arm. »Hast du ihm weh getan, Küken?«

Küken nickte.

Cat zog scharf die Luft ein. Sie konnte es einfach nicht glauben. »Du hast dem kleinen Jungen weh getan?«

Küken nickte wieder, er sah aus, als würde er auch gleich weinen.

»Harriet!«, rief der kleine Junge. Als Cat sich umdrehte, kam ein Mädchen um die Ecke. Sie war ungefähr so alt wie Cat und hatte ebenso dunkle Haare und genauso viele Sommersprossen wie der kleine Junge.

»Was ist passiert, Neddie?«, fragte das Mädchen.

Neddie weinte und zeigte auf Küken. Harriet sah Küken und Cat stirnrunzelnd an.

»Es tut mir so leid«, sagte Cat. »Er würde nie jemandem weh tun.«

Harriet sah von ihrem Bruder zu Cat. »Nun ja, das stimmt offenbar nicht.«

»Ich meine mit Absicht«, sagte Cat.

Harriet zog die Augenbrauen hoch. »Irgendwann ist immer das erste Mal.«

Kükens Augen schimmerten feucht.

»Hat jemand ein Taschentuch?«, fragte Harriet.

Der bärtige Bibliothekar kam zurück. Mit einem Kühlpack und einer Handvoll kratziger Papiertücher. »Hallo, Neddie, na, da hast du dir ja eine schöne blutige Nase geholt.«

Neddie nahm den Packen Papiertücher und drückte ihn sich aufs Gesicht.

Keine Frage, der Bibliothekar kannte die beiden. Aber niemand kannte Cat und Küken.

»Es tut mir leid«, sagte Cat leise. »Es tut uns wirklich leid.« Doch alle hatten nur Augen für den Jungen.

Harriet hielt ihm noch ein geknülltes Papiertuch vor die Nase. »Du musst es zusammendrücken, Neddie.«

Sie mussten hier raus. »Komm schon, Küken«, flüsterte Cat.

»Meine Bücher«, gab er zurück.

Er verstand es einfach nicht. Er konnte diesem Neddie nicht die Nase blutig schlagen und danach seine Bücher einsammeln, als wäre nichts geschehen. Cat fasste ihn an der Schulter. »Vergiss die Bücher – wir gehen jetzt!«

Cat schob Küken schnell vor sich her. Sie wichen der Clownin in der Eingangshalle aus und liefen nach draußen.

»Können wir jetzt spielen?«, fragte Küken.

»Nein!«, sagte Cat. »Nicht, nach dem, was passiert ist.«

Sie gingen zurück nach Hause und blieben dann am Fuß der Treppe stehen. Cat musste Küken klarmachen, dass es falsch war, was er getan hatte.

»Anderen weh zu tun ist gemein«, sagte Cat.

Küken sah aus, als würde er gleich weinen. »Ich bin nicht gemein.«

»Ich habe nicht gesagt, dass *du* gemein bist. Aber es ist gemein, anderen weh zu tun, wirklich, Küken.«

Küken wischte sich über die Augen.

»Wenn du Macon und Lily davon erzählst, lassen sie uns nie mehr allein irgendwo hingehen. Dann sind wir hier eingesperrt.«

Küken dachte nach. »Wenn du morgen mit mir zum Park gehst, sag ich nichts.«

Cat war sprachlos. »Willst du mich erpressen?«

»Ich mach dir nur einen Vorschlag«, sagte er ruhig.

Was sollte sie tun? Allein bei der Vorstellung, Macon und Lily davon zu erzählen, bekam sie Kopfschmerzen. Außerdem hatte sie gar nichts dagegen, in den Park zu gehen. Also nickte sie.

Küken rannte die Treppe hoch. »Ich bin wieder da, Lily!«

Das hatte Cat nicht von Küken erwartet. Erst die Prügelei in der Bibliothek, obwohl er noch nie jemanden geschlagen hatte, dann das Feilschen um den Ausflug zum Park. Offenbar hatte sie ihren Bruder unterschätzt. Sein sanftes Herz hatte eine Reihe scharfer Zähne bekommen.

• • •

Am Nachmittag spielten Küken und Lily im Gästezimmer Haie. Lily war Kükens neue beste Freundin. Als Cat und er ohne Bücher zurückgekommen waren, hatte sie versprochen, im Laufe der Woche noch mal mit ihm hinzugehen. Cat hatte nichts dagegen, sie wollte sowieso nicht wieder in die Bücherei. Und am liebsten wollte sie auch Harriet und Neddie nie wiedersehen.

Macon fegte den Küchenboden. Cat hatte keine Lust, mit ihm zu reden, stattdessen startete sie den Video-Chat, um Mom zu erreichen.

Als die Verbindung zustande kam, grinste Mom breit.

»Hallo, Cat!«

»Hallo, Mom«, sagte Cat. »Geht's dir gut?«

»Großartig!«, sagte Mom und schwärmte von ihren begabten Studenten, und wie viel Spaß sie mit ihnen gehabt hatte.

Cat lächelte und nickte an den richtigen Stellen. Doch je begeisterter Mom erzählte, desto langweiliger kam Cat ihre Zeit auf der Insel vor.

Schließlich war Mom fertig mit Erzählen und sah Cat aufmerksam an.

»Ist dir die Insel zu langweilig?«, fragte sie.

Das Rascheln von Macons Besen hatte aufgehört. Cat blickte hoch, ob Macon wohl zuhörte? Aber er hatte sich nur zum Kehrblech gebeugt.

Zum Glück hatte Mom gemerkt, dass etwas nicht stimmte, aber solange Macon in der Nähe war, mochte Cat nicht viel sagen. »Na ja, das ist es nicht.«

»Hast du denn keine netten Kinder getroffen?«

»Kinder schon«, sagte Cat. »Aber keine *netten.*«

»Die Kinder auf der Insel können manchmal ganz schön abweisend sein«, sagte Mom.

»Allerdings. Einer der Jungen ist einfach nur schrecklich, und das eine Mädchen ...« Aber Cat hatte keine Lust, von Kükens Prügelei zu erzählen. »Die ist auch doof.«

Manchmal konnte Mom vor lauter Arbeit an nichts anderes denken. Aber manchmal hörte sie Cat wunderbar zu.

»Bist du so unglücklich?«, fragte Mom.

Cat war tatsächlich unglücklich, aber was nützte es, das zuzugeben? »Geht schon. Sind ja nur drei Wochen.«

»So gefällst du mir. Ich muss jetzt los, meine Süße, aber wir sehen uns am Wochenende, ja?«

Cat nickte. »Mom? Ich hab dich lieb.«

»Ich dich auch.«

Sie schalteten aus. Auf dem glänzenden Bildschirm spiegelte sich Cats Gesicht. Da schlug die Tür zu, Macon war ohne ein Wort gegangen. Typisch.

Rishi,

die Kinder hier sind schrecklich. Küken hat einem Jungen die Nase blutig gehauen. Mehr gibt es nicht zu erzählen. Ich sag dir Bescheid, wenn wir in die nächste Schlägerei geraten.

Cat

PS: Vielleicht, aber nur vielleicht(!), lerne ich angeln. Du wirst es nicht glauben, aber meine Mom soll super darin sein. Sie bringt's mir bei.

Wie hast du es gelernt? Hast du Tipps?

11

Als Cat zum Frühstück herunterkam, war Macon schon halb zur Tür hinaus.

»Gehst du schon los?«, fragte Cat.

Er blieb in der Tür stehen. »Nein«, fing er an, dann räusperte er sich. »Heute geh ich gar nicht. Ich habe was anderes vor.« Seine Stimme klang komisch.

Cat sah zum Himmel, zog etwa ein Sturm auf? Nein, der Himmel war klar. Gerade schob sich die Sonne über den Horizont und färbte Meer und Strand rosa. Am Wetter lag es also nicht. Außerdem hatte Lily gesagt, dass er bei jedem Wetter spazieren ging. Die Erkenntnis traf Cat wie ein Stich. Es lag nicht daran, dass er nicht spazieren gehen wollte. Er wollte nicht mit *ihr* spazieren gehen.

»Oh«, sagte Cat. »Ich hatte sowieso keine Lust.«

Das war gelogen. Aber sie wollte ihm nicht zeigen, dass es ihr etwas ausmachte.

Also setzte sie sich aufs Sofa und griff nach einem Buch. Sie wollte ihn nicht anschauen, höchstens einen Blick aus den Augenwinkeln riskieren.

Macon nickte zum Küchentresen, da stand Cats Becher. »Ich habe dir heißen Kakao gemacht.«

Er täuschte sich, wenn er dachte, damit wäre alles in Ordnung.

Cat zuckte die Schultern. »Danke«, antwortete sie kurzangebunden.

Macon zögerte, aber Cat hielt die Augen aufs Buch gerichtet.

»Na, er steht hier, falls du doch noch einen Schluck willst.« Die Tür klickte, als er sie zuzog. Cat klappte das Buch zu und blickte hinaus aufs Meer.

Als sie in der ersten Klasse war, hatte sie sich das erste Mal an Papier geschnitten. Sie war schnell mit den Matheaufgaben fertig gewesen und hatte aus Langeweile mit der Hand am Papier entlanggestrichen. Ein paarmal war alles gutgegangen, bevor sie sich in die dünne Haut zwischen Daumen und Zeigefinger schnitt. Es hatte weh getan, aber noch schlimmer war der Schreck gewesen. Sie hatte nicht gewusst, dass man sich an Papier verletzen konnte.

Genauso fühlte es sich an, als Macon den Schildkrötenspaziergang absagte. Sie hatte gar nicht gemerkt, wie wichtig ihr die Spaziergänge geworden waren. Sie dachte an Macons ausgreifende Schritte und daran, wie er plötzlich stehen blieb, aufs Wasser schaute und einen Schluck aus seinem Becher nahm. Manche Menschen redeten einfach nur, ohne etwas zu sagen, aber Macon war anders. Er war vorsichtig, als ob jedes Wort etwas bedeutete. Cat fand, dass sie sich in dem Punkt ähnelten.

Auch wenn sie enttäuscht war, wäre es dumm, den heißen Kakao zu vergeuden. Sie trank ihn aus und sah dabei dem Sonnenaufgang zu, bis sie jemanden die Treppe hinunterhüpfen hörte.

Die letzten beiden Stufen nahm Küken in einem Satz und landete krachend auf dem Boden. Lily kam langsam hinter ihm her.

»Ich will sofort in den Park!«, verkündete er.

»Erst gibt's Frühstück.« Lily füllte Müsli in eine Schüssel und schob sie ihm über den Tresen. »Wollt ihr zu zweit los? Oder soll ich mitkommen?«

Am besten Cat verließ sich gar nicht erst auf Lily, es konnte ja sein, dass Lily sie genau dann im Stich ließ, wenn Cat sich an sie gewöhnt hatte, so wie Macon.

»Wir gehen allein«, sagte Cat. »Das machen wir immer so.«

Lilys Blick wurde unsicher, dann nickte sie. »Ein andermal.« Sie drehte sich um und stellte die Milch zurück in den Kühlschrank.

Cat hatte sie nicht verletzen wollen. Aber sie war noch immer ganz verwirrt von der Sache mit Macon. Und es war am einfachsten, wenn Küken und sie allein unterwegs waren. »Fertig?«, fragte sie ihn.

Sie nahmen immer zwei Stufen auf einmal und stampften dabei so laut wie Macon. Dann liefen sie den Gehweg entlang zum Park. Kaum waren sie da, flitzte Küken durch das offene Tor zu den Schaukeln. Cat hätte nicht gedacht, dass sie jemanden wiedererkennen würde, aber da auf dem kleinen Metallkarussell wirbelte Neddie herum und lachte, als hätte er sich nie eine blutige Nase geholt.

Cat drehte sich um und sah Harriet unter einem Baum sitzen. Sie hatte ein Buch dabei, aber ihre Augen waren auf Cat gerichtet.

Cat war unsicher, wie sie reagieren sollte. Vielleicht konnte sie so tun, als hätte sie Harriet nicht gesehen.

Aber da klappte Harriet das Buch zu. »Hallo.«

»Hallo«, sagte Cat.

»Du bist nicht von hier«, sagte Harriet. Aus der Nähe sah sie sogar noch sommersprossiger aus als ihr Bruder. Die Haare hatte sie zu einem tiefen Pferdeschwanz gebunden, und auf ihrem T-Shirt war ein Regenbogen. Sie spähte zu Cat hinauf.

»Ich bin Cat«, sagte Cat. Vielleicht erinnerte sich Harriet ja nicht an sie.

»Ihr seid gestern ganz schön schnell verschwunden«, sagte Harriet.

Cat schluckte. So viel dazu, dass Harriet sie vergessen hatte. »Ich wusste nicht, was ich tun sollte. Es tat mir so leid, dass Küken deinen Bruder geschlagen hat.«

Harriet legte den Kopf schief. »Hast du deinen Bruder ›Küken‹ genannt?«

»Äh, ja, jeder nennt ihn so.«

»Im Ernst? Heißt er wirklich so?«

Cat betrachtete Harriet aufmerksam, meinte sie das fies? Harriets Mundwinkel zeigten nach oben, aber dabei sah sie freundlich aus. In erster Linie neugierig. Sie hatte sich zu Cat vorgebeugt, als könnte sie so die Antwort schneller hören.

»Eigentlich heißt er Henry, aber als er geboren wurde, sah er aus wie ein zerzaustes Küken. Und irgendwie ist es dabei geblieben.«

Harriet grinste breit. »Als mein Bruder geboren wurde, sah er aus wie eine Ratte.« Sie kniff die Augen zusammen und schaute zu Neddie, der sich auf dem Karussell drehte. »Eigentlich immer noch, vor allem um die Augen.«

Cat unterdrückte ein Lächeln. Sie wusste nur zu gut, dass man nicht ungefragt über fremde Brüder lachen durfte. »Alles in Ordnung mit ihm?«

Harriet sah sie an. »Meine Mom hat gesagt, dass er eine empfindliche Nase hat. Und mein Dad meint, dass ihn nur jemand schief ansehen muss, dann fängt er schon an zu bluten wie ein abgestochenes Schwein.« Sie schüttelte genervt den Kopf. »Ist ja auch egal, es geht ihm wieder gut. Tut mir leid, dass ich dich gestern so angeraunzt habe.«

»Küken hätte ihn trotzdem nicht schlagen dürfen.«

Harriet schaute betreten. »Neddie hat gesagt, dass er nach Kükens Buch gegriffen hat, aber Küken wollte nicht loslassen. Dann ist Neddie mit der Hand abgerutscht und hat sich selbst ins Gesicht geschlagen.«

»Oh.« Cat dachte, sie hätte Küken richtig verstanden, als er gesagt hatte, er habe dem Jungen weh getan. Dabei hätte sie wissen müssen, dass Küken niemandem mit Absicht weh tat. Sie hätte ihm die Chance geben müssen, ihr alles zu erklären.

»Ich bin so froh, dass wir uns wieder getroffen haben. Machst du hier Ferien?«

»Sozusagen«, sagte Cat.

Harriet sah sie gespannt an. »Wie kann man sozusagen Ferien machen?«

»Wir besuchen unsere Großeltern.«

»Oh! Sind das Dr. und Mrs Stone?«

Cat nickte. »Ja.«

»Ich habe gehört, dass ihr kommt. Wir wohnen gleich um die Ecke. Deine Großmutter ist nett.«

»Stimmt«, sagte Cat.

»Nicht, dass dein Großvater nicht nett ist«, sagte Harriet. »Aber ich kenne ihn kaum. Eigentlich kennt ihn niemand. Er bleibt meist für sich.«

So konnte man es nennen. Oder man konnte ihn stur nennen. Er hatte sogar auf seinen täglichen Spaziergang verzichtet, um Cat aus dem Weg zu gehen. Aber das wollte sie Harriet dann doch nicht erzählen.

Cat nickte. »Er ist ziemlich ernst.«

Harriet rutschte zur Seite, um Platz zu machen. »Willst du dich setzen?«

Cat lehnte sich neben Harriet an den Baum, und sie sahen ihren Brüdern beim Spielen zu.

Bald wusste Cat, dass Harriet zehneinhalb war, nur ein bisschen jünger als sie selbst. Sie hatte zwei Brüder, den sechsjährigen Neddie und Walt, der fünfzehn war. Die Kincaids wohnten das ganze Jahr über auf Gingerbread Island, genau wie Macon und Lily. Mr Kincaid war Bauunternehmer und hielt die Häuser auf der Insel instand. Mrs Kincaid arbeitete als Buchhalterin auf dem Festland, aber manchmal auch von Zuhause aus. Um zur Schule zu kommen, mussten Harriet und ihre Brüder auch aufs Festland.

Als Cat erzählte, wo sie herkam, runzelte Harriet die Stirn. Aber nicht, weil sie grummelig war, sie dachte einfach nach.

»San Francisco? Fährst du auch Straßenbahn?«

»Ja, schon, aber nicht so oft. Die ist auf der anderen Seite der Stadt.«

»Ist es neblig?«

»Nicht immer. Nur der Sommer ist oft neblig und kalt.«

»Neblig und kalt im Sommer? Das hätte ich auch hier manchmal gern. Der Sommer hier ist HEISS, falls dir das noch nicht aufgefallen ist. Apropos: Hattet ihr schon Eis?« Sie zeigte in Richtung *Miss Sunshine*.

»Noch nicht«, sagte Cat.

»Es ist super lecker. Was magst du am liebsten?«

»Schokolade-Minz. Und du?«

»Schoko mit Nüssen und Marshmallow!«, sagte Harriet. »Aber eigentlich mag ich alles.«

»Wir können ja mal hingehen«, sagte Cat. »Mit unseren Brüdern, meine ich.«

Harriet blickte sie aus den Augenwinkeln an. »Vielleicht auch ohne unsere Brüder.«

Cat sah zu den Jungen, die zur Sandkiste weitergezogen waren. »Hast du keine Lust, was mit Neddie zu machen?«

Harriet zuckte die Schultern. »Ab und zu schon, aber nicht jeden Tag. Das ist schon das zweite Mal diese Woche, das reicht mir.«

Cat grinste. Ihr reichte es selten mit Küken – dafür brauchte er sie zu sehr –, aber es könnte schon nett sein, mal was mit jemandem in ihrem Alter zu machen.

Harriet sah auf die Uhr. »Wir müssen los. Zum Zahnarzt. Komm her, Neddie!«

Die Jungen blickten auf, dann buddelten sie weiter.

»Küken!«, rief Cat. »Noch eine Minute.«

Harriet ging zur Sandkiste, und Cat folgte ihr.

»Komm schon, wir müssen los.«

Neddie hatte einen gelben Eimer fast bis zum Rand gefüllt. »Ich bin noch nicht fertig.«

Harriet seufzte. »Jetzt reicht's mir aber wirklich.«

»Noch dreißig Sekunden«, sagte Cat zu Küken.

Neddie füllte eine letzte Handvoll Sand in den Eimer. »Jetzt bin ich fertig!«

Zu viert liefen sie den Weg zurück. Kurz bevor sie bei dem Haus von Macon und Lily angekommen waren, unterbrach sich Harriet mitten im Satz. »Schau mal! Gehört das dir?«

Es lehnte am Fuß der Treppe. Zitronengelb mit silbernem Lenker und geblümtem Korb, der Sattel glänzte lila-metallic in der Sonne. Hinten war ein Nummernschild angebracht, darauf stand Amanda.

Die Tür vom Schuppen ging auf.

»Hab heute Morgen ein bisschen was dran gemacht«, sagte Macon. »War eigentlich noch ganz in Ordnung. Hab bloß die Schrauben nachgezogen und es ein bisschen saubergemacht.«

»Tolles Rad, Dr. Stone.«

»Danke, Harriet. Hallo, Ned. Wie geht's eurer Mutter?«

»Gut, danke«, sagte Harriet. »Wir müssen uns beeilen, Neddie. Bis bald, Cat.«

»Tschüss, Harriet. Tschüss, Neddie«, sagte Cat.

Küken stapfte die Treppe hoch. Cat wartete, bis er die Tür aufmachte und Lily Hallo sagte. Ein paar Minuten käme er auch ohne sie klar, sie wollte sich erst noch das Rad anschauen. Vorsichtig berührte sie das Nummernschild.

»Wenn du willst, kann ich es auch abnehmen.«

»Nein, schon gut. ›Cat‹ haben sie sowieso nie.«

»›Macon‹ auch nicht.« Er lächelte, und Cat lächelte zurück.

Da kam ihr ein Gedanke. »Wolltest du deshalb heute Morgen nicht spazieren gehen?«

Verlegen sah er sie an. »Ich war noch nicht ganz fertig damit.«

»Oh«, sagte Cat wie zu sich selbst. »Ich dachte, du wolltest nicht mit mir spazieren gehen.«

Macon schaute betreten und schüttelte unglücklich den Kopf. »Es sollte eine Überraschung werden«, sagte er. »Aber so was geht bei mir immer schief.«

»Ich dachte, ich würde dich stören«, sagte Cat.

»Ich mag es, wenn du dabei bist. Du kannst mich immer begleiten – jeden Tag.« Er räusperte sich und schaute zur Seite. »Es gibt auch einen Helm. Das tragen Kinder ja heutzutage.« Er ging in den Schuppen, und Cat blieb beim Fahrrad zurück.

Sie strich mit den Händen über den Lenker, der funkelte richtig. Heute Morgen war sie sicher gewesen, dass Macon sie nicht mochte, und dann hatte er sich etwas so Schönes für sie ausgedacht. Er hatte gesagt, dass sie jederzeit mitkommen durfte. Und er hatte ihr dieses wunderschöne Rad geschenkt.

Cat stieg auf den Sattel und stellte sich vor, wie sie die Ocean Road hinuntersauste, den Wind im Gesicht und Harriet neben ihr. Erst eine Freundin und jetzt noch ein Fahrrad? Der Sommer wurde langsam besser.

12

Es war schon warm, obwohl die Sonne gerade erst aufging. Bauschige Schaumkronen lagen über den Strand verteilt. Cat hielt ihren Becher in der Hand und schaute zu, wie ein Pelikan einem Fisch hinterhertauchte.

»Macon?«, fragte sie. »Wusstest du, dass es einen Angelwettbewerb gibt?«

Er schaute übers Meer. »Tatsächlich?«

Cat trat gegen eine Schaumkrone und sah zu, wie sie über den Sand trudelte. »Darf ich dich was fragen?«

Macon nickte.

»Was ist so toll am Angeln? Warum mögen das so viele?«

Macon verzog den Mund zu einem leichten Lächeln. »Fisch schmeckt einfach gut.«

»Na ja.« Cat war nicht überzeugt. Wenn es nur ums Essen ging, konnte man sich den Fisch doch einfach kaufen. »Dafür ist es ganz schön viel Arbeit.«

»Weiß ich gar nicht«, sagte Macon. »Man schaut sich die Wellen an, ist draußen, zusammen mit anderen. Wenn man dann etwas fängt, ist das ein netter Nebeneffekt.«

Cat schwieg und dachte nach. Angeblich angelte Macon nicht mehr gern, aber was er sagte, klang ganz anders.

Macon sprach weiter: »Seite an Seite mit jemand anderem begreift man eine ganze Menge. Dass man nicht allein ist zum Beispiel, oder dasselbe Ziel hat. Manchmal redet man, manchmal auch nicht.«

»Wie auf unseren Schildkrötenspaziergängen?«, fragte Cat.

Macon lächelte und tätschelte ihr die Schulter. »Ganz genau.«

Cat hatte einen Plan. Sie würde an dem Wettbewerb teilnehmen. Dann käme alles wieder in Ordnung. Für sie alle.

Vielleicht würde Macon behaupten, dass er keine Lust mehr zum Angeln hatte. Dabei war Angeln genau das, was er brauchte, so begeistert, wie er davon erzählte. Und wenn Macon es nach so langer Zeit noch toll fand und offenbar vermisste, galt das bestimmt auch für Mom. Wenn Cat jetzt angeln lernte, könnte sie alles wieder in Ordnung bringen. Der Plan war gewagt, aber er konnte gelingen. Nach dem Frühstück würde sie zum Supermarkt fahren und sich für den Wettbewerb anmelden.

Als Cat und Macon zurückkamen, hatte Lily schon den Tisch gedeckt. Küken winkte ihnen mit einem Fernglas zu.

»Endlich seid ihr wieder da«, sagte er. »Erst gehen wir auf die Veranda und halten nach Haifischflossen Ausschau. Und dann zur Bücherei und leihen Bücher aus.«

Cat setzte sich an den Tisch und nahm sich etwas zu essen. »Wer ist ›wir‹? Du und Lily?«

»Ich und *du*«, sagte Küken.

Cat schaute missmutig. »Aber das hatten wir gar nicht abgemacht.«

»Du warst nicht da«, sagte Küken. »Ich hab es für uns beide abgemacht.«

Cat versuchte ihre Genervtheit zu unterdrücken. »So funktioniert das aber nicht. Bevor du etwas für andere abmachst, musst du fragen.«

»Okay«, sagte Küken. »Willst du mit mir nach Haien schauen und dann zur Bücherei gehen?«

Eigentlich war es gar keine richtige Frage. Er ging davon aus, dass sie sowieso machte, was er wollte. Cat wollte nein sagen, doch sie zögerte. Lohnte sich ein Streit?

Da sagte Lily: »Ich dachte, wir zwei gehen zur Bücherei, Küken.«

Ein Fünkchen Hoffnung stieg in Cat auf, doch Küken verschränkte die Arme vor der Brust.

»Komm mal her«, sagte Cat und beugte sich zu ihm. »Wir können doch nachher nach Haien schauen, versprochen. Ich möchte so gern Radfahren, bevor es dafür zu heiß ist.«

Kükens Blick wurde freundlicher. »Und die Bücher aus der Bücherei vorlesen?«

»Auf jeden Fall«, sagte Cat.

Ehe sie losging, bedankte sie sich noch bei Lily. Dann schob sie das gelbe Rad aus der Einfahrt. Harriet hatte gesagt, dass sie gleich um die Ecke wohnte. Cat wusste zwar nicht, in welchem Haus, aber vielleicht hatte sie ja Glück und Harriet und Neddie waren auch draußen.

Cat fuhr langsam. Die Häuser in Harriets Straße waren ohne Stelzen gebaut und in leuchtenden, freundlichen Farben gestrichen. Cat entdeckte ein lila Haus mit einem überwucherten Garten und verschlungenen Skulpturen. Vom Vordach hingen sieben verschiedene Windspiele herunter und neben der Tür standen Gummistiefel in Neddies Größe.

Cat wollte gerade klopfen, als eine Frau aus der Garage trat und eine Bio-Mülltonne an die Straße schob. Sie hatte überall Sommersprossen. Ein Lächeln breitete sich auf ihrem Gesicht aus, als sie Cat sah. »Hallo, wartest du auf eines meiner Monster?«

Cat lächelte auch. »Ich wollte fragen, ob Harriet mit mir Rad fährt. Ich bin Cat.«

»Hallo, Cat! Ich bin Mrs Kincaid. Deine Großmutter hat erzählt, dass ihr zu Besuch kommt. Ich hole Harriet.«

Harriet kam barfuß aus dem Haus und blinzelte in die Sonne. Die Haare hatte sie hochgebunden. »Hallo«, sagte sie.

»Hallo«, sagte Cat. »Hast du Lust, mit zum Supermarkt zu kommen?«

»Zu Willis?«, frage Harriet. »Ich muss mir nur noch Schuhe anziehen.« Sie kam mit Turnschuhen in der Hand zurück. Als sie sie angezogen hatte, lächelte sie.

»Ich brauche immer ein bisschen, um wach zu werden, tut mir leid.« Sie lief in die vollgestellte Garage und schob ein paar Minuten später ein rotes Fahrrad mit Zehngangschaltung heraus. Das Rad war so groß, dass Cat sich nicht vorstellen konnte, wie Harriet jemals aufsteigen sollte.

»Dein Rad ist aber riesig«, sagte Cat.

Harriet setzte den Helm auf. »Genau genommen gehört es meinem Bruder Walt.«

Damit flitzte sie die Auffahrt hinunter. Als Cat eben dachte, das Rad würde allein losfahren, sprang Harriet auf. Einen schrecklichen Augenblick lang schwankte sie hin und her, doch sie hielt sich oben.

Cat musste kräftig in die Pedale treten, um sie einzuholen. Dann fuhren sie in einem großen Bogen durch die Stadt, vorbei an der Bücherei, bis Harriet in eine schmale Gasse einbog. Cat blieb dicht hinter ihr. Dort lehnten sie die Räder an eine Wand.

Sie bogen um eine Ecke und standen vor einer glänzend grünen Tür, *WILLIS SUPERMARKT* war in goldenen Buchstaben darauf geschrieben. Harriet zog am goldenen Türknauf, und eine Glocke ertönte.

»Hallo, Harriet«, sagte die Frau hinter der Theke. Sie hatte dunkelbraune Haut, und ihre Haare wurden mit einer Spange aus Schildpatt zusammengehalten.

»Hallo, Ms Willis«, sagte Harriet. »Das ist meine Freundin Cat. Die Enkelin von Dr. Stone und Ms Lily.«

»Dann bist du die Tochter von Amanda Stone?«, fragte die Frau. »Schön, dich kennenzulernen, Cat. Ich bin Louise Willis. Meine Shonda ist mit deiner Mutter zusammen in die Schule gegangen. Wir vermissen Amanda hier sehr.«

Cat schwieg. Sie fand die Vorstellung komisch, dass fremde Menschen Mom vermissten.

Es dauerte eine ganze Weile, bis sie sich besann. »Schön, Sie kennenzulernen.«

Ms Willis zeigte auf einen Stapel hellgrüner Flyer. »Wollt ihr da mitmachen?«

»Glaub schon«, sagte Cat.

Ms Willis strahlte. »Großartig. Wenn ihr einen Stift braucht, nehmt euch einen aus dem Glas auf der Theke.«

Cat griff sich einen Flyer. »Danke.«

Die Mädchen schlenderten durch den Laden. Sie könnten tagelang hier bleiben und hätten doch nicht alles gesehen. In den ersten drei Gängen gab es Holzfässer voller Karamellbonbons und Glasbehälter, die von Süßigkeiten in allen Regenbogenfarben nur so überquollen, dazu Gestelle voller Saatguttütchen, flüssiger Seife und Puder, Pfannenwender und silbern glänzende Küchengeräte und mindestens hundert verschiedene Stifte. Immer, wenn jemand kam oder ging, klingelte das Glöckchen. Ms Willis' freundliche Stimme sprach mit jedem, als kenne sie ihn schon ewig. Vielleicht stimmte das sogar.

Hinter dem Ständer mit den Postkarten stand die Schachtel für die Anmeldungen. Cat griff nach einem stummeligen Bleistift.

»Ich soll meiner Mutter noch Zahnpasta mitbringen«, sagte Harriet. »Bin gleich zurück.« Sie verschwand im nächsten Gang.

Cat hatte die Anmeldung fast ausgefüllt, als sie etwas am Bein kitzelte. Sie schaute sich um, und ein schmuddeliges Gesicht blickte zu ihr herauf, eine kleine Promenadenmischung, die aussah, als würde sie aus lauter übrig gebliebenen Einzelteilen anderer Hunde bestehen. Kurze Beine, aber dafür riesige Pfoten, ein langer Körper und ein buschiger Schwanz, mit dem sie wild hin und her wedelte. Dazu dichtes Fell – hauptsächlich weiß mit braunen Flecken. Eins der Ohren stand hoch, das andere war abgeknickt. Die Zunge war viel zu lang und hing selbst bei geschlossenem Maul weit heraus. Gerade, als Cat sich zu ihr herunterbeugte, legte sie sich auf den Rücken, und Cat streichelte der Hündin über den weichen Bauch.

»Braves Mädchen«, flüsterte Cat.

»Hey! Was machst du da? Sie gehört mir.« Erschrocken blickte Cat sich um, und die Hündin sprang augenblicklich auf.

Am Ende des Ganges stand der Junge von den Dünen. John Harvey, der mit den glatten blonden Haaren. Cat drückte den Rücken durch.

»Lass sie in Ruhe«, sagte er. Seine Stimme klang rau.

Cat sah ihn grimmig an. »Ich habe nichts gemacht!«

Der Junge verschränkte die Arme vor der Brust. »Hierher, Dixie«, rief er. Dixie schüttelte sich, dass ihre Hundemarken klimperten, aber sie rührte sich nicht von der Stelle.

»Dixie, komm jetzt!«, rief der Junge.

Doch Dixie wedelte mit dem Schwanz und sah Cat an, als würde sie lächeln, die Zunge hing ihr dabei aus dem Maul. Sie hatte ganz offensichtlich ihren eigenen Kopf.

»Was hast du mit ihr gemacht?«, wollte John Harvey wissen. Er sprach so laut, dass sich auch andere Leute im Geschäft umdrehten und Cat ansahen.

Cat spürte eine Bewegung neben sich. Harriet war zurück.

»Sie hat überhaupt nichts mit ihr gemacht, John Harvey Dawson. Warum musst du nur immer so fies sein?«, fragte Harriet, die Hand mit der Einkaufstüte hatte sie zur Faust geballt.

John Harvey kniff die Augen zusammen. »Was geht dich das an?«

»Cat ist meine Freundin«, sagte Harriet schlicht.

Auch wenn die Situation eigentlich nicht danach war, erlaubte sich Cat ein kleines Lächeln. Sie hatte jetzt eine Freundin auf der Insel. Es war offiziell.

»Was willst du mit der Anmeldung?«, fragte John Harvey und nickte zu dem hellgrünen Zettel in Cats Hand.

Harriet kniff ebenfalls die Augen zusammen. »Was glaubst du wohl?«

»Im Ernst? Hast du etwa vor mitzumachen?«, fragte er. Sein Blick war genauso herablassend wie damals am Strand.

Cat starrte ihn finster an. »Ob ich's *vorhabe*? Natürlich mache ich mit.«

Einen Augenblick lang stand John Harvey der Mund offen vor Erstaunen, dann johlte er, als hätte er noch nie etwas Lächerlicheres gehört. Er klang genauso aufbrausend wie die älteren Jungs in den Dünen, als sie ihn ausgelacht hatten.

»Klar«, hörte Cat sich selbst sagen. »Und ich gewinne.«

Ganz kurz nur schossen Harriets Augenbrauen nach oben, dann machte sie entschlossen wieder ein normales Gesicht. »Klar!«

John Harvey hörte auf zu lachen. »Träum weiter. Bei mir zu Hause stehen die Pokale der letzten vier Jahre und die wären ganz schön einsam, wenn dieses Jahr keiner dazukommt. Ich kann absolut jeden Fisch fangen.«

»Tja«, sagte Cat. »Wer weiß, ob dein goldenes Händchen noch funktioniert, wenn du noch nicht mal deine Hündin einfangen kannst.« Damit drehte sie sich um und ging mit großen Schritten zur Tür, Harriet war dicht hinter ihr.

In der Gasse musste sie sich erst mal gegen die Wand lehnen. Sie war vollkommen außer Atem.

»Das … war … unglaublich!«, rief Harriet. »Wie du da rausmarschiert bist! Ich würde sonst was zahlen, um sein dummes Gesicht zu sehen.«

»Er ist echt fies«, sagte Cat.

»Er hat drei Brüder, und einer ist schlimmer als der andere«, sagte Harriet. »Meine Mom sagt, dass sich niemand so richtig um sie kümmert. Mein Dad sagt, sie machen immer nur Ärger.«

Für John Harvey galt das auf jeden Fall. Egal ob in den Dünen oder im Supermarkt, wo er mit höhnischem Lächeln von seinen Pokalen prahlte.

»Eigentlich wollte ich nur zum Spaß mitmachen«, sagte Cat. »Aber jetzt will ich gewinnen. Es ist schließlich nicht sein Wettbewerb, und er kann hier nicht über alles bestimmen.«

Die Ladentür wurde geräuschvoll aufgerissen, und John Harvey stürmte an der Gasse vorbei. Die freundliche kleine Dixie trabte hinter ihm her.

Cat sah Harriet an. »Das hat er sich doch ausgedacht? Oder hat er wirklich die letzten vier Jahre hintereinander gewonnen?«

»Nein«, sagte Harriet.

Cat atmete auf. Natürlich hatte er den Wettbewerb nicht jedes Jahr in Folge gewonnen. Er spuckte einfach große Töne, um ihr Angst zu machen.

»Gott sei Dank«, sagte Cat.

»Oh«, sagte Harriet und schüttelte den Kopf. »Ich meinte, er hat es sich nicht ausgedacht. Er hat recht. Er gewinnt jedes Jahr.«

Cat war sich vor Empörung fast unbesiegbar vorgekommen, doch nach Harriets Worten schrumpfte sie wieder auf Normalmaß zurück. Sie hatte den Mund ganz schön vollgenommen, um diesem schrecklichen Typen die Stirn zu bieten, dabei konnte sie doch überhaupt nicht angeln.

»Meine Mom kommt nur an den Wochenenden her. Wie soll ich da genug lernen, um John Harvey zu schlagen?« Ihr dummer Traum vom Angeln krachte ihr vor die Füße wie die Wellen des Atlantiks. Wie peinlich, wenn sie mitmachte und keinen einzigen Fisch fing.

Den ganzen Rückweg dachte Cat über den Wettbewerb nach. Mom würde ihr das Angeln schon beibringen und Macon würde mitmachen. Sie würde John Harvey die Stirn bieten. Sie würde es ihm zeigen, aber bestimmt nicht auf die nette, freundliche Art wie Caterpillar in den Büchern. Sie musste einfach alles übers Angeln lernen, damit sie ihm mit einem breiten Grinsen den Pokal wegschnappen konnte.

In der Auffahrt von Macon und Lily bremste Harriet scharf ab. »Ich helfe dir. Ich kann zwar nicht angeln, aber unsere Garage ist voll mit Angelzeug.«

»Klingt super«, sagte Cat. So schwer konnte das doch nicht sein.

»Am besten, wir fangen sofort an, dann hast du genug Zeit zum Üben«, sagte Harriet. »Heute Abend?«

»Unbedingt!«, sagte Cat.

Sie verabredeten, sich auf dem Pier zu treffen. Dann lief Harriet neben dem viel zu großen Rad her, sprang auf und fuhr davon.

Sich abends zu treffen würde nicht ganz einfach werden, weil es Kükens Gute-Nacht-Ritual durcheinanderbrachte. Er nahm es damit ziemlich genau. Aber Lily hatte ihr heute Morgen schon geholfen, vielleicht konnte sie das noch einmal tun. Einen Versuch war es wert. Schließlich hatte sie nicht jeden Tag das Glück, eine Freundin zu finden, den Inselfiesling herauszufordern und sich für einen Angelwettbewerb anzumelden.

• • •

Cat schrieb alles auf, woran Lily denken musste, sie füllte eine ganze Seite mit ihrer kleinen, schwungvollen Handschrift. Sie ließ nichts aus, nicht einmal, wie Küken am liebsten am Rücken gekratzt wurde. Dass man bei ihm zweimal kontrollieren musste, ob er sich die Zähne geputzt hatte, unterstrich sie sogar.

Lily sah sich den Zettel aufmerksam an und nickte.

Küken zog an Cats T-Shirt-Saum. »Geh nicht.«

Egal, wie viel Zeit sie sich für Küken nahm, es war nie genug. Den ganzen Nachmittag hatten sie zusammen mit dem Fernglas nach Haien Ausschau gehalten. Ein paar hatten sie sogar entdeckt, auch wenn alle nur eingebildet gewesen waren. Wenn sie in dem grünen Wäschekorb aufs Meer segelten, hätten sie bestimmt mehr Glück, meinte Küken. Manchmal ging die Phantasie mit ihm durch, aber Cat war sich sicher, dass er nur einen Witz gemacht hatte. So oder so waren sie gesund und munter auf Macons und Lilys Veranda geblieben.

Cat beugte sich zu ihm und flüsterte: »Ich bin bald zurück, versprochen.«

Er sah sie nachdenklich an. »Liest du mir dann später eine Extra-Geschichte vor?«

»Na klar«, sagte Cat und umarmte ihn. An der Tür zögerte sie. Sie war die Liste dreimal durchgegangen, aber wenn sie doch etwas vergessen hatte?

»Wir schaffen das schon«, sagte Lily sanft. »Lass Harriet nicht warten.«

Cat schaute auf die Uhr. Sie musste sich beeilen.

Sie umarmte Küken noch einmal, dann lief sie zur Tür hinaus, die Treppe hinunter und zum Pier. Harriet wartete schon auf sie – mit einer Angel in der Hand und einem riesigen Haufen Zeug neben sich.

»Dad hat gesagt, dass gerade die Flut kommt«, sagte Harriet. »Das ist super.«

Cat sah sich das ganze Zeug an. »Gehört das alles deinem Vater?«

Harriet schüttelte den Kopf. »Das ist von meinem Bruder Walt.«

»Wie nett von ihm, dass er es uns leiht«, sagte Cat.

Harriet sah verlegen aus. »Also, er ist im Feriencamp und hat eigentlich keine Ahnung. Aber was er nicht weiß, macht ihn nicht heiß.« Sie hielt einen Frühstücksbeutel mit einem kleingeschnittenen Hot Dog in die Höhe. »Köder.«

Sie liefen in die Mitte des Piers. Cat schob ein Stück Hot Dog auf den Haken. »Soll ich das jetzt reinwerfen oder was?«

Harriet war genauso unschlüssig. »Ich habe keine Ahnung.«

Cat drückte auf den Kopf unterhalb der Angelrolle. Die Schnur sank ins Wasser und trieb langsam zur Seite.

Harriet blickte ihr hinterher.

»Hallo, Mädels.« Als Cat und Harriet sich umdrehten, stand da ein feixender John Harvey und neben ihm Dixie. »Angelt ihr? Oder vielmehr *versucht* ihr es?«

»Mach dir darüber mal keine Gedanken«, sagte Harriet.

»Wie kommt es eigentlich, dass du immer da bist, wo wir sind?«, fragte Cat. »Läufst du uns hinterher?«

»Das ist eine Insel, falls es dir noch nicht aufgefallen ist. Da trifft man immer dieselben Leute. So ist das hier nun mal«, sagte er. Die Mädchen ignorierten ihn. »Was nehmt ihr eigentlich als Köder?«

»Hot Dog«, sagte Harriet.

»Hot Dog! Fische fressen doch keinen Hot Dog«, sagte John Harvey.

»Ach, nein?«, fuhr Harriet ihn an. »Cat hat schon drei Riesenexemplare gefangen.«

John Harvey kniff ungläubig die Augen zusammen. »In eurem Eimer sind aber keine.«

»Wir haben sie freigelassen«, antwortete Cat geistesgegenwärtig.

»Wie du siehst«, sagte Harriet.

John Harvey zeigte auf das Ende des Piers. »Da hinten ist mein Platz. Denkt nicht mal drüber nach, euch da breitzumachen.«

Cat verdrehte die Augen. John Harvey ging weiter, und Dixie trabte hinter ihm her.

»Was für ein Idiot«, sagte Harriet und schüttelte den Kopf. »Wir *müssen* es einfach schaffen. Hat schon einer angebissen, Cat?«

Cat schüttelte den Kopf.

Unter ihnen schlugen die Wellen an den Pier. Nach ein paar Minuten jubelte John Harvey.

Harriet stöhnte. »Ich kann gar nicht hinsehen.«

Er zog einen Fisch über das Geländer, schnitt die Leine durch und schmiss den Fisch in seinen Eimer.

»Ganz schön groß, der Bursche«, rief er ihnen zu. Die Mädchen drehten John Harvey den Rücken zu.

Da ruckte es an der Angel. Aufgeregt drehte Cat sich zu Harriet, aber als sie die Leine eingezogen hatte, hing dort kein Fisch. Und der Hot Dog war auch verschwunden.

»Also fressen Fische doch Hot Dog«, sagte Cat. Sie schob ein neues Stück auf den Haken und warf die Leine aus.

Der Himmel wurde dunkler, und John Harvey jubelte schon wieder.

Harriet schaute genervt. »Heute wird das nichts mehr. Lass uns morgen wiederkommen.«

Sie gingen zusammen nach Hause.

»Morgen kommt meine Mom mit uns angeln«, sagte Cat. »Sie hat sogar noch mehr Pokale als John Harvey.«

»Cool«, sagte Harriet. »Sie kann uns bestimmt zeigen, wie es geht.«

Nachdem sie sich für den nächsten Tag verabredet hatten, verabschiedeten sie sich in der Auffahrt der Stones. Harriet ging rückwärts und winkte, bis sie hinter der Ecke verschwunden war.

Cat grinste noch immer, als sie in die Küche kam. Lily und Macon saßen am Tresen und aßen zu Abend.

»Wo ist Küken?«, fragte Cat.

Lily lächelte stolz. »Er ist beim Vorlesen im Gästezimmer eingeschlafen.«

Damit hatte Cat nicht gerechnet. Er schien sich bei Lily wirklich wohl zu fühlen. Wie gut. Sie würde später nach ihm sehen.

»Cat, deine Mom hat angerufen«, sagte Lily.

Wahrscheinlich war sie schon längst losgefahren. »Super. Wann kommt sie an?«

Lily rutschte auf ihrem Stuhl herum. »Du sollst sie zurückrufen.«

Cat griff zum Telefon und wählte.

»Hallo, Süße«, sagte Mom, als sie abhob. »Ich schaff's dieses Wochenende leider nicht.«

Cat hatte einen Kloß im Magen. »Was? Und warum?«

»Das College gibt einen Empfang für mich. Da kann ich nicht absagen. Die Zeit ist einfach zu knapp, um zu euch und wieder zurückzufahren.«

»Aber ich habe mich so auf dich gefreut.« Verstand Mom denn nicht, dass Cat sie *brauchte*?

»Ich habe mich auch auf dich gefreut«, sagte Mom. »Und auf Küken. Er hat geweint, als ich es ihm gesagt habe.«

Armer Küken. Er war noch nie so lange ohne Mom gewesen; und Cat auch nicht.

»Aber du hast versprochen, mir Angeln beizubringen.« Cats Stimme zitterte, aber sie versuchte, nicht zu weinen.

»Es tut mir leid«, sagte Mom. »Die Arbeit geht vor.«

Cat schwieg. Sie wusste, dass die Arbeit vorging. Manchmal kam es ihr nur so vor, als ginge überhaupt alles vor.

»Und Schätzchen«, sagte Mom, »du musst dich um deine Haare kümmern.«

Auch das noch. Cat schloss die Augen. »Mom, ich kann das nicht.«

»Du hast doch die Spülung und den Kamm dabei, oder?

Mach es ganz in Ruhe, bis alle Knoten draußen sind. Wirklich alle.«

»Und den Zopf? Den kriege ich allein nie hin«, sagte Cat. Sie hatte es früher schon mal versucht, aber ihre Arme waren nicht lang genug. Außerdem war es anstrengend.

Mom seufzte. »Dann mach dir stattdessen zwei normale Zöpfe. Vielleicht kannst du sie ja flechten. Das kriegst du schon hin.«

Vielleicht. Dabei wusste Mom doch, dass Cat ihre Haare am liebsten in einem französischen Zopf trug. »Ja, vielleicht.«

»Wirklich, Cat. Such im Netz nach einem Video und bitte deine Großmutter um Hilfe.«

Auf gar keinen Fall. Als Cat noch klein war, hatte Dad ihr immer die Haare gekämmt und geflochten. Nach seinem Tod hatte Mom das übernommen, aber es hatte Monate gedauert, bis sie es richtig konnte. Wie sollte Lily das von heute auf morgen lernen? Selbst wenn Cat damit einverstanden gewesen wäre.

»Schaff ich schon«, sagte Cat schließlich.

»Ich muss los«, sagte Mom. »Sie warten auf mich. Hab dich lieb.«

Cat legte auf. Jetzt, wo Mom nicht mehr am Telefon war, hätte sie doch fast angefangen zu weinen. Sie schniefte.

»Du solltest ihr keine Vorwürfe machen«, sagte Macon. »Sie hat berufliche Verpflichtungen – das ist eine große Ehre. Du solltest stolz auf sie sein.«

Cat zuckte zusammen, als hätten die Worte ihr einen Schlag versetzt. »Ich bin ja stolz.«

Lily warf Macon einen vielsagenden Blick zu, dann wandte sie sich an Cat. »Natürlich darfst du enttäuscht sein. Wir wissen, dass du stolz auf sie bist.«

Macon stellte seinen Becher in die Spüle. »Vielleicht kann sie dir ja am Telefon Angeltipps geben.«

Er verstand es einfach nicht. Sie brauchte Mom hier. Angeltipps am Telefon waren etwas völlig anderes, als Seite an Seite auf dem Pier zu stehen.

Lily sah Cat mitfühlend an. »Ihr kriegt das schon hin.«

»Ich gehe ins Bett.« Cat sagte gute Nacht und ging niedergeschlagen nach oben. Als Erstes warf sie einen Blick ins Gästezimmer, Küken lag auf dem Rücken, Arme und Beine weit von sich gestreckt. Kein Wunder, dass er sie so oft trat, wenn er immer so ausgestreckt schlief. Sie beschloss genau in der Mitte zu schlafen, wenn sie das Bett heute Nacht schon ganz für sich hatte. Cats Blick wanderte an die Zimmerdecke und folgte jeder Unebenheit und jedem Riss.

Ihre Gedanken liefen im Kreis, bis sie völlig verknäuelt waren. Es war ausgeschlossen, dass Mom ihr das Angeln am Telefon beibrachte. Aber wenn Cat schon vorher aufgab, würde John Harvey sich bestimmt über sie lustig machen. Und wenn sie mitmachte, aber keinen einzigen Fisch fing, würde er sich auch über sie lustig machen. Cat war es leid, dass immer alles andere vorging. Nicht schon wieder.

Ihr schwirrte der Kopf, doch als die Tür aufging, tat sie, als ob sie schlief. Erst dachte sie, es wäre Küken, aber dafür waren die Schritte zu vorsichtig. Es war Lily. Sie deckte Cat zu und küsste sie leicht auf die Stirn, dann war sie schon wieder verschwunden.

Dritter Teil

SAMMELN UND JAGEN

Zusammen ist mein liebster Platz auf Erden.

Caterpillar in *Caterpillar und Chicken: Freunde für die Ewigkeit*

13

Wasserläufer flitzten durch die Wellen und stürzten sich auf die bedauernswerten Fische. Cat war nicht sicher gewesen, ob sie noch auf den Spaziergang mitkommen durfte, aber Macon hatte wie immer auf sie gewartet.

»Ich fand es nicht gut, wie wir die Dinge gestern Abend offengelassen haben«, sagte Macon.

Sie beugte sich vor und hob einen Plastikbecher auf.

»Und jetzt sagst du auch keinen Ton«, fuhr er fort.

Cat zuckte die Schultern. Es war einfacher zu schweigen.

Schließlich räusperte sich Macon. »Bist du … äh … enttäuscht von deiner Mutter?«

»Das darf ich ja nicht, oder? Höchstens stolz«, sagte Cat.

Macon rieb sich den Nacken. »Du solltest wirklich stolz auf sie sein. Es ist nicht leicht, für eine Familie zu sorgen. Sie arbeitet hart.«

Cat grub die Zehen in den Sand. Er verstand es einfach nicht. »Ich bin es leid, dass die Arbeit immer vorgeht.«

»Den Schuh muss ich mir anziehen«, sagte Macon.

Cat sah zu ihm hoch. Er blinzelte mit zusammengekniffenen Augen übers Wasser, als hätte er ganz in der Ferne etwas entdeckt. »Chirurgen haben keine regelmäßigen Arbeitszeiten. Ich habe oft etwas versprochen und dann nicht eingehalten. Wahrscheinlich hat mir deine Enttäuschung deshalb so weh getan.«

Das hatte Mom also gemeint, als sie sagte, Macon wäre nie da gewesen.

»Habt ihr es hingekriegt?«, fragte sie. »Hast du deine Arbeitszeiten geändert?«

Macon schob sich die Baseballmütze tiefer in die Stirn. »Vor allem habe ich aufgehört, Versprechungen zu machen.«

Cat sah ihn wütend an. »Hast du nicht gesagt, dass es im Leben darauf ankommt, da zu sein? Und dann hast du dich selbst nicht daran gehalten?«

War sie damit zu weit gegangen? Sein Gesicht wirkte eingefallen wie ein luftleerer Ballon.

»Wenn ich könnte, würde ich die Zeit zurückdrehen und es anders machen«, sagte er.

Sie kehrten um.

Cat wartete fünfzehn Schritte, dann griff sie nach seiner Hand.

Sie fühlte sich rau und kratzig an. Doch sie passte genau.

14

Lily nannte es Pimentokäse, aber Cat blieb skeptisch.

Sie stocherte in dem orangen Haufen herum. »Ich habe noch nie Käse gesehen, der so aussieht.«

Küken klopfte mit dem Löffel darauf. »Das ist ein Klumpen«, sagte er. »Das ist Klumpenkäse.«

Lily schüttelte den Kopf, aber sie lächelte dabei. »Manches sieht lecker aus, und manches schmeckt lecker. Ich würde mich immer für den Geschmack entscheiden.«

»Mehr für mich«, sagte Macon, grinste und tat so, als wollte er sich Kükens Teller nehmen.

Das funktionierte. Küken fing an zu essen. Er riss die Augen auf und nahm noch einen Bissen.

»Schmeckt besser, als es aussieht«, sagte er mit vollem Mund.

Cat probierte. Mild und zum Schluss ein bisschen scharf. Sie nahm noch einen Löffel voll. Lily kochte wirklich gut.

Sie aßen immer noch, als es an der Tür klopfte – Harriet. In der einen Hand hielt sie drei Netze und in der anderen einen Eimer voll kleiner Taschenlampen.

Cat blickte sie fragend an. Niemals würden sie mit diesen Netzen vom Pier aus etwas angeln.

»Du klangst so traurig wegen deiner Mutter, also habe ich mir was überlegt.« Harriet blickte an Cat vorbei. »Essen Sie noch?«

»Guten Abend, Harriet«, sagte Lily. »Komm, setz dich zu uns.«

»Hallo, Ms Lily«, sagte Harriet. »Ich habe schon gegessen, vielen Dank.« Aber sie zog sich einen Stuhl heran und spähte über den Tisch.

»Ach was«, sagte Lily und stellte ihr einen Teller hin.

»Na gut, ein bisschen Platz habe ich vielleicht noch.« Harriet langte zu.

Lily lächelte. »Was hast du denn alles dabei?«

Harriet wischte sich den Mund ab. »Gestern hatten wir kein Glück beim Angeln, und so richtig glücklich sieht Cat heute auch nicht aus. Damit ist jetzt Schluss. Die Unglückssträhne muss mal aufhören«, sagte Harriet.

Lily sah sie fragend an. »Wollt ihr Nachtangeln?«

»Nicht angeln«, sagte Harriet und grinste. »Jagen.«

Ein Grinsen voller Runzeln und Falten breitete sich auf Macons Gesicht aus.

»Meinst du, es ist warm genug?«, fragte er Harriet.

»Ich glaube schon, ist ja fast Juli.«

»Wovon redet ihr?«, fragte Lily.

»Vom Geisterkrabben jagen!«, antworteten Harriet und Macon gleichzeitig.

»Geisterkrabben jagen?«, fragte Cat. »Was ist das?«

»Kennst du keine Geisterkrabben?«, fragte Harriet zwischen zwei Bissen. »Tagsüber hocken sie meist in ihrem Versteck, nur manchmal zeigen sie sich ganz kurz. Sie haben die gleiche Farbe wie der Sand – und ihre Augen stehen hoch wie Antennen.« Harriet trippelte mit der Hand über den Tisch.

»Aber warum heißen sie Geisterkrabben?«, fragte Küken.

»Weil sie nur rauskommen, wenn es dunkel ist!« Harriet zog die letzten Worte in die Länge, damit es unheimlicher klang. »Oder weil sie so blass sind. Keine Ahnung.« Küken lachte.

»Wenn du mit einer Taschenlampe auf den Strand leuchtest, starren dir Hunderte von Augen entgegen«, fuhr Harriet fort.

»Wie gruselig«, sagte Cat.

»Aber nicht sehr«, sagte Harriet.

»Kann ich mitkommen?«, fragte Küken.

»Ich dachte, du findest es schrecklich, wenn dich so viele Augen anstarren«, sagte Cat, sie erinnerte sich daran, was er über die Actionfiguren beim *Toy-Boat*-Café gesagt hatte.

»*Krabbenaugen* machen mir nichts aus«, sagte Küken. Manchmal verstand sie ihn wirklich nicht.

»Ich bin dabei«, sagte Macon zu Cats Überraschung. »Was ist mit dir, Lily?«

»Nur wenn Küken verspricht, dass er an meiner Hand bleibt«, sagte Lily. »Wir finden dich nie wieder, wenn du uns im Dunkeln verloren gehst.«

»Versprochen«, sagte Küken feierlich.

Harriet verteilte die Taschenlampen. Der Sand fühlte sich kühl und feucht an. Zuerst sahen sie gar nichts. Aber im Strahl der Taschenlampe –

»Da ist eine!«, rief Harriet und rannte hinter einer daumennagelgroßen Krabbe her. Doch bevor sie sie zu fassen bekam, war die schon wieder in ihrer Höhle verschwunden.

»Da, Raupe, da!«, rief Küken und leuchtete mit der Taschenlampe.

Im Lichtstrahl sah Cat eine Handvoll Krabben seitwärts über den Sand huschen. Sie flitzte hinterher. Die größte Krabbe war direkt vor ihr. Cat pfefferte das Netz auf den Boden. »Ich habe eine!«, rief sie.

Im Nu war Harriet neben ihr. »Zeig mal.«

»Dreh es langsam über dem Eimer um«, sagte Macon.

Harriet hielt den Eimer fest, und die Krabbe plumpste hinein.

Küken richtete die Taschenlampe auf sie. »Noch eine, Cat, bitte!«

Sofort stürmten Cat und Harriet den Strand entlang und machten Jagd auf die lustigen kleinen Geisterkrabben. Anschließend trugen sie ihre Gefangenen zu Küken, der voller Stolz den Eimer bewachte. Am Ende wurde gezählt.

»Dreiundzwanzig!«, sagte Küken voller Ehrfurcht.

»Schluss für heute«, sagte Lily. Küken gab den beiden Mädchen den Eimer und ging mit Lily zurück ins Haus.

Klammheimlich wünschte sich Cat, er würde heute Abend wieder im Gästezimmer einschlafen.

»Sollen wir sie freilassen?«, fragte Harriet.

»Bis dann, Geisterkrabben«, sagte Cat. Vorsichtig kippten sie den Eimer um, und die Krabben huschten in alle Richtungen davon.

»Und fresst ja keine Babyschildkröten«, fügte Harriet hinzu.

»Jetzt ist unsere Unglückssträhne offiziell beendet«, sagte Cat. »Ab morgen fangen wir richtige Fische!«

Cat und Macon brachten Harriet bis zur Ecke. Sie stieß geräuschvoll die Fliegengittertür auf und verschwand mit Getöse im Haus. Harriet war einfach nicht zu überhören.

»Und?«, fragte Macon, »Glaubst du, es hat geholfen?«

Sicher war Cat sich nicht, aber sie hoffte es. Morgen würde sie es herausfinden.

15

Küken war ein einfallsreicher Schläfer, und er war tatsächlich im Gästezimmer eingeschlafen. Als Cat morgens nach ihm sah, lag er auf der Seite, und seine Füße hingen über den Rand. Beim Ausatmen pfiff er leise. Es war ein Riesenerfolg, dass er zwei Nächte hintereinander im eigenen Bett geschlafen hatte. Vielleicht lag es am guten Essen. Vielleicht an der Seeluft.

Als Cat herunterkam, sah Lily sie fragend an.

»Ist er ohne dich gegangen?«

»Ich habe ihm gesagt, er kann schon los«, sagte Cat. Sie nahm sich den Becher heißen Kakao, den er ihr hingestellt hatte. »Ich bin gleich mit Harriet verabredet, weil es nachher regnen soll.«

»Dann mach ich dir noch was zu essen«, sagte Lily und türmte Schinken und Ei auf ein Sandwich.

Cat umarmte sie schnell. »Vielen Dank.«

Als sie die Tür öffnete, kam Macon gerade die Treppe hinauf.

»Hallo«, sagte er.

»Hallo«, antwortete Cat. Sie war schon die Treppe herunter und drei Häuser weiter, da rief er ihr noch etwas hinterher.

»Viel Glück!«

»Danke!«, rief Cat zurück. Dann entdeckte sie Harriet und fing an zu laufen. Als sie sie erreicht hatte, gab Cat ihr die Hälfte von ihrem Sandwich. Am Ende vom Pier hatte John Harvey schon wieder seinen Stammplatz mit Beschlag belegt. Und nur um sie zu ärgern, kommentierte er jeden Fisch, den er gefangen hatte. Angeblich war einer größer als der nächste.

»Nicht antworten«, flüsterte Harriet. »Wir ignorieren ihn einfach.«

Aber das war John Harvey egal. Und je mehr Fische er fing, desto wütender wurde Harriet. Schließlich ertrug sie es nicht länger. »Wenn ich nur wüsste, was wir falsch machen!« Sie zeigte auf ein kleines Häuschen gleich neben dem Pier. »Komm, lass uns mal zum Angelladen gehen, auch wenn wir kein Geld dabeihaben. Dean kann uns bestimmt helfen. Und wenn nicht, müssen wir immerhin John Harvey nicht länger zuhören. Das ist doch auch schon was.«

Sie drückten die Tür auf. Hinter der Theke saß ein grauhaariger Mann. »Morgen, ihr Hübschen«, sagte er und schaute von der aktuellen Ausgabe des *Anglanzeigers* auf.

»Hallo, Dean«, sagte Harriet. »Das ist meine Freundin Cat.«

Dean faltete die Zeitung zusammen. »Hallo, Cat. Bist du nicht die Kleine von Amanda?«

Cat nickte und fragte sich, woher er das wusste.

»Vermissen sie hier alle schrecklich«, sagte Dean. »Ein Elend, dass sie so lange nicht hier war. Sie war eine Spitzenanglerin, überhaupt eine ganz Feine.« Er schüttelte den Kopf.

»Wir brauchen Hilfe«, sagte Harriet und ließ sich auf die Theke plumpsen. »Egal, was wir tun, wir haben noch keinen einzigen Fisch gefangen.«

Dean rieb sich das Kinn, er hatte den Ernst der Lage sofort erkannt. »Was nehmt ihr denn als Köder?«

»Hauptsächlich Hot Dogs«, sagte Cat. »Und Maisbrot.«

Bedächtig rieb Dean weiter. »Krümelig?«

Die Mädchen nickten.

»Ich schau mal, was ich hinten noch habe.« Er wühlte in einer Gefriertruhe und kam mit einem Beutel voll silberner Fische wieder.

»Versucht's mal mit gefrorenen Anchovis. Gratisprobe für den Anfang.« Dean legte die Fische in einen weiteren Beutel und knotete ihn sorgfältig zu. »Funktioniert bestimmt besser als Hot Dogs und Maisbrot.«

»Das ist aber nett«, sagte Cat und nahm den Beutel. »Vielen Dank.«

Sie hätte ihn gern noch mehr gefragt, übers Angeln oder über ihre Mutter, aber da bimmelte die Türglocke, und Dean wandte sich seinem nächsten Kunden zu.

Als sie zurück zum Pier kamen, waren weder John Harvey noch Dixie zu sehen. Wie schön.

»Also gut.« Cat versucht zuversichtlich zu klingen. Bisher kannte sie Anchovis nur von Moms Pizzahälfte, und da sahen sie immer verschrumpelt aus und rochen unangenehm.

Aber diese Anchovis hatten eher die Form von Torpedos und waren größer als erwartet. Außerdem hatten sie noch Köpfe und Schwänze.

»Iihh«, sagte Harriet. »Die toten Augen.«

Cat verzog angewidert das Gesicht. Sie griff sich einen Haken und knotete ihn an die Schnur. Dann zog sie einen Fisch aus dem Beutel und drückte mit dem Haken vorsichtig dagegen, aber er glitt immer wieder ab. Harriet zuckte mit den Schultern.

Cat nahm einen zweiten Anlauf, und dieses Mal versank der Haken im Fisch. Sie schüttelte sich und ließ die Leine ins Wasser fallen, damit sie den Fisch nicht länger sehen musste.

Harriet pfiff voller Bewunderung. »Wow, Cat, du siehst aus wie ein echter Angler. Na ja, eher eine Anglerin.«

Cat grinste. Vielleicht hatte sie heute mehr Glück. Mit einem richtigen Köder kam sie sich gleich professioneller vor. Bestimmt wäre Mom begeistert, wenn Cat sich selbst das Angeln beibrachte. Sie würde Mom vorher nichts davon erzählen, sondern einfach den Köder aufziehen, als wäre nichts dabei.

Harriet verschränkte die Arme vor der Brust und zog die Oberlippe ein kleines bisschen hoch. »Hallo, Mädels«, sagte sie gedehnt und klang dabei so sehr wie John Harvey, dass Cat schon fürchtete, gleich stünde Harriet ohne Sommersprossen, aber dafür mit hellblonden Wimpern da. »Nur, dass ihr's wisst, ich habe heute eine Million Fische gefangen. Ach was, eine Milliarde.«

»Eine Billion«, sagte Cat in ihrem besten Südstaatenakzent.

»Eine Billiarde.« Harriet streckte die Arme so weit aus, wie sie konnte.

»Eine Phantastilliarde!«

»Eine Phantastilliarde … und einen!«, sagte Harriet.

Das war zu viel. Cat quietschte vor Lachen.

»John Harvey ist so ein Idiot«, sagte sie. »Nur Dixie ist süß.«

Sie lehnten sich an das Geländer und lachten.

Da hörten sie ein Klimpern hinter sich. Cat hoffte, dass es die Türglocke von Deans Angelladen war oder einfach irgendeine Hundemarke. Doch als sie sich umdrehte, sah sie Dixie hinter John Harvey hertrotten, zurück zu seinem Stammplatz am Ende des Piers.

Cats Wangen brannten. »Glaubst du, er hat uns gehört?«

Harriet zuckte die Schultern. »Er sagt noch viel Schlimmeres, und zwar schon vor dem Frühstück.«

Cat und Harriet hatten doch bloß herumgealbert. Und er war wirklich fies gewesen. War es dann nicht egal, ob sie ihn verletzt hatten? Cat versuchte ihr schlechtes Gewissen beiseitezuschieben, aber es klebte wie Kaugummi an ihr. Die ganze Leichtigkeit des Morgens war dahin.

Cat prüfte die Leine, doch als sie sie einholte, war der Köder verschwunden. Also zog sie die Angel ganz aus dem Wasser und spießte einen neuen Fisch auf den Haken, dieses Mal näher am Schwanz. Aber auch der verschwand, ohne dass Cat etwas davon merkte. Es wurde langsam wärmer, und die Köderfische waren immer schwerer aufzuspießen. Cat versuchte es weiter, bis alle Anchovis aufgebraucht waren, aber nicht ein einziger Fisch biss an. Sie knabberten nicht einmal.

John Harvey dagegen fing mindestens eine Tonne. So beschäftigt, wie er war, musste er längst nicht mehr jeden einzelnen Fang kommentieren.

»Wenn ich doch nur wüsste, was wir falsch machen«, sagte Cat.

»Tja«, sagte Harriet, »das wäre gut. Wir müssen unseren eigenen Stammplatz finden, der uns Glück bringt.«

Der richtige Platz. Der richtige Köder. Cat hatte weder das eine noch das andere. Dabei wollte sie Mom doch damit überraschen, was sie alles schon konnte. Wenn sie in diesem Tempo weitermachte, würde es nie klappen. Es machte riesigen Spaß mit Harriet, aber eigentlich brauchte Cat jemanden, der ihr zeigen konnte, wie es ging. Doch wenn Mom nie da war, um ihr zu helfen, musste Cat es eben allein versuchen.

16

Der Donner grollte über die Wellen und der Regen fiel in dicken Tropfen. Lily tippte auf ihrem Laptop, während Macon im *Angelanzeiger* las. Küken saß im Wäschekorb und las ein Buch über die Haiforscherin Eugenie Clark. Cat seufzte.

Macon legte die Zeitung zur Seite. »Jemand Lust auf ein Eis?«

»Ja, ich«, sagte Cat.

Küken schaute gar nicht erst auf. »Nein, danke, ist gerade so richtig spannend. Und ich habe noch die hier.« Er klopfte auf einen Stapel eingeschlagener Bücher aus der Bücherei.

Lily klappte den Laptop zu. »Küken hat recht – es ist perfektes Lesewetter.«

Küken zeigte hinter sich in den Wäschekorb. »Komm mit in mein Boot.«

Lily griff sich ihr Buch und setzte sich neben Küken auf den Boden. »Wenn es Ihnen recht ist, Käpt'n, treibe ich lieber neben Ihnen auf dem Meer.« Küken kicherte.

Cat hatte gelernt, Lily zu vertrauen. Sie wusste inzwischen, wie Küken zu nehmen war. Trotzdem kontrollierte Cat, bevor sie ging, noch einmal, ob die Schiebetür auch wirklich abgeschlossen war. Nicht, dass Küken auf die Idee kam, eigene Forschungsreisen zu den Haien zu unternehmen, solange sie weg war.

Cat lief neben Macon die breite, weiße Holztreppe hinunter. Er hatte einen Regenschirm für sie dabei. Wenn auch keinen besonders großen. Und noch ehe sie ihm anbieten konnte, sich mit ihm den Schirm zu teilen, zog er die Kordeln seiner Kapuze enger. »Schon gut. Ich gehe hinter dir, dann ist es nicht so eng.«

»Es macht mir aber …«

Doch Macon ließ ihr den Vortritt. Sie fand es komisch, so spazieren zu gehen, als ob sie ihre eigene kleine Prozession wären. Nur auf ihren Strandspaziergängen meinte sie Macon zu verstehen. Ansonsten blieb er ein Rätsel für sie.

Ganze Sturzbäche strömten die Straße hinunter. Als sie an Willis Supermarkt vorbeikamen, tippte Macon ihr auf die Schulter. »Deine Großmutter hat gesagt, wir brauchen noch scharfe Soße. Ich springe nur schnell rein.«

Cat wollte ihm folgen, doch er bremste sie.

»Geh ruhig vor«, sagte er. »Du kannst bestimmt etwas probieren, und ich komme gleich nach.«

Ehe Cat antworten konnte, war er im Geschäft verschwunden. Manchmal schien er gerne mit ihr zusammen zu sein, und manchmal verschwand er einfach so.

Sie ging allein weiter zum Eisladen. Die *Miss-Sunshine*-Buchstaben sahen aus, als wären sie aus gelben und rosa

Streuseln gemacht. Cat schüttelte den Regenschirm, so gut es ging, trocken, dann schob sie die Tür auf.

Eine Frau in einer rosa Schürze blickte lächelnd auf. Das Geschäft war leer, was vermutlich am Regen lag. Als sie Cat sah, erstarrte ihr Lächeln ganz kurz, aber dann machte sie gleich wieder ein normales Gesicht. »Willkommen bei Miss Sunshine«, rief sie mit klebrig süßer Stimme.

»Hallo.« Cat schaute sich um.

Hier war alles gelb oder rosa – der karierte Fußboden, die Nadelstreifen-Tapete an den Wänden, die kleinen Nischen und sogar die Barhocker. Selbst die Gläser mit den Streuseln hatten gelbe und rosa Aufkleber. Die Frau war älter als Mom, aber jünger als Macon und Lily. Sie sprühte gerade ein Putzmittel auf die Theke und wischte mit einem gelben Lappen darüber. Sogar die Sprühflasche war rosa. Miss Sunshine selbst hatte gelbe Haare und rosa Fingernägel. Cat hatte noch nie einen Laden gesehen, der so durch und durch zweifarbig war, und er machte sie leicht seekrank.

Sie ging zur Eistruhe, um sich die Sorten anzuschauen. Seit sie denken konnte, war Schokolade-Minz ihr Lieblingseis gewesen, aber sie fand, diesmal könnte sie die besonderen Sorten von hier probieren; eine hieß Gingerbread Island, eine andere Schildkrötenei. Sie sah sich jede Sorte genau an und las die Aufkleber auf den Behältern dreimal, und trotzdem kam die Frau die ganze Zeit nicht zu ihr und fragte, was sie haben wollte.

Mit einem Klingeln öffnete sich die Tür. Macon hielt eine Einkaufstüte von Willis Supermarkt in der Hand und lächelte.

Die Frau hinter dem Tresen stellte die Sprühflasche beiseite. »*Aber hallo*, Dr. Stone«, sagte sie und zog das Hallo völlig unnötig in die Länge. Ihre Stimme klang sogar noch klebriger als gerade eben. »Jetzt kommen Sie ausgerechnet, wo es gerade so leer hier ist. Eigentlich brummt der Laden immer.«

Cat wollte sie wirklich nicht anstarren. Aber Miss Sunshine sah Macon an, als wäre er ein berühmter Schauspieler. *Widerlich.*

Macon schien davon nichts mitzubekommen. »Aha. Na gut. Meine Enkel sind gerade zu Besuch.«

»Dann bringen Sie sie doch mal mit«, flötete die Frau.

Macon sah sie verwirrt an. »Das habe ich«, antwortete er langsam. »Das ist Cat, meine Enkeltochter.«

»Oh«, sagte Miss Sunshine und blickte zwischen Macon und Cat hin und her. »Oh! Ich wusste nicht, dass Sie zusammengehören.«

Manchmal passierte ihnen so was mit Mom, wenn die Leute nicht wussten, dass sie Cats und Kükens Mutter war. Aber es war das erste Mal, dass es ihr mit Macon passierte. Cat wartete auf seine Reaktion, doch er sagte nichts. Er stellte sich neben sie und schaute durch die Glasscheibe. »Welche Sorten hast du denn schon probiert?«

»Keine«, sagte Cat.

»*Keine?*« Macon sah Cat an, dann den Becher mit den Probierlöffeln. Er warf Miss Sunshine einen Blick zu und dann wieder Cat. Die Falten auf seiner Stirn wurden erst tiefer, dann glätteten sie sich, als wäre ihm etwas klargeworden.

Er legte Cat eine Hand auf die Schulter und lächelte Miss Sunshine an. Aber nicht so wie sonst, dass die Fältchen um seine Augen zum Vorschein kamen. Dieses Lächeln hatte Cat noch nie gesehen. Es war ein Zahnpastawerbelächeln. »Miss Campbell, wenn ich mich nicht irre?«

»Sie können mich Parker nennen«, säuselte die Frau.

Cat sah sie neugierig an. War Parker ihr Vorname oder ihr Nachname? Vermutlich war das egal, für Cat würde sie immer Miss Sunshine sein.

»Miss Parker«, sagte Macon. Seine Stimme klang weich, und der Südstaatenakzent war plötzlich deutlich zu hören. Cat wurde hellhörig, Mom sprach immer ganz besonders freundlich und mit starkem Südstaateneinschlag, wenn sie eigentlich fuchsteufelswild war. Cat sah Macon aus den Augenwinkeln an.

Er lächelte immer noch das Zahnpastalächeln. »Könnten meine Enkeltochter Cat und ich wohl ein paar Kostproben bekommen? Wir wollen sie auf Gingerbread Island doch willkommen heißen, da wäre es ja wohl angebracht, wenn sie von *jeder Sorte* eine Kostprobe bekäme.«

Cat riss die Augen auf. Es gab mindestens dreißig verschiedene Eissorten. Sie versuchte, sich nichts anmerken zu lassen, so als würde sie ständig dreißig Eissorten probieren – keine große Sache.

Einen Augenblick lang gefror Miss Sunshine das Lächeln auf den Lippen, aber dann strahlte sie nur umso mehr. »Aber natürlich! Sie ist doch so *ein Schatz,* Dr. Stone. Ich bringe es Ihnen gleich.«

Ein Probierlöffel nach dem anderen wurde fertiggemacht, und alle waren für Cat. Miss Sunshine wollte auch Macon welche geben, aber der winkte bloß ab und sagte, er habe sich schon entschieden. Die ganze Zeit ließ er seine Hand auf Cats Schulter liegen, als wollte er ihr zeigen, dass sie nicht allein war.

Das Eis schmeckte wunderbar sahnig. Hinter Schildkröteneis verbarg sich Schokoladenkaramelleis mit einem Streifen Himbeersoße, und in Gingerbread Island waren Gummibärchen und winzige Lebkuchenmänner versteckt. Cat probierte jede Sorte, auch wenn ihr beim Zuckerwatte-Kaugummi-Mischmasch die Zähne weh taten.

Weil sie sich nicht alle Geschmäcker merken konnte, entschied sie sich schließlich doch für ihr altes Lieblingseis, Schokolade-Minz. Sie war froh, dass das Eis nicht gelb oder rosa war. Macon nahm Zitrone-Heidelbeere. Miss Sunshine löffelte und lächelte dabei und erklärte sich bereit, Kükens Regenbogen-Sorbet kühl zu stellen, bis sie nach Hause gingen.

Cat und Macon setzten sich in eine rosa Nische am Fenster. Der Regen strömte nur so von der Markise. Kein Wunder, dass niemand auf dem Spielplatz war, und selbst die Bücherei schien keinerlei Besucher zu haben. Es kam Cat so vor, als gehörte die Stadt ihnen allein, und natürlich Miss Sunshine, die weiter den Tresen putzte.

Als Erstes zog Cat die Banderole von der Waffel, das machte sie immer so. Und obwohl sie eigentlich pappsatt sein müsste, hatte sie doch noch ein bisschen Platz.

Wenn Mom hier wäre, würden sie jetzt darüber sprechen, wie viel freundlicher Miss Sunshine geworden war, nachdem Macon aufgetaucht war. Vielleicht hatte sie Vorurteile wegen Cats Aussehen. Vielleicht mochte sie auch einfach keine Kinder, die allein kamen. Vielleicht lag es an etwas ganz anderem – auch wenn Cat sich das nicht vorstellen konnte. Es war manchmal schon schwer zu verstehen, warum die Menschen so handelten, wie sie es taten.

Cat wusste nicht, wie sie mit Macon darüber sprechen sollte oder ob er es überhaupt wollte. Sie hatte keine Ahnung, was er dachte oder was das Zahnpastalächeln zu bedeuten hatte. Aber auf ihrer Schulter spürte sie noch immer die Wärme seiner Hand, und das zählte auch.

Macon kaute sein Eis und war früher fertig als Cat. Er fing an, die Banderole in kleine Stücke zu zerpflücken.

Cat knabberte an ihrer Waffel. »Glaubst du, es hört bald auf?«

Er zuckte zusammen, als wäre er ganz in Gedanken gewesen. »Entschuldige, was hast du gesagt?«

Cat zeigte aus dem Fenster. »Der Regen. Glaubst du, er wird bald aufhören?«

»Wahrscheinlich«, sagte Macon gedankenverloren. »Pass mal auf. Ich habe nachgedacht.« Er räusperte sich. »Es ist wirklich lange her. Dass ich geangelt habe, meine ich.«

Cat wurde es plötzlich flau im Magen. Warum suchte sich Macon immer den falschen Moment aus? Auch wenn es erst nicht so ausgesehen hatte, war das Eisessen doch noch richtig schön geworden. Sie würde nie vergessen, wie viele Sorten sie probieren durfte. Aber jetzt fing er wieder vom Angeln an, nur um ihr zu sagen, dass er es doch nicht wollte.

Macon holte tief Luft. »Es kommt im Leben vor allem darauf an, da zu sein, das gilt auch fürs Angeln. Du bist darin ziemlich gut.«

Cat lachte auf. Wenn er sie schon dafür lobte, dass sie da war, könnte er ihr genauso gut einen Preis fürs Atmen verleihen. Natürlich war sie da, aber trotzdem hatte sie noch keinen einzigen Fisch gefangen. So toll war das nun auch wieder nicht.

»Na super«, sagte sie.

»Wirklich«, sagte er entschieden. »Die meisten hätten schon längst aufgegeben. Aber du hast Biss – echtes Durchhaltevermögen.« Er trommelte mit den Fingern auf die Tischplatte. »Also, es kommt mir nicht fair vor, dass du dich so anstrengst und ich überhaupt nicht. Ich dachte, ich könnte es auch versuchen.«

Cat sah ihn unsicher an. »Wirklich?«

»Ich kann dir nichts versprechen«, sagte er. »Aber ich kann dir alles beibringen, was ich weiß.«

Sie schwiegen beide. Der Regen hatte nicht nachgelassen. Auf einem ihrer Spaziergänge hatte er gesagt, dass er keine Versprechungen mehr machte. Aber sie hatte noch immer seine Stimme im Ohr, als er »meine Enkeltochter Cat« gesagt hatte. So klang niemand, der Angst hatte, etwas zu versprechen.

Es könnte gelingen. Und vielleicht – aber das war wahrscheinlich Wunschdenken – machte ja sogar Mom mit, wenn sie herkam. Dann würden sie zu dritt nebeneinanderstehen, Seite an Seite.

»Eine Frage«, sagte sie.

Macon knüllte die Papierfetzen in seiner Hand zusammen. »Ja?«

»Wann fangen wir an?«

17

Selbst im sanften Morgenlicht erschien ihr Macon wie der kantigste Mensch, dem sie je begegnet war. Unerschütterlich wie ein Fels stand er auf der Veranda und wartete auf sie. Leise und vorsichtig flitzte Cat die Treppe hinunter. Heute Morgen würden sie zum ersten Mal zusammen angeln.

Als Macon sie sah, lächelte er. »Gut. Wer zuerst kommt, mahlt zuerst, oder fängt den ersten Fisch oder so.«

In der Auffahrt verteilte Macon das Angelzeug auf ihre Räder, und dann fuhren sie zu Deans Laden. Macon hielt Cat die Tür auf.

»Wie geht's, Macon?«, fragte Dean.

»Das hier ist meine Enkeltochter Cat«, sagte Macon. »Sie ist den Sommer über bei uns.«

Dean nickte. »Kommt ganz nach ihrer Mutter, finde ich. Da hast du Glück, Cat – schließlich willst du doch nicht aussehen wie der alte Kauz hier, oder?«

Macon lachte. »Sie ist mir ähnlicher, als du dir vorstellen kannst. Wusstest du, dass sie sich selbst Angeln beigebracht hat? Zusammen mit der kleinen Harriet Kincaid.«

Dean zwinkerte. »Gut möglich, dass ich die beiden das ein

oder andere Mal hier am Pier gesehen habe. Hast du etwa vor, John Harvey das Leben schwerzumachen?«

»Kann schon sein«, sagte Cat.

»Das ist die richtige Einstellung«, sagte Dean. »Gute Idee, ihr zu helfen, Macon. Einer der Vorteile, Großvater zu sein. Was fehlt euch denn noch?«

Während Dean und Macon sich ausgiebig über Garnelen, Anchovis und Meerbarben unterhielten, schlenderte Cat zu einem Ständer mit Sonnenbrillen.

Schließlich hielt Macon ihr die Tür auf. »Fertig, Cat?« Dann gingen sie auf den Pier.

Macon blieb stehen. »Hast du einen Lieblingsplatz?«

»Wir haben es überall schon mal versucht. Aber eine richtig tolle Stelle war noch nicht dabei«, sagte Cat.

»Manchmal kann man dem Glück ein bisschen nachhelfen.« Macon zeigte auf einen Schwarm Vögel, der über den Wellen segelte. »Warum sind die wohl da?«

Keine Frage – den Vögeln am Strand ging es immer nur um eins.

»Futter«, sagte Cat.

»Schlaues Mädchen!«, sagte Macon.

Vorsichtig näherten sie sich den Möwen. Macon öffnete das Päckchen aus Deans Angelladen und leerte es in einen Eimer. Cat warf einen Blick hinein und staunte nicht schlecht – da drin waren lebende Garnelen.

Macon schüttete eine Flasche eiskaltes Wasser dazu. »Sie

mögen es lieber kühl«, erklärte er. »Wir dürfen nicht vergessen, das Wasser nachher noch mal zu wechseln, wenn wir länger bleiben. Erinnerst du mich dran?«

Es gefiel Cat, wie behutsam Macon mit den Garnelen umging. Sie knotete den Haken an die Schnur, und er zeigte ihr ein paar Tricks. Vor dem Wettbewerb hatte sie sich Angeln immer so leicht vorgestellt. Aber je länger sie sich mit Macon unterhielt, desto klarer wurde ihr, wie viel sie noch lernen musste.

Macon holte eine zappelnde Garnele aus dem Eimer. »Die erste pikse ich dir auf.« Er wies auf eine dunkle Stelle vorn am Kopf. »Hier darfst du niemals reinstechen, das ist das Gehirn. Am besten du schiebst den Haken hier unten durch, wo sie so spitz zuläuft. Man nennt es das Horn.«

Langsam schob Macon den Haken durch den Schwanz der Garnele. Er ging dabei sanft und bedächtig vor, trotz seiner großen Finger. Cat konnte sich gut vorstellen, wie dieselben Hände operierten, Wunden vernähten und Menschen halfen.

»Warum spießt du sie da auf?«, fragte sie.

»Wenn Garnelen vor einem Angreifer fliehen, stoßen sie sich nach hinten ab, so sieht es natürlicher aus. Außerdem bleiben sie auf diese Art meist eher am Haken. Ich dachte, wir nehmen uns mal eine Schafskopf-Meerbrasse vor – ein ziemlich gewiefter, räuberischer Fisch hier aus der Gegend.«

Cat sah ihn ungläubig an. Wenn sie noch nicht mal ganz

normale Fische fing, wie sollte es ihr dann bei einem besonders gewieften gelingen? Unmöglich.

Er lachte über ihren Blick. »Keine Sorge – du hast eine reelle Chance. Die Fische sind gern hier am Pier. Am liebsten in den Schlupfwinkeln und Verstecken zwischen den Steinen. Lass die Schnur einfach fallen, am besten ganz bis unter den Pier.«

Cat mochte seine Art, Dinge zu erklären. Weder tat er so, als wäre sie noch ein kleines Kind, noch so, als müsste sie schon alles wissen.

Macon befestigte ein dreieckiges Senkblei an der Schnur. »Such am besten nach einer Stelle mit trübem Wasser. Da kämpfen die Fische ums Futter.«

Eine Zeitlang warteten sie in einträchtiger Stille. Nach so einem Nebeneinander hatte Cat sich gesehnt, danach, ein Team zu sein und Hand in Hand zu arbeiten. Hoffentlich fingen sie auch einen Fisch. Es musste ja nicht unbedingt ein besonders gewiefter sein. Ein ganz normaler würde schon reichen.

Die Schnur zuckte und schwirrte. Cat stand wie angewurzelt da und blickte Macon an.

»Hast du einen?«, fragte er.

»Ich glaube schon?«

Seine Stimme war ruhig. »Langsam und gleichmäßig.«

Cat drehte die Kurbel. Nie hätte sie gedacht, dass ein Fisch so stark sein konnte.

»Der kämpft ja ganz schön«, sagte Macon. »Du schaffst das, Cat.«

Plötzlich schoss der Fisch aus dem Wasser und wand und drehte sich unaufhörlich. Die Schuppen glänzten in der Morgensonne, während Cat ihn einholte. Endlich war er auf Höhe des Geländers, und sie zog ihn auf den Pier. »Geschafft!«

Macon zog den Haken heraus. Der Fisch hatte dunkle, senkrechte Streifen auf beiden Seiten.

Macon sah ihn sich an. »Gut gemacht«, sagte er zu Cat. »Ist gar nicht so einfach, ihn rauszuziehen, ohne dass die Schnur reißt. Das ist eine Schafskopf-Meerbrasse, wird auch Sträflings-Meerbrasse genannt – siehst du die Streifen?«

»Und jetzt?«, fragte Cat.

»Wir können ihn freilassen oder wir können ihn essen«, sagte Macon. »Ich finde ja, dass man seinen ersten selbst geangelten Fisch unbedingt essen sollte. Der hier schmeckt außerdem gut.«

Cat nickte. »Macon? Können wir noch ein bisschen weiter angeln, bevor wir zurückgehen?«

Macons Mund verzog sich zu einem Lächeln. »Klar. Wenn du Lust hast.«

Sie angelten weiter und fingen noch einen Blaubarsch, aber den ließen sie wieder frei. Die Meerbrasse würden sie zu Mittag essen. Gar nicht schlecht für die paar Stunden auf dem Pier.

»Fahr ruhig schon vor«, sagte Macon. »Ich putz ihn noch, das macht wirklich keinen Spaß. Dann komme ich nach.«

Cat radelte nach Hause, und die kalte Luft schlug ihr ins Gesicht, dass es nur so brannte. Doch ihr Herz brannte aus einem anderen Grund. Wieder und wieder meinte sie das Zucken der Schnur zu spüren. Es war nicht leicht gewesen, die Fische herauszuziehen, aber Cat hatte es geschafft. Beim Angeln schien sich das Blatt langsam zu wenden. Vielleicht galt das ja für den ganzen Sommer.

• • •

Cat stürmte in die Küche. »Ich habe zwei Fische gefangen!«

»Superduper, Cat!«, sagte Küken.

Lily stand vom Sofa auf. »Großartig, Cat. Was für welche denn?«

»Einen Blaubarsch und eine Schafskopf-Meerbrasse«, sagte sie. »Die Meerbrasse wird dir gefallen, Küken. Die ist gestreift.«

Zu Lily sagte sie: »Den Blaubarsch haben wir frei gelassen, aber Macon ist noch am Pier und nimmt die Meerbrasse aus.«

»Dann gibt's die zu Mittag.« Lily warf einen Blick in die Speisekammer. »Wir haben kein Mehl mehr – Lust auf einen Ausflug zu Willis Supermarkt?«

»Klar«, sagte Cat. »Willst du mitkommen, Küken?«

Er dachte einen Augenblick nach.

»Du kannst auch hierbleiben und mir beim Kochen helfen«, sagte Lily.

Küken nickte. »Ich bleibe hier.«

Cat ließ sich nicht anmerken, wie überrascht sie war, und sprang die Stufen zur Auffahrt hinunter, immer zwei auf einmal. Küken half Lily gern beim Kochen. Und Cat freute sich, dass die beiden etwas gemeinsam hatten, genau wie Macon und sie.

Cat beschloss, mit dem Rad zu fahren. Sie hätte vor Glück fast fliegen können. Endlich! Und nicht nur einen Fisch, nein, gleich zwei!

Sie stieg auf und fuhr in die Stadt. Immer noch meinte sie zu spüren, wie die Schnur zwischen ihren Händen zuckte. Vielleicht traf sie Harriet und konnte ihr die tollen Neuigkeiten sofort erzählen. In der kleinen Gasse neben Willis Supermarkt lehnte sie das Rad an die Wand, dann drückte sie die glänzende grüne Tür auf.

»Hallo, Cat«, sagte Ms Willis.

»Hallo, Ms Willis.«

»Sag mir Bescheid, wenn du etwas brauchst.«

Cat nahm einen Umweg zum Gang mit den Lebensmitteln: Sie roch an den Seifen, wich einer Auslage voller Flummis aus und begutachtete von der Decke baumelndes Spinnenkraut, bevor sie beim Maismehl landete. Sie nahm ein Paket mit zur Kasse.

Ms Willis nannte ihr den Preis. »Will deine Großmutter Brot backen?«

»Das ist für den Fisch«, sagte Cat. »Ich habe heute Morgen zwei gefangen.«

»Klasse!« Ms Willis schien sich wirklich für sie zu freuen. »Bist du schon aufgeregt wegen des Wettbewerbs?«

Cat nickte. »Mein Grandpa hat gesagt, dass er jeden Tag mit mir übt.«

»Das höre ich gern«, sagte Ms Willis. »Grüß deine Großmutter von mir.«

Als Cat wieder in die kleine Gasse einbog, fiel ihr auf, dass sie mein Grandpa gesagt hatte, nicht Macon. Sie hatte die Worte ganz selbstverständlich benutzt, als wären sie schon immer da gewesen. Der Gedanke stimmte sie froh.

Doch dann sah sie ihr Fahrrad. Zuerst erkannte sie es gar nicht wieder. Es war nicht länger zitronengelb. Es war braun. Rahmen und Sattel waren über und über dreckverschmiert. Der blumengeschmückte Korb hing schief herunter. Cat rannte ums Rad herum und blieb wie angewurzelt stehen. Das Amanda-Nummernschild fehlte. Cat sah auf dem Boden nach, ob es vielleicht abgefallen oder weggeworfen worden war, aber da lag es nicht. Es war gestohlen worden.

Cat schlich zur Hauptstraße zurück, sie sah eine Familie, bestimmt Urlauber, und eine Frau mit einer Joggingkarre. Sie lief weiter, um die nächste Ecke, und plötzlich stand Harriet vor ihr.

Harriets breites Grinsen verflog augenblicklich. »Was ist los?«

»Sieh's dir selbst an«, presste Cat zwischen zusammengebissenen Zähnen hervor. Sie gingen zurück zum Fahrrad.

Harriet schnappte nach Luft. »Oh, nein, dein schönes Rad! Und der Korb ist auch ganz schief und krumm.«

Cat versuchte ihn wieder in Form zu bringen, aber er war völlig verbogen. Am liebsten hätte sie das Mehl gegen die Wand geschleudert.

Plötzlich stieß Harriet einen leisen Pfiff aus. »Denkst du, was ich denke?«

Cat antwortete: »Meinst du, *an wen* du denkst?«

»Sieh nur, Cat!« Von einer Pfütze in der kleinen Gasse führte eine Pfotenspur bis zur Straße. Die Größe der Pfoten kam ihnen bekannt vor.

»Dixie!«, flüsterte Cat.

»Wo hast du dich versteckt, John Harvey?«, brüllte Harriet. »Dir werd ich es zeigen.«

Cat zögerte. »Warte.«

Harriet hatte die Hände zu Fäusten geballt. »Ich habe keine Angst, mit ihm zu kämpfen.«

»Ich will aber nicht mit ihm kämpfen. Zumindest nicht so.«

Harriets Augen blitzten neugierig. »Wie dann?«

»Beim Wettbewerb«, sagte Cat.

Harriet sah sie skeptisch an. »Nimm's mir nicht übel, Cat, aber bis jetzt hast du noch nichts gefangen.«

»Heute schon«, sagte Cat. »Macon ist mit mir angeln gewesen, und ich habe zwei Fische gefangen.«

»Wenn du ihn *dabei* schlägst, tut's ihm richtig weh«, sagte Harriet.

Zum ersten Mal konnte sich Cat vorstellen, dass sie wirklich gewann. Sie konnte es kaum erwarten, John Harveys Gesicht zu sehen, wenn sie mit der Trophäe davonging.

Sie sagte Harriet auf Wiedersehen und schob das Rad nach Hause. Erst brachte sie Lily das Mehl, dann suchte sie im Schuppen nach Putztüchern, Seife und einem Eimer. Als Macon die weiße Holztreppe herunterkam, schleppte sie gerade den schweren Eimer.

»Deine Großmutter hat mit dem Fisch angefangen«, sagte er.

Cat fing an zu schrubben. »Gut.«

Macon betrachtete sie einen Augenblick, dann nahm er ein Putztuch, tauchte es ins Seifenwasser und wischte den Lenker sauber. »Das Rad braucht wohl eine Wäsche, wie?«

»Jepp.«

»Ist ganz schön dreckig geworden.«

»Jepp.« Cat rieb an einem besonders hartnäckigen Spritzer herum.

»War anscheinend 'ne ziemlich große Pfütze, was?«

Cat blickte zu Boden. Er sollte nicht denken, dass sie nicht gut auf das Fahrrad aufgepasst hatte. »Es sah schon so aus, als ich mit Einkaufen fertig war.«

»Das ist eine Frechheit«, sagte Macon.

Cat nickte, aber sie schwieg. Sie war schließlich keine Petze.

Nach und nach verschwand der Dreck, und darunter kam das Rad in seinem alten Glanz zum Vorschein. Lily rief von oben, dass das Essen fertig war.

Das fehlende Nummernschild erwähnte Macon mit keinem Wort. Und Cat auch nicht.

18

Am nächsten Morgen gingen Cat und Macon wieder stundenlang angeln, doch diesmal ließen sie alle Fische frei. Cat war kaum durch die Tür, als Küken ihr entgegenstürmte und sie dabei fast umriss. »Küken! Was ist passiert?«

Er hielt ihr einen dicken Umschlag hin. »Mamas neuestes Buch ist da!«

»Ja? Wie toll! Hast du es dir schon angeschaut?«

Küken schüttelte den Kopf.

»Er wollte unbedingt auf dich warten«, sagte Lily.

»Wir sehen sie uns immer zusammen an«, sagte Cat. »Aber ich bin noch voller Sand vom Strand. Kannst du noch warten, bis ich ihn mir abgewaschen habe? Bin gleich wieder da.«

Er kniff die Augen zusammen. »Wie lange brauchst du?«

»Acht Minuten?«

Seine Augen wurden zu schmalen Schlitzen.

»Also gut, fünf … drei?«

Er nickte und schielte zur Küchenuhr. Cat flitzte nach oben, sie wusste, dass er sie darauf festnageln würde. Sie war selbst gespannt auf das Buch. Allzu viel hatte Mom ihr nicht davon gezeigt, aber Cat wusste noch, dass es mit Hüten zu tun hatte.

Als sie zurückkam, saß Küken schon im Schneidersitz vor dem Wohnzimmerfenster. Sie setzte sich neben ihn auf den Boden und zog das Buch aus dem Umschlag.

Auf dem Cover sah man Chicken und Caterpillar.

»Der schönste Hut«, las Küken.

»Willst du lesen oder soll ich?«, fragte Cat.

»Du«, sagte Küken und kuschelte sich an sie.

Die Geschichte fing so an, dass Caterpillar und Chicken mit dem Bus zu einem Hutgeschäft fuhren, das einen riesigen Ausverkauf veranstaltete. Nach der ersten Seite hörte Cat erstaunt auf zu blättern. Als sie den Titel gelesen hatte, war sie davon ausgegangen, dass Chicken den schönsten Hut bekommen würde, doch das stimmte nicht: Caterpillar hatte ihr Geld gespart und konnte es kaum abwarten, sich den tollsten Hut auszusuchen. Sie sah supersüß aus mit ihrer kleinen Handtasche. Endlich würde Caterpillar etwas für sich selbst tun und nicht immer nur für andere.

Caterpillar probierte die unterschiedlichsten Hüte auf. Schließlich entschied sie sich für einen lustig gestreiften mit langen Bändern an den Seiten. Cat musste grinsen, so glücklich sah Caterpillar mit ihrem neuen Hut aus. Sie hatte in der vierten Klasse einen ganz ähnlichen gehabt.

Aber dann tauchte Chicken in dem Laden auf. Er sah Caterpillar mit ihrem neuen Hut.

»Schöner Hut«, sagte er. »Aber …«

Caterpillar blickte ihn fragend an. Aber?

»… ich friere am Schnabel.«

Mon Joli Chapeau
OFFEN

»Das ist so komisch!« Küken japste vor Lachen.

»Geht so.« Cat legte das Buch zur Seite. Küken hob es wieder auf.

»Können wir es noch mal lesen?«

»Hm, diesmal liest du's mir vor, okay?«

Er blätterte um und fing an. Cat legte sich neben ihn auf den Boden. Küken drehte mit den Fingern in ihren Haaren. Sie schloss die Augen und hörte ihm zu. Auf einmal rüttelte er sie an der Schulter.

»Schläfst du?«

»Nein, ich denke nach.«

»Wenn du die Augen zuhast, siehst du die Bilder aber gar nicht«, sagte er mit Nachdruck.

Cat öffnete die Augen. »Ich weiß noch, wie sie aussehen.«

»Magst du Moms Buch etwa nicht?« Küken klang ungehalten.

»Irgendwie tut mir Caterpillar leid.«

Küken hielt ihr das Buch hin. »Da sind aber gar keine Kekse diesmal. Keine Symbole.«

Cat rieb sich die Augen und reckte die Arme. Sie war müde. Vielleicht hatte sie einfach zu viel Sonne abbekommen. »Ist nicht so wichtig, Küken. Das Buch ist toll.«

»Genau«, sagte Küken. »Caterpillar ist glücklich, wenn Chicken glücklich ist. Und weil Chicken glücklich sein soll, muss Caterpillar dafür sorgen, dass Chicken glücklich ist.«

Genau das befürchtete Cat ja. Wenn Mom nun auch

dachte, sie wäre nur dafür da, Küken glücklich zu machen? Dabei hatte sie eigene Vorstellungen und Wünsche, Dinge, die nur ihr gefielen und nichts mit Küken zu tun hatten.

»Du weiß schon, dass das nur ein Buch ist, oder?«, fragte Cat. »Eine ausgedachte Geschichte.«

Küken achtete nicht auf sie. »Lily, hast du Moms Geschichte schon gehört?«

»Ja«, sagte Lily und sah von der Zeitung auf.

»Dann zeig ich sie Macon.« Küken lief nach oben.

Es ist nur ein Buch. Nicht mehr. Cat wiederholte die Worte immer und immer wieder und hoffte, dass sie so wahr werden würden.

Vierter Teil

ANTWORTEN UND FRAGEN

Von allen Küken der Welt bist du mir am liebsten.

Caterpillar in *Caterpillar und Chicken: Das Marmeladengeheimnis*

19

Cat hatte noch nicht herausgefunden, ob die Fische eher schüchtern oder einfach nur dickköpfig waren, aber an manchen Tagen kehrten Macon und sie mit leeren Händen zurück, obwohl sie stundenlang auf dem Pier ausgeharrt hatten. Seit Sonnenaufgang waren sie jetzt hier, aber die Fische wollten einfach nicht. Cat starrte angestrengt ins Wasser und hoffte, dass ein hungriger Fisch ihren Köder fand.

Die Zeit mit Macon gehörte für sie zu den schönsten Stunden des Tages. Frühmorgens, wenn um sie herum noch alles still war und sie im Rhythmus der Wellen ruhig atmete. Cat lehnte sich gegen die Bank und dachte an ihren ersten Tag auf der Insel. Damals hatte sie nicht gewusst, warum Mom von hier fortgegangen war, und zehn Tage später wusste sie es immer noch nicht.

»Wieso telefoniert ihr nie, du und Mom?« Sie hatte die Worte ausgesprochen, bevor ihr klarwurde, was sie da sagte.

Macon rieb sich den rauen, sonnenverbrannten Nacken. »Sie telefoniert mit deiner Großmutter.«

Jetzt gab es kein Zurück mehr; sie musste einfach weitermachen. »Aber mit dir spricht sie nie.«

»Schwierige Frage.« Lange Zeit schaute er nur aufs Wasser und schwieg. Cat dachte schon, er hätte die Frage vergessen.

Endlich antwortete er. »Versprichst du mir, hierzubleiben und mich ausreden zu lassen?«

»Natürlich.«

Macon setzte sich auf der Bank zurecht und zog die alte, blaue Baseballkappe tief über die Augen. »Ich war nicht gerade begeistert von der Nachricht, dass deine Eltern geheiratet hatten.«

Ein Bild aus dem Großen Blauen Buch tauchte vor Cats innerem Auge auf – das Hochzeitsfoto auf den Stufen vor dem Rathaus. »Warum?«

»Ich hatte mir mehr für sie erhofft.«

Cat sah ihn vorwurfsvoll an. »Mehr?«

»Ich hielt Zeichnen für ein Hobby, nicht für einen Beruf«, sagte er. »Sie sollte etwas Sicheres haben; fand, sie sollte es auch mit Medizin versuchen.«

Mom als Ärztin? Sie könnte niemals die richtige Medizin raussuchen oder jemanden operieren. Sie mochte ja nicht mal in die Nähe von Kranken. Mom kümmerte sich um lustige, schöne Dinge, und sie hatte immer Farbe unter den Fingernägeln.

Cat schüttelte den Kopf. »Nie im Leben!«

Macon lachte leise. »War wohl keine so gute Idee. Aber es lag nicht nur daran. Sie waren zu Besuch gekommen. Ich hatte Amanda noch nie so aufgeregt erlebt. Ben hatte sich extra eine Krawatte umgebunden.« Er hielt für einen Augenblick inne.

»Ich dachte, er würde um ihre Hand anhalten«, fuhr Macon schließlich fort. »Dann hätte ich sie gebeten, noch etwas zu warten. Sie waren noch so jung. Aber …«

»Aber was?«, fragte Cat scharf.

Macon schaute finster. »Aber sie fragten gar nicht. Sie waren einfach durchgebrannt und hatten geheiratet, ohne irgendjemandem davon zu erzählen. Und es gab noch eine Neuigkeit.«

Cat wusste sofort, wovon er sprach. »Mich. Ich war ihre größte Neuigkeit, oder? Mom war schwanger mit mir.«

Macon nickte, aber er sah sie nicht an.

Cat verstand sofort. Macon war mit Moms Entscheidungen nicht einverstanden gewesen, weder damit, Illustratorin zu werden, noch damit, Daddy zu heiraten. Und erst recht nicht mit Moms Entschluss, Cat zu bekommen. Tränen brannten ihr in den Augen. Kein Wunder, dass er ihnen aus dem Weg gegangen war, als sie hier angekommen waren. Er hatte sie nie gewollt.

Cat stand auf. Sie wollte nur weg, egal wie wacklig ihre Knie waren. Er sollte nicht sehen, dass sie weinte.

»Lass mich ausreden«, sagte Macon leise.

Sie zögerte.

»Bitte«, sagte er, seine Stimme klang rau.

Das Bitte gab den Ausschlag. Cat setzte sich wieder.

»Danke«, sagte er leise. »Vergiss nicht, dass dein Großvater ein sturer alter Esel ist.«

Fast hätte sie gelächelt, doch sie fühlte sich wie ausgehöhlt, und so blieb ihr Mund eine straff gespannte Linie.

Macon sprach weiter: »Ich hatte andere Pläne für deine Mom, ohne Mann und Kind oder einen Umzug ans andere Ende dieses gottverdammten Landes. Nach San Francisco!«

Cat verschränkte die Arme vor der Brust. Was sollte an Mom, Daddy oder San Francisco falsch sein? Oder an ihr selbst?

»Ich habe es völlig falsch angepackt. Für mich war Amanda noch ein Kind, mein Kind. Keine erwachsene Frau, die ihren eigenen Weg geht – zusammen mit deinem Dad.«

Macon seufzte. »Ich habe immer alles schön der Reihe nach gemacht. Das habe ich auch von deiner Mom erwartet. Erst studieren, dann heiraten. Erst heiraten, dann Kinder kriegen. So hatte ich mir das vorgestellt.«

Cat schüttelte den Kopf. »Nur, weil es für dich das Richtige war, musste es doch für Mom und Daddy noch lange nicht so sein.«

Macon nahm die Kappe ab und fächelte sich Luft zu. »Wo zum Teufel warst du vor zwölf Jahren? Da hätte mir das jemand sagen müssen.«

Cat blickte ihn an. Er zwinkerte ihr zu, obwohl seine Augen voller Tränen waren. Cat konnte nicht anders. Sie grinste zurück. Dann dachte sie an Mom als junges Mädchen: an das weiße Kleid und die Handschuhe, die Schulfotos an der Wand. Sie hatte nicht den Eindruck, als hätte Macon sie besonders gut gekannt.

»Und dann?«, fragte Cat. »Was ist dann passiert?«

Macon stieß einen langen Atemzug aus. »Sie stellten sich alles so einfach vor. Sie hatten keine Pläne, keine Jobs, nicht mal eine Wohnung. Sie hatten nur einander.«

Ihre blutjungen Eltern, so verliebt und voller Vorfreude darauf, eine Familie zu sein.

Macon seufzte noch einmal. »Ich habe falsch reagiert. Und das ist noch untertrieben. Ich war verletzt und wollte ihr vorschreiben, was sie zu tun hat – als wäre sie noch immer ein Kind –, weil ich Angst hatte, sie zu verlieren. Und damit habe ich genau das erreicht.«

Sie schauten auf die Wellen. Zum ersten Mal überhaupt war Cat froh, dass kein Fisch anbiss.

»Ich war so wütend, als sie gegangen war«, sagte Macon. »Damals habe ich mit den Spaziergängen angefangen. Das Meer hat meine Wut zu hören bekommen und nach und nach hat es sie mit sich fortgespült. Und endlich habe ich begriffen, was ich so lange nicht verstanden hatte.«

Cat sah ihn neugierig an. »Und zwar?«

Macon atmete aus. »Als Eltern gibt man seinen Kindern ein Versprechen. Für sie da zu sein, auch wenn man denkt, sie machen einen Fehler. Sie so zu lieben, wie sie sind, und nicht so, wie man sie sich wünscht.«

Cat dachte nach. Etwas fehlte in seiner Geschichte. »Warum hast du dich nie bei ihr entschuldigt?«

»Ich habe es versucht, aber das ist lange her. Mehr als einmal. Sie wollte nichts von mir hören. Eine Zeitlang hat sie nicht mal mit Lily gesprochen, das hat deiner Großmutter fast das Herz gebrochen. Es hat gedauert, bis sie sich wieder nähergekommen sind und telefoniert haben. Ab und zu kam ein Foto. Ich hatte Angst, das wieder kaputtzumachen.«

Er zog ein Taschentuch aus der Hose. Manchmal hatte Macon so viel Angst davor, etwas falsch zu machen, dass er lieber gar nichts machte, dachte Cat.

»Anfangs hoffte ich noch, wir würden uns wieder zusammenraufen. Du wurdest geboren, und die Jahre vergingen. Dann kam Küken. Und dein Dad bekam Krebs. Es ging alles so schnell. Und ihr habt ihn verloren, Cat – du und Küken und Amanda, ihr habt ihn alle verloren.«

Macon wischte sich über die Augen.

»Wenn ich mir vorstelle, dass ich dich und Küken vielleicht nie kennengelernt hätte – wenn ich an all die verlorenen Jahre denke, die mir niemand zurückgeben kann …«

Die Planken des Piers verschwammen vor Cats Augen. Sie zwang sich, nicht zu blinzeln.

Macon räusperte sich, dann faltete er das Taschentuch ordentlich zusammen. »Ich bin lange genug traurig gewesen. Damit ist jetzt Schluss. Ab jetzt mache ich es wieder gut.«

Aber noch war nicht alles gut, nicht für Cat. »Du hattest

aber doch unrecht. Es war gut, dass sie mich bekommen haben.«

Macon sah sie erstaunt an. »Aber natürlich, Cat. Das weiß ich doch. Habe ich dir das denn nicht gezeigt? Sei nicht zu streng mit dem alten Esel von früher. Ich kann mir kein schöneres Geschenk vorstellen als dich und deinen Bruder.«

Sie hörte, was er sagte, aber sie war noch nicht überzeugt. Ihr Herz war ein Luftballon. Eine einzige leichte Brise, und es flog auf und davon.

Macon sprach weiter: »Du kannst so sauer auf mich sein, wie du willst. Das geschieht mir nur recht. Aber jetzt möchte ich dir helfen.«

Sie dachte daran, wie er im Eisladen die Banderole in kleine Stücke zerpflückt hatte. Sie wollte ihm ja dankbar für seine Hilfe sein, aber noch war ein dicker Kloß Traurigkeit im Weg.

Macons Stimme unterbrach ihre Gedanken. »Ich meine nicht den Wettbewerb. Ich bin dein Großvater. Ich bin immer für dich da – versprochen.«

Cat wusste, dass er die Wahrheit sagte. Sie streckte die Hand aus, und er hielt sie ganz fest. Mehr brauchte es nicht.

Sie gingen zurück und verstauten das Angelzeug. Als sie in die Küche kamen, konnten sie kaum die Hand vor Augen sehen. Mehlschwaden hingen in der Luft. Auf dem Tresen und auch sonst überall türmten sich Hunderte von Keksen.

»Was in aller Welt …«

»Raupe!« Küken winkte mit einem Keksausstecher aus Blech. »Wir stanzen Löcher aus! Genau wie der Zigarrenhai!«

Lily lächelte Cat an. »Er hat gesehen, wie ich den Teig ausgerollt habe, und wollte helfen. Jetzt weiß ich alles über Zigarrenhaie.«

»Wahnsinn«, sagte Cat. »Das sind echt viele Kekse.«

»Ich bin ein Zigarren-Keks-Hai!«, rief Küken.

Macon kam näher. »Was macht ihr da?«, fragte er.

Küken nahm einen Keks in jede Hand und rannte damit in Schlangenlinien durch die Küche.

»Zigarren-Keks-Hai«, rief er, als er an Macon vorbeiflitzte.

Macon schnappte ihn sich. Küken schlang die Arme um Macons Hals und schrie voller Begeisterung: »Fang mich doch!«

Macon warf Küken hoch in die Luft. Cat fehlten elf Jahre Erinnerungen an Gingerbread Island und Küken sieben. Aber sie waren dabei, die verlorene Zeit aufzuholen. Die Insel war ein Teil von ihnen. Und würde es immer sein.

20

Cat betrachtete die Zeichnungen in ihrem Zimmer. Einige waren groß, andere klein, aber alle waren sie gerahmt und so gehängt, dass sie wie ein riesiges Puzzle zusammenpassten.

Da gab es stattliche Segelboote mit detailgetreu ausgearbeiteter Takelage und Bullaugen, gedrungene Schlepper und ein Piratenschiff mit finster dreinblickender Besatzung. Die Landkarten zeigten Orte aus Büchern. Cat erkannte Mittelerde, Narnia und das Ozark-Gebirge aus *Wo der rote Farn wächst,* allesamt mit feinen, gleichmäßigen Buchstaben beschriftet. Sie wollte sie sich gerade näher ansehen, als Lily zur Tür hereinkam. Sie trug einen Wäschekorb.

Cat bekam ein schlechtes Gewissen, weil Lily ihre Sachen wusch. »Das kann ich doch machen.«

»Kein Problem«, sagte Lily. »Aber hast du vielleicht Lust, mir beim Sockenzusammenlegen Gesellschaft zu leisten?«

Socken zusammenzulegen war das Beste am Waschen, vorausgesetzt es gab immer zwei passende.

»Gefallen dir die Zeichnungen von deiner Mom?«, fragte Lily.

Cat brauchte einen Augenblick. »Heißt das, Mom hat die gemacht? Jetzt malt sie ganz anders.«

»Sie hat stundenlang daran gesessen, bis jede Kleinigkeit stimmte, und dabei hat sie gelesen. Die Schiffe mochte sie am liebsten, besonders die mit kunstvollen Verzierungen und Schnitzereien. Gingerbread – du weißt, dass die Insel nach ihnen benannt ist, oder?«

Cat nickte.

»Ihre Bücher und die Zeichnungen, das war alles, was sie brauchte.«

»Hat sie schon immer gezeichnet?«, fragte Cat.

Lily zog eine Schublade auf und legte Cats Shorts hinein. »Gezeichnet und gemalt. Und für ihr Leben gern gelesen – so wie du.« Sie blickte Cat an und lächelte. »Sie wollte schon immer gern die Welt verändern.«

»Haben sie und Macon sich je verstanden?«, fragte Cat. »Sie sind so verschieden.«

»Sie sind sich ähnlicher, als sie denken. Das ist ja Teil des Problems«, sagte Lily.

Cat dachte darüber nach. Ihr war noch nie in den Sinn gekommen, dass man sich auch zu ähnlich sein konnte. »Wie meinst du das?«

»Sind beide ziemlich dickköpfig und nehmen ihre Arbeit ein bisschen zu wichtig«, antwortete Lily. »Macon war mit Leib und Seele Chirurg. Darüber hat er sich definiert – und das konnte er nicht mal abends ablegen. Seine Patienten haben ihm sehr viel bedeutet und er ihnen natürlich auch«, fuhr Lily fort. »Er war zu jeder Tages- und Nachtzeit im

Krankenhaus und hat operiert. Und irgendwie hat er darüber vergessen, dass sein kleines Mädchen auch sehr beschäftigt war – nämlich damit, erwachsen zu werden.«

»Er war zwar oft weg«, sagte Cat, »aber immerhin lebte er.«

»Ich bin sicher«, sagte Lily und hockte sich auf das Fußende des Bettes, »dass dein Daddy dich mehr als alles in der Welt geliebt hat.«

Normalerweise zog Cat eine dicke Mauer um ihr Herz, wenn jemand so etwas sagte. Es sei denn, der andere hatte Daddy genauso gut gekannt wie sie. Wer sonst konnte ermessen, was sie verloren hatte? Wie sollte sie es ihnen erklären, wenn sie nie erlebt hatten, wie perfekt er eine Orange schälte oder mit Mom durch die Küche tanzte?

Aber mit Lily war es anders. Sie hatte ihn schon gekannt, bevor er Cats Vater geworden war. Sie hatte ihn immer gern hier gehabt. Cat drehte eine Socke in den Händen.

»Er war bestimmt ein toller Dad«, sagte Lily.

Cat musste in der dritten Klasse gewesen sein, als ihre Lehrerin ihnen das Konzept der Unendlichkeit erklärt hatte. Ein paar Kinder hatten Schwierigkeiten damit gehabt, aber Cat verstand es sofort. Der Tod war unendlich. Er dauerte nicht einen Tag oder einen Monat oder ein Jahr. Er dauert länger, als irgendjemand sagen konnte.

»Es ist immer noch genauso schlimm wie damals«, sagte Cat leise.

Lily wartete. Und Cat verstand, dass sie so lange bei ihr bleiben würde, wie es nötig war. Da bekam sie Lust, ihr mehr zu erzählen.

»Ich vermisse ihn, wenn ich zurückdenke, wie er mich huckepack genommen hat oder mit seinem Frühstücksei gegen meins geschlagen hat. Und ich vermisse ihn, wenn ich vorwärts denke, an all die Dinge, die er nicht mitbekommt, an alles, was er niemals mitbekommen wird.«

Lily strich Cat sanft über das Gesicht. »Du sagst es, meine Süße. Es ist unendlich traurig und ungerecht.«

Die Berührung war so zart, dass Cat anfing zu weinen und sich gegen Lily lehnte.

»Warum hat mir niemand gesagt, dass ich ihn für immer vermissen werde?«

Lily tätschelte ihr den Rücken. »Das Gewicht der Welt«, sagte sie so leise, dass Cat sie kaum verstand. »Das Gewicht der Welt.«

Cat drückte ihr Gesicht an Lilys Schulter. Sie würde Lilys Bluse noch ganz nass machen, wenn sie nicht aufhörte zu weinen. »Tut mir leid«, murmelte sie. Sie wich zurück, aber Lily zog sie wieder an sich. So blieben sie noch einen Augenblick lang sitzen. Dann reichte Lily ihr ein Taschentuch, das nach Zitronen duftete.

»Das muss dir doch nicht leidtun«, sagte Lily.

Cat wischte sich die Augen.

»Wenn ich könnte, würde ich es leichter für dich machen.

Das kann ich leider nicht, niemand kann das. Aber du darfst dich jederzeit an meiner Schulter ausweinen. Einverstanden?«

Cat räusperte sich. Das war ein gutes Angebot. »Einverstanden.«

Lily nahm sie noch einmal in den Arm. Cat ließ auch das gern geschehen.

Als Lily sie freigab, hob Cat zwei übrig gebliebene Socken auf. »Für die hier gibt's keine passenden mehr.«

»Schrecklich«, sagte Lily.

»Stimmt«, sagte Cat. »Ich kann mir nichts Schlimmeres vorstellen.«

»Na ja«, sagte Lily langsam. »Ich fürchte doch.«

Cat blickte ihre Großmutter an, und beide prusteten los. »Na gut«, sagte Cat. »Es gibt schon Schlimmeres.«

Jetzt konnten sie gar nicht mehr aufhören zu kichern. Cat legte die ungleichen Socken zusammen und hielt sie Lily hin, die sich vor Lachen krümmte.

Cat versuchte, zu Atem zu kommen. »Wehe, du lachst über meine ungleichen Socken.«

»Das würde ich nie tun.«

Sie prusteten von Neuem los. Cat bekam kaum noch Luft.

Küken und Macon standen in der Tür. Macon blickte sie unsicher an.

»Alles in Ordnung bei euch?«, fragte er.

»Eigentlich nicht«, stieß Cat hervor.

»Es ist schrecklich«, jammerte Lily.

Macon sah Küken an. »Wovon in aller Welt sprechen die beiden?«

Küken betrachtete sie aufmerksam, dann zuckte er die Schultern. »Von der Wäsche, glaube ich.«

Da mussten Cat und Lily nur noch mehr lachen. Cat konnte sich nichts anderes Schreckliches vorstellen, das gleichzeitig so schön war.

21

Warmer Erdnussbutteratem streifte Cats linke Wange.

»Hallo. Hallo. *Raupe.*«

Cat schlug die Augen auf. Kükens Gesicht war nur Zentimeter von ihrem entfernt.

Cat vergrub den Kopf unter dem Kissen. Sie wollte ihren Traum zurück, das Sirren der Angelschnur zwischen ihren Fingern.

Er tippte ihr auf den Arm. »Cat. Ich bin's, Küken.«

Cat seufzte. »Ich weiß, wer du bist.«

»Mommy kommt.«

Cat linste unter dem Kissen hervor. »Aber jetzt doch noch nicht. Heute Nacht. Wenn wir schlafen.«

»Weiß ich!« Küken flitzte aus dem Zimmer.

Sie konnte es kaum abwarten, schließlich hatte Mom ihr versprochen, dass sie zusammen angeln würden. Cat hatte auch schon einen Plan – wenn sie fast zur Tür hinaus waren, würde sie Macon fragen, ob er mitkommen wollte. Dann könnte Mom gar nicht nein sagen. Und auf dem Pier würde Mom sich daran erinnern, wie sehr sie das Angeln vermisst hatte – wie sehr sie Macon vermisst hatte. Wenn sie erst zu dritt nebeneinanderstünden, wäre alles wieder gut.

Cat ging zu Küken in die Küche und nahm sich Müsli und Orangensaft. Sie waren gerade fertig, als es an der Tür klopfte. Cat machte auf, und da standen Harriet und Neddie. Er winkte Küken zu.

»Hallo, ihr zwei«, sagte Cat.

»Hallo, Cat! Kommst du mit in den Park?«, fragte Harriet.

»Klar«, sagte Cat.

Küken stellte seine Schüssel in die Spüle. »Ich auch.«

Cat half Küken seine Schuhe zu suchen, dann liefen sie die weiße Holztreppe hinunter. Cat sah sofort, dass etwas fehlte. »Wo ist das Schild?«

Die Haken vom Stone-House-Schild waren leer. Wehe, John Harvey steckte dahinter. Cat schaute sich um und entdeckte Macon, der vor dem Schuppen Holzreste aufeinanderstapelte.

»Weißt du, was mit dem Schild passiert ist?«, fragte sie.

»Musste repariert werden«, sagte Macon.

»War es zerbrochen, Mr Macon?«, fragte Harriet.

»Hmmm«, sagte Macon. »Seid schön vorsichtig, ihr vier. Sind heute bestimmt viele Autos unterwegs wegen des Feiertags.«

Zusammen liefen sie die Ocean Road hinunter. Macon hatte recht, die Straßen waren ganz schön voll, aber auf dem Gehweg ging es. Im Park rannten Neddie und Küken sofort zur Sandkiste.

Ohne dass sie sich abgesprochen hätten, gingen Cat und

Harriet in dieselbe Richtung. Inzwischen wussten die Freundinnen voneinander, wann es Zeit zum Schaukeln war.

Sie setzten sich nebeneinander und holten schweigend Anschwung. Es dauerte nicht lang, da flogen sie hoch durch die Luft. Cat schaute zu Harriet hinüber, deren Pferdeschwanz im Wind flatterte. Wenn Harriet in San Francisco wohnen würde, wären sie bestimmt auch Freundinnen.

Cat packte die Ketten fester und lehnte sich zurück, jetzt sah sie nur noch Himmel. Die Zeit auf der Insel verging irgendwie anders. Ein Tag hier fühlte sich an wie eine Woche oder ein ganzer Monat zu Hause. Cat fand es immer noch unglaublich, dass sie vor drei Wochen nichts von Gingerbread Island gewusst hatte, und jetzt steckte die Insel voller Erinnerungen. Das glänzende gelbe Fahrrad. Schwaden von Mehlwolken in der Luft. Meerglas und Haifischzähne. Angeln mit Harriet … und mit Macon.

Das galt auch für Küken. Es gab nichts Tolleres für ihn als den grünen Plastikwäschekorb oder am Strand nach Schätzen zu suchen. Sich an Lily zu kuscheln. Oder Macon zuzuhören.

»Oh, oh«, sagte Harriet.

Cat riss den Kopf nach vorn und blickte sich suchend nach Küken um. Da lief er, inmitten einer Gruppe von Kindern, und ein blonder Junge im leuchtend orangen T-Shirt rannte hinterher.

Cat sah genauer hin. »Ist das der, für den ich ihn halte?«

John Harvey führte die anderen bei einem ziemlich ausgeklügelten Fangenspiel an. Es sah aus wie Versteinern, aber manchmal fassten sich auch zwei Kinder an den Händen und liefen dann zusammen weiter. Es musste eine spezielle Art North-Carolina-Fangen sein. Obwohl Küken die Regeln nicht kannte, lief er lachend mit den anderen mit.

Cat hielt die Schaukel an, ohne dabei John Harvey aus den Augen zu lassen. Sie konnte nicht glauben, dass er es war. Wie freundlich er mit den kleinen Kindern umging. Wie nett er lächelte, so ganz anders als das hämische Grinsen, das Cat bisher von ihm kannte.

Ein kleines Mädchen mit einer riesigen Schleife in den Haaren bekam den Saum von John Harveys T-Shirt zu fassen. »Hab dich! Jetzt bist du dran.«

Die Kinder kreischten vor Begeisterung. Dann kletterten sie auf das Karussell. Küken saß auf dem Geländer, die Augen weit aufgerissen und den Mund zu einem breiten Lachen verzogen. Das Karussell quietschte schrill, als es sich in Gang setzte. John Harvey gab ihm noch einmal Schwung, dann sprang er auf und fuhr mit, ohne sich festzuhalten.

»Angeber«, sagte Harriet.

Auf einmal entdeckte Küken die Mädchen und hob die Hand, um zu winken. Was dann passierte, konnte Cat nicht sehen, aber im nächsten Augenblick lag er auf dem Boden. Das wirbelnde Metall verfehlte seinen Kopf nur um Zentimeter.

Cat sprang von der Schaukel. »Weg da, Küken!«

Er sah sie verständnislos an. Dann traf ihn ein Fuß am Auge. Er fiel auf den Rücken.

John Harvey sprang ab, griff nach dem Geländer und brachte das Karussell mit einem Ruck zum Stehen. Er rannte zu Küken und hob ihn hoch.

Eine Sekunde später war auch Cat da und zog Küken an sich. Er war ganz still und atmete zitternd. Cat funkelte John Harvey an. »Hände weg von meinem Bruder!«

John Harvey hob die Arme und machte ein paar Schritte rückwärts.

Cat ging ihm hinterher. »Du hast ihm weh getan!«

Da war das hämische Grinsen wieder. »Stimmt doch gar nicht!«

»Wer war es dann?«

Das Mädchen mit der Schleife trat vor. »Ich glaube, es war mein Fuß. Aus Versehen.«

Cat beugte sich vor, sie wollte Küken übers Gesicht streichen, doch er stieß sie weg. »Hör auf!«

»Was ist?«, fragte sie. Vielleicht hatte er sich beim Hinfallen das Gesicht aufgeschrammt.

Küken starrte sie wütend an. »Es ist genau wie in der Bücherei.«

Hatte er sich den Kopf angeschlagen? Sie verstand überhaupt nichts mehr.

Küken verschränkte die Arme vor der Brust und ließ ihren Blick nicht los. »Warum bist du so sauer?«

Er musste vollkommen durcheinander sein, Cat hatte keine Ahnung, wovon er sprach. »Sauer auf wen?«

»Auf ihn!« Küken zeigte auf John Harvey. »Das war aus Versehen. Wie in der Bücherei, als ich Neddie weh getan habe.«

»Das war was anderes«, fing Cat an, aber er hörte ihr schon nicht mehr zu.

»Ich gehe spielen«, sagte er bloß und lief zurück zum Karussell.

Cat war sprachlos. Sie sah erst ihren Bruder, dann John Harvey an. Küken war noch nie so wütend auf sie gewesen.

Ein leuchtend oranger Kleintransporter hielt neben dem Park. Auf der Seite stand *DAWSON MINIGOLF*. Dixie streckte ihren Kopf aus dem Fenster.

Ein Junge im Teenageralter lehnte sich hinaus. »Was zum Teufel machst du hier?«

John Harveys Grinsen verschwand. »Nichts.«

»Dad hat gesagt, du sollst was für ihn erledigen. Und, hast du?«

John Harvey trottete zum Wagen und schimpfte leise vor sich hin.

»Dann hör auf rumzutrödeln. Wir haben zu tun.«

John Harvey stützte sich mit der Hand an der Seitenwand ab und sprang auf die Ladefläche. Der Motor jaulte auf, dann fuhr der Wagen davon.

John Harvey hatte keine kleineren Geschwister, also

konnte das nicht der Grund sein, warum er hier war. Vielleicht versteckte er sich vor seinen Brüdern. Wenn Cat solche Brüder hätte, würde sie sich auch vor ihnen verstecken. Vielleicht hatte John Harvey einfach Lust, zu spielen und nett zu kleinen Kindern zu sein. Das wäre immerhin möglich. Aber nur, weil er mal eine Viertelstunde nett war, wog das nicht die Zeit auf, in der er fies gewesen war.

Küken lag ausgestreckt auf dem Karussell, während es quietschend seine Runden drehte. Es war nicht immer leicht, auf ihn aufzupassen. Manchmal tat er sich weh, auch wenn Cat in der Nähe war. Und doch war er wütend geworden, als sie ihm helfen wollte. Sie war nicht die Einzige, die sich in diesem Sommer veränderte.

22

Cat holte Milch und Eier aus dem Kühlschrank, während Lily Mehl und Zucker abwog. Sie machten Waffeln als Willkommensfrühstück für Mom. Cat schlug die Eier auf, wie Dad es ihr gezeigt hatte, dann ging es ans Verquirlen. Sie hatte sich nicht vorstellen können, dass sie den Rhythmus, das ordentliche Zusammenrühren aller Zutaten so vermissen würde. Es gefiel ihr, wie die Butter auf dem Waffeleisen zischte.

Als sie Mom auf der Treppe hörte, rannte sie ihr entgegen. »Mom! Ich habe gestern versucht, wach zu bleiben, bis du kommst, aber dann bin ich doch eingeschlafen.«

»Das macht doch nichts.« Mom küsste sie auf den Scheitel. »Ich freue mich genauso, dich jetzt zu sehen.«

»Ich mache Waffeln«, sagte Cat.

Mom nahm sich einen Teller. »Sie riechen wunderbar, Cat. Vielen Dank.«

Küken tappte in die Küche und kletterte auf Moms Schoß.

»Hallo, Schlafmütze«, sagte sie und drückte ihn an sich. »Was wollen wir heute machen?«

Überrascht schaute Cat zu Mom, während sie eine neue Waffel aus dem Eisen zog. Dabei streifte ihr Finger die heiße

Platte. »Aua!« Sie steckte den Finger in den Mund. »Wir wollten doch angeln?«

Mom biss einmal ab und schluckte. »Hatten wir das schon fest ausgemacht?«

Cat sah sie ungläubig an. »Natürlich wollten wir angeln.«

»Wir können doch auch was anderes machen. Eis essen?«

»Ja!«, sagte Küken.

»Ich wollte, dass wir beide etwas zusammen machen«, sagte Cat. *Und Macon.*

Aber Mom hörte ihr schon nicht mehr zu. »Oder – was haltet ihr von Wellenreiten? Das habt ihr doch bestimmt noch nicht ausprobiert, oder?«

Cats ganzer Plan drohte schiefzugehen. Wenn Mom nicht mit angeln kam, konnte Cat sie und Macon auch nicht wieder zusammenbringen. Aber wenn Cat erst mit Mom mitkäme, dann würde Mom später vielleicht mit ihr angeln gehen.

»Na gut«, sagte Cat. »Wellenreiten.«

Sie zogen sich Badesachen an und gingen nach draußen. Mom kramte im Schuppen herum und tauchte schließlich mit zwei Surfbrettern wieder auf. Dann liefen sie ans Wasser und wateten hinein, bis das Ufer weit hinter ihnen lag.

»Ziemlich raue See heute, was?«, sagte Mom.

Cat wollte gerade ja sagen, als eine Welle über ihr zusammenschlug. Das Surfbrett wurde ihr aus der Hand gerissen, und Cat verschwand unter Wasser. Sie stieß sich ab, um wieder an die Oberfläche zu kommen.

»O je, die hat dich aber umgehauen«, sagte Mom. »Alles in Ordnung?«

Cat rang nach Atem. »Ich kann das nicht.«

»Komm schon«, sagte Mom. »Du versuchst es immerhin. Viele würden sich gar erst nicht ins Wasser trauen.«

Sie half Cat wieder aufs Brett.

»Achte darauf, wie die Wellen sich bewegen, wie sie angerollt kommen«, sagte Mom. »Lass dir Zeit. Schau, was das Meer dir anbietet.«

Unwillkürlich musste Cat lächeln. Diese ruhige Art, Dinge zu erklären, erinnerte sie an jemanden. »Du klingst wie Macon.«

Mom kniff die Augen zusammen. »Wie meinst du das?«

Cat zuckte zusammen. Mom wollte nicht wie Macon sein. »Er bringt mir Angeln bei.«

Mom schwieg, und Cat hatte schon Angst, dass sie sauer war. Aber einen Augenblick später huschte ein Lächeln über Moms Gesicht. »Wie schön. Dann brauchst du mich ja nicht dazu.«

Das war das Letzte, was Cat hören wollte. »Ich brauche dich trotzdem«, sagte sie. Cat wollte mehr. Sie wollte ein Versprechen.

Doch da rief Mom: »Jetzt – da kommt eine! Los, Cat, los!«

Die Welle türmte sich hoch und immer höher, und Cat

stand genau richtig. Drei kräftige Beinschläge, dann hatte sie neben Mom die Welle erreicht, und sie surften den ganzen Weg zurück zum Strand. Es war tausend Mal besser als in der Achterbahn. Cat hatte so viel Spaß, dass sie ihren Plan beiseiteschob. Sie blieben im Wasser, bis sie beide genug hatten.

23

Cat und Harriet bahnten sich einen Weg durch die Menge. Sämtliche Gehwege und der Dorfplatz waren gesteckt voll. Rote, weiße und blaue Girlanden schmückten die Schaufenster. Überall roch es nach Popcorn, Zucker und Sonnencreme.

»War schon klar, dass die Parade viele Leute anlockt«, sagte Cat. »Aber das hier ist verrückt.«

»Das staut sich noch Kilometer hinter der Brücke zurück. Touristen! Aber wenn sie die Brücke schließen, ist das Feuerwerk morgen nur für Leute von hier«, sagte Harriet. Cat grinste. Sie gehörte auch dazu.

Harriet fand einen Platz nahe den Preisrichtern. Aus den Lautsprechern plärrte patriotische Musik. »Hier ist es perfekt. Vor den Preisrichtern legen sich alle immer richtig ins Zeug.«

Kleine Kinder tanzten auf den abgesperrten Straßen und wurden von Freiwilligen gleich wieder zurück auf den Gehweg bugsiert.

Direkt neben Cats Kopf knisterte etwas.

»Hallo, Raupe.« Küken tippte ihr mit einem Windrad aus Goldfolie auf die Schulter.

»Küken – wo ist Mom?« Cat schaute sich suchend um.

Ein paar Reihen entfernt winkte ihr Mom zu. »Er wollte zu euch.«

Cat und Harriet rutschten zur Seite. Küken quetschte sich zwischen sie. »Pa-RADE, Pa-RADE, Pa-RADE«, sang er, und das Windrad drehte sich.

»Immer mit der Ruhe, Küken«, sagte Cat. Am liebsten hätte sie ihn zu Mom zurückgeschickt. Als sie sich umdrehte, entdeckte sie John Harvey hinter ihnen. Sie tippte Harriet in die Seite und wies mit dem Kopf schräg nach hinten.

Harriet blickte sich um. »Ach nee. Muss das sein?«, flüsterte sie.

»Was denn?« fragte Küken laut. »Über wen redet ihr?«

»Pst«, sagte Cat. »Es fängt gleich an.«

Als Erstes tauchte ein Oldtimer mit dem Zeremonienmeister auf. Als der Wagen näher kam, sah Cat, dass sie die Leute darin kannte. Ms Willis und Dean vom Angelladen. Sie hielten Händchen!

Nacheinander tuckerten drei Bulldozer an ihnen vorbei, alle mit rot-weiß-blauen Wimpeln geschmückt. Die Pfadfinder darauf schwenkten Fahnen.

Dann folgten Feuerwehrwagen – vier an der Zahl – mit blinkenden Lichtern. Vor den Preisrichtern hielten sie an. Feuerwehrleute sprangen heraus und warfen mit vollen Händen Bonbons in die Menge. Die Zuschauer jubelten und streckten sich nach den Süßigkeiten.

Auf einmal gingen die Sirenen los.

So nah, wie sie standen, war das Geräusch kaum auszuhalten. Ein immerwährendes, gellendes Kreischen in einer solchen Lautstärke, dass Cat nichts anderes mehr hören konnte. Bei jedem neuen Bonbonregen jubelte die Menge und schob sich vorwärts. Cat wollte sich gerade ein paar Süßigkeiten schnappen, als sie einen Ellenbogen im Rücken spürte.

John Harvey. Er machte den Mund auf und sagte etwas, aber Cat konnte nichts verstehen.

»Was?«, fragte sie.

John Harvey zeigte auf Küken. »Was … hat … er?«

»Was meinst du damit, was er *hat*? Er hat *nichts*. Manchmal ist er ein bisschen anders, aber …«

»Cat«, sagte Harriet und zog sie am Arm. »Sieh doch.«

Küken hatte die Hände auf die Ohren gepresst, und sein Gesicht war wie versteinert, als wollte er schreien, aber konnte es nicht. Tränen strömten ihm über die Wangen.

»Die Sirenen. Sind sie zu laut?« Cat legte den Arm um Küken und suchte Mom in der Menge. Sie schaute zu Harriet, die die Stirn runzelte und sich besorgt umsah.

»Wir kriegen ihn hier nicht raus – viel zu voll!« Harriet sprach direkt in Cats Ohr.

Es war so gut wie unmöglich, sich durch die Menge zu schieben. Sie saßen fest. Normalerweise, wenn Küken ihre Hilfe brauchte, hätte jetzt Cats Verstand übernommen und wie ein Supercomputer Küken-taugliche Ideen ausgetüftelt. Aber heute war da nichts als gähnende Leere. Cats Verstand war genauso betäubt wie Küken, der vollkommen erstarrt dasaß und keinen Muskel mehr bewegen konnte.

Cat beugte sich zu ihm und murmelte: »Schon gut, ist ja gut.« Solange die Sirenen kreischten und er versuchte, mit den Händen die ganze Welt auszusperren, konnte er sie nicht hören. Aber etwas anderes fiel ihr nicht ein. *Mom, bitte komm.*

Endlich fuhren die Feuerwehrwagen weiter. Noch gellten die Sirenen, aber bestimmt nicht mehr lang. Cat lockerte den Griff um ihren Bruder.

Doch Küken missverstand die Geste. Er riss sich los, machte einen Schritt auf die Straße und rannte auf einen der Feuerwehrwagen zu. Cat stürzte hinterher. Ihr Verstand arbeitete schneller als ihre Beine, als sie das Tempo des Lasters, die Geschwindigkeit ihres Bruders und den genauen Moment auszurechnen versuchte, in dem sie ihn erwischen musste, bevor er überfahren wurde. In letzter Sekunde warf sie sich nach vorn und packte seinen Ellenbogen. Dann zog sie ihn zu ihren Plätzen zurück.

»Du bleibst hier sitzen«, schärfte sie ihm ein. »Rühr dich nicht vom Fleck.« Sie schloss die Finger fest um seinen Oberarm. Am besten gewöhnte er sich gleich daran, denn sie würde ihn den ganzen Nachmittag nicht mehr loslassen.

Die Feuerwehrwagen fuhren weiter, und die Sirenen wurden leiser. Langsam blies Küken die Luft aus, als hätte er sie bis jetzt angehalten.

»Gott sei Dank«, sagte Harriet.

Mit einer Ecke ihres T-Shirts tupfte Cat Küken das Gesicht ab. »Alles in Ordnung«, murmelte sie, während er sich langsam wieder beruhigte. Ein Motivwagen mit Baby-Schildkröten kam in Sicht, und die Menge jubelte.

Die restliche Parade sahen sich Cat, Küken und Harriet von ihren Plätzen am Kantstein aus an. Es gab Golfwagen voller Luftballons, Motorräder mit Wimpeln, drei französische Bulldoggen mit Halstüchern, die aussahen wie die amerikanische Flagge, und ein liebesapfelrotes Cabrio, aus dem Miss Gingerbread dem Publikum zuwinkte. Eine Blaskapelle hatte vor den Preisrichtern Aufstellung genommen. Cat hielt Küken ganz fest, aber die Musik machte ihm nichts aus. Als alles vorbei war, verschwand John Harvey in der Menge. Cat, Küken und Harriet blieben einfach sitzen. Dann tauchte Mom mit vier Bechern rosa Limonade auf.

»Prost«, sagte sie und stieß mit dem Platikbecher leicht mit ihnen an. »Wie war's?«

Was für eine Frage. Cat hob den Becher an den Mund, damit sie nicht gleich zu antworten brauchte. Sie hatte keine Ahnung, wie sie den Vorfall mit dem Feuerwehrwagen erklären sollte. Mom würde ihr Vorwürfe machen, weil sie nicht gut genug auf Küken aufgepasst hatte.

»Gut«, antwortete sie.

»Die Limonade schmeckt großartig, Mrs Gladwell«, sagte Harriet.

»Und du, Küken?«, fragte Mom. »Hat's dir auch gefallen?«

Küken setzte den Becher ab und wischte sich über den Mund. Wenn er jetzt davon anfing, würde Cat richtig Ärger bekommen.

»Ich fand den Wagen mit den Haien am besten«, sagte er. »Und die verkleideten Hunde.«

Er würde sie nicht verraten. Erleichtert zerdrückte Cat das Eis in ihrer Limonade und schickte einen stummen Dank los – an Harriet, weil sie nichts ausgeplaudert hatte, an Küken, weil er nicht schneller gelaufen war, an den Fahrer des Feuerwehrwagens. Und auch an John Harvey. Sie hatte gedacht, er wollte sich über Küken lustig machen, als er auf ihn zeigte. Und vielleicht wollte er das auch, aber vielleicht hatte er einfach gesehen, dass Küken Hilfe brauchte. So oder so war sie ihm etwas schuldig, auch wenn sie das niemals zugeben würde.

24

Abends war es Zeit zum Haareflechten. Cat lud einen von Moms Lieblingsfilmen auf ihr Tablet, den mit den Zwillingen, aber ständig blieb Mom in Cats Haaren hängen.

»Aua!«

»Tut mir leid«, sagte Mom. »Ich versuche vorsichtiger zu sein.« Sie kämmte weiter. Aber entweder war sie mit den Gedanken woanders oder einfach hektisch, jedenfalls hatte sie sich schon nach wenigen Minuten erneut verheddert.

Cat stieß den Kamm weg. »Zieh nicht so doll!«

»Deine Haare sind ein einziges Durcheinander«, antwortete Mom gereizt. »Hast du denn gar nichts gemacht, als ich weg war?«

Moms Worte taten Cat mehr weh als der Kamm. Sie schaltete den Film aus.

»Ich habe es *versucht*. Du warst ja letztes Wochenende nicht hier, um zu helfen!«

Mom atmete langsam aus. »Ich weiß, dass du es versucht hast. Ich war einfach ungeduldig. Rutsch näher, dann mache ich weiter.«

Cat rührte sich nicht von der Stelle. Mom tat ja so, als

hätte Cat ihre Haare mit Absicht verfilzen lassen. Ein einziges Durcheinander hatte sie sie genannt.

Mom legte den Kamm auf das Handtuch, schloss die Augen und rieb sich die Schläfen. Sie schien nachzudenken.

Dann öffnete sie die Augen wieder. »Deine Haare sind wunderschön, Cat.«

Cat zuckte die Schultern. So leicht würde sie Mom nicht davonkommen lassen.

»Als du klein warst, hat Daddy dir jede Woche die Haare geflochten. Du hast auf seinem Schoß gesessen, und er war so vorsichtig, dass du nie gemeckert hast.« Mom grinste Cat an. »Vielleicht, weil du dabei *Binkie Bunny* sehen durftest.«

Cat konnte den Titelsong noch immer mitsingen, auch wenn sie das nie zugeben würde. Sie erinnerte sich daran, wie Dads Hände durch ihre verknoteten Haare strichen. Und an den Geruch der Spülung, die er immer benutzt hatte. Sie hatte nach Blumen gerochen. Seit ein paar Jahren gab es die Spülung nicht mehr. Cat hatte eine Woche lang geweint.

Gedankenverloren griff Mom nach dem Kamm, nur um ihn gleich wieder hinzulegen.

»Er hat sich immer so viel Mühe mit deinen Haaren gegeben. Er wusste, dass du das auch tun würdest. Ohne ihn hätte ich das nicht verstanden.«

Das wusste Cat schon. Nachdem Daddy gestorben war, hatte Mom ihr die Haare geflochten. In den ersten Monaten waren ihre Hände unberechenbar gewesen. Traurige Finger zittern. Verzweifelte Finger ziepen. Manchmal hatte Mom mittendrin angefangen zu weinen, und sie mussten aufhören. Aber irgendwann hatte alles gepasst. Mom wusste, wie stramm sie den Zopf flechten musste, damit er hielt, und wie viel Platz Cats Haare zum Trocknen brauchten.

»Tut mir leid, dass ich dich angemeckert habe«, sagte Mom. »Und dass ich letztes Wochenende nicht da war, um zu helfen.«

Doch so schnell ließ Cat sich nicht besänftigen. »Du hast gesagt, sie sind ein einziges Durcheinander. Das sind sie nicht – meine Haare sind nun mal so.«

Moms Blick war ernst. »Du hast recht.«

»Du musst mir helfen, Mom. Kommst du morgen mit mir angeln, bevor du fährst?«

Mom sah Cat aufmerksam an. »Ist das so wichtig für dich?«

Cat nickte.

Mom seufzte. »Vielleicht. Wenn wir früh genug aufstehen. Wenn der Verkehr nicht zu schlimm ist.«

Mehr brauchte Cat nicht. Sie rutschte zurück zu Mom, die behutsam weiterkämmte. Als sie fertig war, war der Zopf genau so, wie Cat ihn am liebsten mochte.

25

Cat wartete mit gepackten Angelsachen auf der Veranda, sie hoffte so, dass aus Moms *Vielleicht* noch ein *Ja* wurde. Doch als Mom herauskam, schüttelte sie den Kopf.

»Aber ich bin extra früh aufgestanden«, sagte Cat. »Und ich habe alles dabei.«

Mom seufzte. »Ich habe mir die Straßen angeschaut. Die sind jetzt schon total voll. Wenn ich es bis nach Atlanta schaffen will, muss ich wirklich los.«

»Ich will, dass du hierbleibst«, sagte Cat. »Es stimmt nicht, was du gestern gesagt hast, dass Macon mir alles genauso gut beibringen kann. Ich vermisse dich. Und ich will, dass du mir Angeln beibringst.«

»Ich vermisse dich auch«, sagte Mom. »Willst du mit mir nach Atlanta kommen?«

Cat sah sie verdutzt an. Ihr wurde ganz flau im Magen bei der Vorstellung, Gingerbread Island zu verlassen. Sie liebte die Insel und das Meer. Harriet war ihre Freundin geworden, und sie könnte es nicht ertragen, sich von Macon und Lily zu verabschieden. Und dann war da noch der Wettbewerb.

»Ich weiß nicht«, sagte sie.

»Na ja, die meiste Zeit müsstest du schon auf Küken aufpassen, aber für eine Woche würde es sicher gehen«, sagte Mom.

Küken würde bestimmt auch nicht von hier wegwollen. Das musste Mom einfach verstehen.

»Ich finde es toll hier, Mom. Und Küken auch«, sagte Cat. »Und noch was: Ich habe mich für einen Wettbewerb angemeldet, deshalb muss ich alles übers Angeln wissen. Er ist nächsten Samstag, und ich trainiere schon die ganze Zeit.«

»Ein Angelwettbewerb?«, fragte Mom. »Warum hast du nichts gesagt?«

Cat dachte an ihren Plan, dass Mom und Macon sich beim Angeln wieder näherkommen sollten. Das Ganze kam ihr auf einmal so dumm vor.

»Es sollte eine Überraschung sein«, sagte sie. »Eigentlich habe ich mich nur angemeldet, um diesen blöden John Harvey zu schlagen. Aber es macht mir richtig Spaß, Mom.«

Mom deutete ein Lächeln an. »Mir hat es auch Spaß gemacht.«

Es war nur ein kleines Lächeln, trotzdem bedeutete es viel. Und zwar, dass Mom auch schöne Erinnerungen ans Angeln mit Macon hatte, selbst wenn sie tief verborgen lagen.

»Kommst du dann nächsten Samstag früh, damit du mir zusehen kannst?«, fragte Cat.

»Na, klar«, sagte Mom. Sie schwieg und schaute aufs Wasser. »Diese Insel ist wirklich verwunschen! Natürlich habe ich das nicht vergessen, aber schließlich denkt jeder, seine Kindheit wäre verwunschen gewesen. Ich hätte nur nicht gedacht, dass es mir immer noch so vorkommen würde.«

Cat schluckte. »Warum wolltest du damals weg?«

Mom sah sie unglücklich an. »Dein Großvater und ich hatten einen Riesenkrach. Komplizierte Geschichte.«

Die Hälfte der Zeit verließ sich Mom auf Cat, die andere Hälfte schloss sie sie aus. Cat hatte keine Lust mehr auf dieses Hin und Her. Macon hatte es vermasselt, aber Mom auch. Natürlich ist es gemein, anderen Vorwürfe zu machen. Aber vielleicht ist es noch gemeiner, einfach nur zu schweigen.

»Aber er hat sich doch entschuldigt?«

Mom presste die Kiefer aufeinander. »Hör auf in alten Wunden zu stochern.«

»Ich gehöre aber auch zur Familie«, sagte Cat.

Mom holte tief Luft. Das kam Cat bekannt vor, das machte Mom immer, wenn sie versuchte bei Küken ruhig zu bleiben.

»Lass uns ein andermal darüber reden«, sagte Mom. »Ich muss jetzt wirklich los.« Sie ging ins Haus, um ihre Sachen zu packen. Nach ein paar Minuten folgte ihr Cat nach drinnen.

Später lief Cat den anderen hinterher zur Auffahrt, um sich zu verabschieden. Ehe Mom ins Auto stieg, nahm sie Cat kurz in den Arm.

»Tschüss!«, rief Küken.

Noch lange, nachdem das Auto verschwunden war, dachte Cat darüber nach, was Mom auf der Veranda gesagt hatte. Langsam schien sie sich daran zu erinnern, was ihr Gingerbread Island bedeutete. Vielleicht würde sie sich beim Wettbewerb, nach einem kompletten Angeltag, auch daran erinnern, was Macon ihr bedeutete.

• • •

Für das Feuerwerk am Abend waren die Straßen gesperrt worden. Quer über den Dorfplatz waren Lichterketten gespannt, und in der Mitte standen Picknicktische. Cat erkannte ein paar Gesichter vom Pier, aus dem Park und der Bibliothek.

»Hoffentlich hast du ordentlich Hunger«, sagte Harriet. »Das Essen wird super.«

»Bestimmt«, sagte Neddie. »Dad kocht.« Er zeigte auf Mr Kincaid, der in einem riesigen Topf rührte.

Die Mädchen behielten die kleinen Brüder im Auge, während die Erwachsenen sich in die Schlange stellten. Jetzt kam Macon mit einem Korb zurück und schüttete rosa Garnelen, ganze Maiskolben und rote Kartoffeln auf die Papiertischdecke. Das Essen dampfte noch.

»Mmh, lecker«, sagten Harriet und Neddie. Sie nahmen sich Maiskolben und fingen an zu essen.

Macon drückte Senf auf den Tisch. »Keine Gabeln, keine Teller.« Er stippte einen Kartoffelschnitz hinein und reichte ihn Küken, der ihn mit großen Augen ansah.

»Sieh doch!«, rief Küken und drehte eine Garnele um. »Beine!«

»Die musst du pulen«, sagte Neddie fachmännisch. Mit einem Griff hatte er die Garnele von ihrer Schale befreit und in null Komma nichts heruntergeschluckt.

Cat hatte ständig Garnelen in der Hand – sie zuckte nicht einmal mehr, wenn sie eine auf den Haken spießte. Aber mit Schale waren sie ihr neu. Sie knabberte an einer Kartoffel. Küken versucht eine Garnele zu pulen, aber hatte sie am Ende bloß in zwei Teile gerissen.

»Komm, ich zeig's dir«, sagte Neddie. Er lockerte die Schale mit dem Daumen, dann zog er sie mit einem Schwung ab.

Küken betrachtete die Garnele prüfend. Er zupfte an den Beinen, bis sie sich vom Körper lösten. Dann steckte er die Garnele in den Mund. Mit weit aufgerissenen Augen blickte er Cat an.

»Mrrrmph«, sagte er, und schluckte. »Super lecker!«

Auch Cat machte sich an die Arbeit, und nach ein paar Versuchen beherrschte sie Neddies Trick. Die Garnelen waren herrlich – salzig und frisch. Bald lagen hohe Berge Schalen vor ihnen.

Cat stützte die Arme auf den Tisch. »Ich bin pappsatt.«

»Lass noch Platz für den Blaubeerkuchen«, sagte Harriet. »Den gibt's kurz vor dem Feuerwerk.«

Die Erwachsenen unterhielten sich über die Auswaschungen an der Nordküste der Insel. Küken und Neddie aßen noch. Als sie gleichzeitig nach einer Garnele griffen, stießen sie mit den Händen zusammen. Sie sahen sich überrascht an und knallten gleich noch einmal gegeneinander, nicht nur mit den Händen, sondern auch mit den Schultern. Küken stieß Neddie den Ellenbogen in die Seite, und Neddie knuffte ihn voller Wucht zurück.

Als Cat sich über den Tisch lehnte, spürte sie eine Hand auf ihrem Arm. Sie drehte sich um, es war die Hand von Harriet. »Was soll das?«, fragte Cat.

»Warte«, sagte Harriet. »Sieh nur.«

Die Jungen starrten sich wütend an.

Schließlich schaute Neddie weg. »Nimm du.«

»Schon gut«, sagte Küken. »Ich nehme die Kartoffel.« Damit tunkte er sie in Butter. Cat konnte es kaum glauben. Sie blickte zu Harriet.

»Dachte mir schon, dass sie's allein hinkriegen«, sagte Harriet.

»Ich hatte Angst, sie würden sich streiten«, sagte Cat. »Nicht, dass Küken Neddie wieder eine blutige Nase verpasst.«

Harriet zuckte die Schultern. »Manchmal gibt's eben Streit.«

Cat schüttelte den Kopf. »Bei Küken ist das was anderes. Er regt sich immer so auf.«

»Ich weiß, dass du auf ihn aufpasst«, sagte Harriet. »Aber du kannst auch auf ihn aufpassen, wenn du ihn die Dinge selbst klären lässt.«

Harriets Worte gingen Cat den ganzen Abend nicht mehr aus dem Kopf – sie dachte beim Essen darüber nach, als es Zeit für den Blaubeerkuchen war, und auch noch während Hunderte von Feuerwerkskörpern vor dem Nachthimmel explodierten.

26

Am nächsten Tag hatten sich Cat und Harriet mit den Rädern verabredet, doch Küken war stinksauer.

»Nicht schon wieder«, sagte er. »Immer gehst du weg. Ich wollte mit dir Haie spielen oder zusammen Bücher lesen.«

Ein Stückchen Cornflakes klebte ihm an der Wange. Cat pulte es ab.

Küken stieß ihre Hand weg. »Du spielst überhaupt nicht mehr mit mir.«

»Stimmt doch gar nicht«, antwortete sie.

»Vielleicht nicht«, sagte er mit ernster Stimme, »aber es fühlt sich so an.«

Es tat ihr leid, ihn so traurig zu sehen. Früher hätte sie auf ihre Verabredung verzichtet, wenn er so etwas gesagt hätte. Sie wollte ja eine gute Schwester sein. Aber manchmal war es auch wichtig, eine gute Freundin zu sein.

Ach, Küken. Sie umarmte ihn schnell. »Wenn ich zurück bin, lesen wir unser Buch.«

Als sie gerade auf der Insel angekommen waren, hatte Küken sich ein abgewetztes Exemplar von Wilson Rawls *Wo der rote Farn wächst* gegriffen. Cat war zunächst skeptisch gewesen, aber schon bald hatte sie die Geschichte von

Billy und seinen Hunden gepackt. In den Jagdszenen jubelte Küken genauso begeistert wie Billy.

Er blickte sie misstrauisch an. »Versprochen?«

Cat drückte ihn fest an sich. »Großes Ehrenwort! Gleich, wenn ich wieder da bin.«

Er war erst zufrieden, als sie es ihm hoch und heilig geschworen hatte.

Harriet wartete schon.

»Kommst du?«, fragte sie. Cat nickte.

Harriet preschte die Straße hinunter, so dass Cat fest in die Pedale treten musste, um mitzuhalten. Die Sonne funkelte auf den gekräuselten Wellen. Cat dachte an den Anfang der Ferien zurück, damals hätte sie sich noch nicht getraut, Küken allein zu lassen. Das schien eine Ewigkeit her zu sein.

Am Pier hielten sie nach John Harvey Ausschau. Er war nirgends zu sehen. Gut. Je seltener sie ihn trafen, desto besser.

Hinter dem Pier wurde der Weg breiter, und sie konnten nebeneinander fahren. Harriet wartete, bis Cat sie eingeholt hatte.

Cat hätte nicht gedacht, dass die Insel so langgestreckt war. Die vornehmsten Häuser, wie das von Macon und Lily, standen direkt an der Küste, nah an der Stadt. Ein bisschen weiter im Inselinneren waren die kleineren, wie das von Harriets Eltern. Aber hier sah die Insel ganz anders aus. Sie fuhren an einer Art Sumpfgebiet vorbei, das laut Harriet zu feucht war, um darauf zu bauen. Die Häuser, die dahinter kamen, standen weit auseinander. Manche waren ordentlich gepflegt, andere sahen verlassen aus, mit ihren zugenagelten Fenstern und dem wuchernden Unkraut.

Cat und Harriet bogen scharf um die Ecke und fuhren in eine schmale Straße. In der Ferne ragte ein Berg ungefähr zwei Stockwerke hoch in den Himmel. Als sie näher kamen, sah Cat ihn sich genauer an. Es war gar kein echter Berg, er war nur gemalt.

Sie zeigte darauf. »Was ist das?«

Harriet grinste. »Da wollen wir hin. Minigolf!«

Cat wurde langsamer. »Minigolf?« Das musste der Platz von John Harveys Familie sein.

»Keine Sorge, ich lade dich ein«, sagte Harriet. »Meine Mom hat mir Geld mitgegeben.«

Cat schüttelte den Kopf. Es ging ihr nicht ums Geld. Sie wusste noch immer nicht, was sie von der Sache bei der Parade halten sollte. »Arbeitet da nicht John Harvey?«

»Ja«, sagte Harriet. »Aber es macht echt Spaß. Und zahlende Gäste wird er schon nicht anmeckern.«

Cat war sich da nicht so sicher. Sie kamen zu einem Maschendrahtzaun, und Cat blickte sich nach John Harvey um.

Harriet sprang vom Rad. »Kommst du jetzt oder nicht?«

»Auf jeden Fall«, sagte Cat.

Sie lehnte ihr Rad gegen den Zaun. Von hier aus konnte sie den unechten Berg genauer sehen, er sollte wohl eher einen Vulkan darstellen. An den Seiten waren rote Streifen aufgemalt, und ein schwerfälliger Rauchschwaden ringelte sich um die Bergspitze. Die Minigolfbahn bestand aus einem bunten Durcheinander von Piratenschiffen, riesigen Schmetterlingen und neonfarbenen Pilzen, sogar ein halber Schulbus war dabei.

Cat schlang die Finger durch den Zaun. »Ich habe es mir irgendwie normaler vorgestellt. Kunstrasen, Hindernisse aus Holz. Nicht so was.«

Harriet nickte. »Meine Mom nennt Mr Dawson ein verkanntes Genie. Er ist ständig dabei herumzuwerkeln und zu malen. Einmal sollte er für meinen Dad Fliesen verlegen oder so was. Es sah wunderschön aus, aber es war viel zu teuer, weil Mr Dawson Ewigkeiten daran gesessen hat, damit es perfekt wird.«

Sie gingen zur Kasse. Ein Teenager lehnte am Tresen und tippte auf seinem Handy herum. Cat erkannte ihn wieder, er war mit dem orangen Kleintransporter am Spielplatz vorbeigefahren. Die Schrift auf seinem verblassten Namensschild war gerade noch zu erkennen – Sutton.

Cat blieb stehen, unsicher, ob sie etwas sagen oder lieber warten sollte, bis Sutton sie entdeckt hatte. Sie stand direkt vor ihm, trotzdem bemerkte er sie nicht. Harriet hatte weniger Geduld. Entschieden drückte sie auf die Klingel.

Sutton hielt den Blick aufs Handy gerichtet. »Was?«

Harriet schmiss Geld auf den Tresen. »Wir wollen eine Runde spielen.«

Endlich schob Sutton das Handy in die Tasche und schaute hoch. Dann griff er unter den Tresen und holte zwei Schläger hervor. Er sah John Harvey ziemlich ähnlich, auch wenn seine Nase schief war, als ob sie gebrochen und dann seltsam wieder zusammengewachsen wäre.

Harriet wühlte in den Hosentaschen, bis sie einen zerfledderten Zettel fand. »Gutschein aus dem *Angelanzeiger*«, sagte sie und hielt ihn in die Höhe. »Halber Preis.«

Sutton betrachtete den Gutschein genau, bevor er ihn in eine Schublade stopfte. »Wenn der Alte damit weiter so um sich schmeißt, können wir hier ja gleich alle umsonst reinlassen.«

Er knallte die Bälle auf den Tresen. »Immer der gelben Linie nach«, sagte er und zeigte auf den Weg. Dann wandte er sich wieder dem Handy zu.

»Wie unverschämt«, flüsterte Cat, als sie außer Hörweite waren. Sie bogen um eine Ecke, und ihr stockte der Atem. Der Minigolfplatz war viel größer, als sie vom Zaun aus vermutet hatte. Kunterbunt und chaotisch, kein Hindernis glich dem anderen. Es hätte ein einziges Durcheinander sein müssen, stattdessen war es großartig. Eine halbhohe geflieste Wand mit Meeresmosaik umschloss das erste Loch. Cat konnte schon das zweite erkennen, das aussah wie ein Zirkuszelt, und sogar eine Ecke vom dritten, das von riesigen Lollis eingerahmt wurde.

Nach den ersten Löchern war klar, dass Harriet richtig gut war. Anders als Cat – es war, als hätte sie einen Wackelkontakt zwischen Auge und Hand. Aber das war ihr egal, sie hatten trotzdem Spaß. Cat hüpfte um die nächste Ecke, doch da war der Weg mit einem Kunststoffnetz abgesperrt. Die dünnen blonden Haare dahinter hätte sie überall wiedererkannt.

Der Junge hob den Kopf und kniff die Augen zusammen, als er Cat erkannte.

»John Harvey«, sagte Cat. »Was machst du da?«

»Wonach sieht es wohl aus?«, fragte er. »Ich repariere den Weg.«

Harriet beugte sich neugierig vor. »Darfst du das denn schon?«

»Wie du siehst«, sagte John Harvey. Sein Mund verzog sich zu einem vorsichtigen Lächeln voller Stolz. »Sutton und Briggs haben keine Geduld für so was, und Tanner ist einfach viel zu hibbelig für alles, wozu man die Hände braucht. Mein Dad hat heute woanders zu tun, also soll ich das hier machen.«

Alle drei blickten auf den Weg. Das neugepflasterte Stück sah gleichmäßig und ordentlich aus.

»Wie auch immer«, sagte er unwirsch. »Ihr müsst außen rum, sonst macht ihr hier alles kaputt.«

Cat zog eine Grimasse. Er brauchte sich nicht so aufzuspielen, nur weil er einen Weg pflastern konnte. Selbst wenn es ein wirklich *guter* Weg war.

»Alles klar«, sagte Harriet. »Kein Grund gleich so zu motzen. Wir gehen schon nicht über deinen Weg.« Damit drehten sie sich um und liefen weiter zu einem hellrosa Iglu.

Am letzten Loch wartete ein riesiger weißer Hai und grinste sie bedrohlich an.

»Küken wäre begeistert«, sagte Cat.

»Hier kannst du was gewinnen«, sagte Harriet. »Wenn du mit dem letzten Schlag ins Haifischmaul triffst, bekommst du eine Freikarte. Siehst du die Löcher da, vor dem Maul? An denen musst du vorbei.«

Harriet legte ihren Ball zurecht und hatte vor lauter Konzentration Falten auf der Stirn. Dann holte sie aus. Der Ball flog über alle drei Löcher hinweg und traf perfekt.

»Ja!«, rief Harriet und stieß mit der Faust in die Luft. »Freier Eintritt!«

»Super!«, sagte Cat.

Sie legte sich ihren Ball zurecht und versuchte, es so zu machen wie Harriet, einschließlich der Falten auf der Stirn. Ein kräftiger Schlag, und der Ball landete gleich im ersten Loch, nicht mal in der Nähe des Haifischmauls. Kein freier Eintritt für Cat.

Sie gaben die Schläger am Tresen wieder ab, und Sutton reichte Harriet missmutig eine Freikarte. Dann liefen sie zurück zu den Rädern.

»Mach die Augen zu und streck deine Hand aus«, sagte Harriet.

Cat gehorchte, und Harriet drückte ihr etwas in die Handfläche – den Gutschein. Als sie die Augen wieder öffnete, schüttelte sie den Kopf. »Nein, Harriet, behalt du ihn. Wir fahren ja schon am Sonntag, und ich weiß nicht, ob wir es vorher noch mal schaffen.«

Harriet grinste. »Genau. Dann musst du wiederkommen, damit du ihn einlösen kannst!« Sie nahm Anlauf, sprang aufs Rad und fuhr los.

Cat vergrub den Gutschein tief in der Tasche, damit sie ihn ja nicht verlor. Sie lächelte, aber nicht wegen der Freikarte, sondern weil sie sie zusammen mit Harriet einlösen würde. Dann trat sie in die Pedale, um ihre Freundin einzuholen.

• • •

Nach dem Mittagessen löste Cat ihr Versprechen ein, Küken vorzulesen. Zusammen verschwanden sie im kühlen Schlafzimmer und bauten sich auf der Fensterbank ein Kissenlager. Kapitel um Kapitel folgten sie Billy und den Hunden durch kalte Winternächte tief ins Ozark-Gebirge. Küken drückte sich so eng an Cat, dass sie seinen Atem auf ihrem Arm spürte.

»Cat?«, fragte er. »Hat das Buch ein trauriges Ende?«

Cat unterbrach sich und blickte ihn an. »Vielleicht. Manche Bücher enden traurig.«

»Die von Caterpillar und Chicken enden immer fröhlich«, sagte er. »Die mag ich lieber.«

»Das Ende ist fröhlich, aber zwischendurch sind sie manchmal traurig«, sagte Cat und dachte an die Bilder, auf denen Chicken weinte oder stinksauer war. »Die Bücher wären ganz schön kurz, wenn Mom an den traurigen Stellen aufhören würde, also erzählt sie noch ein bisschen weiter.«

Kükens Augen blitzten auf, als ob ihm etwas eingefallen wäre.

»Warte hier!«, rief er und rannte aus dem Zimmer.

Als er zurückkam, hatte er das Große Blaue Buch dabei. Gemeinsam blätterten sie durch die Seiten. Dabei mussten sie nicht reden, schließlich kannten sie die Geschichte ihrer Familie auswendig. Ein paar Schnappschüsse von Mom und Dad im College, erst als Freunde, später als Liebespaar.

Küken sah sich die Bilder lange an, schließlich tippte er auf eines von Dad, auf dem er Mom an ihrem Hochzeitstag anstrahlte. Sie standen mit Freunden auf den Stufen vor dem Rathaus, Mom trug ein schlichtes gelbes Kleid, statt so eines vornehmen weißen. Küken blickte hoch.

»Billy hat es gut«, sagte er. »Er lebt auf einer Farm mit zwei Hunden. Und er hat einen Dad *und* einen Grandpa.«

Cat lächelte. »Eins hast du vergessen, er hat ein ganzes Haus voller Schwestern – das wäre nichts für dich, oder?«

Sie hatte gedacht, er würde lachen, doch er verzog keine Miene.

Er sah sich noch einmal das Bild von Dad an. »Wie war er? So wie Billys Dad?«, fragte er.

Kükens Stimme klang so vorsichtig, dass sich Cats Magen zusammenfaltete wie Origami. Küken war noch zu klein gewesen, um eigene Erinnerungen an Dad zu haben. Also durfte er die von Cat mit ihr teilen.

»Er hätte niemals einem Waschbären weh getan. Aber er hatte Spaß daran, alles Mögliche zu bauen, und er hat schwer gearbeitet, so wie Billys Dad.«

Küken nickte. Er blätterte weiter, vorbei an der Reise ihrer Eltern quer durchs Land und an dem Foto, wo sie neben der größten Garnrolle der Welt stehen, vorbei an Cat als Baby, an Cat und Rishi als Kleinkinder. Er blätterte weiter bis zu den Bildern, die ihn selbst als Baby zeigten und auf denen er wirklich wie ein kleines gerupftes Küken aussah.

Aber Küken schaute nicht sich selbst an. Er sah Dad an, der schon ganz schmal und schwach war. Dad in einem Krankenhausnachthemd, nur noch Haut und Knochen.

Cat wollte ihn trösten, aber sie wusste nicht, wie.

»Seine Geschichte endet am traurigsten«, sagte Küken.

Cat nickte. »Unsere Geschichte.«

»Aber unsere Geschichte ist noch nicht zu Ende«, sagte Küken. »Bei uns kommen noch ganz viele Seiten.«

Das war so typisch Küken, dass Cat nicht anders konnte,

als zu lächeln. »Du hast recht. Unsere Geschichte geht noch weiter.«

Küken zog die Stirn kraus. »Warum sind Macon und Lily nicht in unserem Buch?«

»Weil wir sie gerade erst kennengelernt haben«, sagte Cat.

»Oh. Stimmt.« Küken blickte sie über das Fotoalbum hinweg an.

Dann schauten sie wieder schweigend auf die Bilder.

»Raupe«, sagte Küken ernst. »Ich fände es schrecklich, wenn du nicht in meinem Buch wärst.«

Sie lächelte. »Sei nicht albern. Ich werde immer in deinem Buch sein.«

Er lehnte seinen Kopf an sie. »Versprochen?«

Sie drückte ihn fest an sich. »Versprochen.«

27

Cats Tablet sirrte. Überrascht blickte sie auf. Dann lief sie zum Tisch hinüber und berührte das Video-Chat-Symbol. Auf dem Bildschirm tauchte ein vertrautes Gesicht auf.

»Rishi!«, sagte Cat.

»Hallo!«, sagte Rishi. »Endlich!«

»Ja, endlich«, sagte Cat. »Wie geht es deiner Großmutter?«

»Gut!«, sagte Rishi. »Das Laufen fällt ihr noch schwer, aber sie versucht es.«

»Wie ist Indien?«, fragte Cat.

»Heiß! Voll! Aufregend! Lecker!«

Cat lief das Wasser im Mund zusammen, als sie daran dachte, wie toll Manjula kochte. »Ach, Mensch, das Essen. Hast du schon irgendwas total Verrücktes probiert?«

Rishi senkte die Stimme. »Egal, wo wir zu Besuch sind, ich werde überall gefüttert, als hätte ich fünf Jahre lang nichts gegessen.«

Cat wurde schon bei der Vorstellung ganz neidisch. »Auch mit diesen frittierten runden Teilen?«

Rishis Gesicht nahm einen verträumten Ausdruck an. »Gulab jamun? Die sind sogar noch besser als die von meiner Mom.«

Cat lachte. »Du Glückspilz.«

»Es ist einfach super hier«, sagte Rishi. »Ich find's so cool, dass wir hergekommen sind. Obwohl es total schade ist, dass wir euch nicht sehen …«

»Schon gut. Wir haben es hier auch schön.«

»Wie geht's Küken?«, fragte Rishi.

»Super«, sagte Cat. »Er unternimmt total viel mit Lily. Und noch was – ich habe angeln gelernt! Am Wochenende mache ich bei einem Wettbewerb mit.«

»Jetzt bin ich neidisch!«, sagte Rishi. »Gibt's was zu gewinnen?«

»Geld und einen Pokal«, sagte Cat.

»Toll!«, sagte Rishi. »Wenn du gewinnst, kaufst du ein Flugticket nach Atlanta und kommst uns doch noch besuchen!«

Cat hatte Angst, dass er sich zu große Hoffnungen machte.

»Ich glaube nicht, dass ich gewinne – hier gewinnt jedes Jahr derselbe Junge.« Sie dachte an John Harveys höhnisches Grinsen und seufzte. Auch wenn sie ihn schrecklich fand, angeln konnte er.

»Mach dir nichts draus«, sagte Rishi. »Auch wenn du nicht gewinnst, sehen wir uns bestimmt bald.«

Dann erzählte Rishi von dem unfassbar leckeren Essen, das es in Bangalore an fast jeder Ecke gab, und von seinen kleinen Cousins und Cousinen. Und Cat erzählte von Harriet, von der Jagd nach den Geisterkrabben und davon, wie es war, Macon und Lily endlich kennenzulernen.

Als sie sich verabschiedeten, strahlte Cat. Es kam ihr so vor, als würden die Dinge erst richtig echt, wenn sie Rishi davon erzählte. Und wenn etwas echt sein sollte, dann die Zeit in North Carolina. Die wollte sie nie mehr vergessen.

28

Zwei Tage vor dem Wettbewerb saßen Cat und Macon am Küchentresen.

Macon zog einen zusammengefalteten Zettel aus der Tasche. »Dachte, wir könnten uns vor Samstag noch mal die Regeln anschauen.«

Der Flyer war auf demselben hellgrünen Papier gedruckt wie die Anmeldung.

Cat warf einen Blick auf die Anfangs- und Endzeiten. »Das sind fünfzehn Stunden.«

»Das schaffst du«, sagte Macon.

Das glaubte Cat auch. Sie war ganz schön kräftig geworden durch das Training in den letzten drei Wochen.

»Ich werde da sein und dir Gesellschaft leisten«, sagte Macon. »Und die anderen kommen bestimmt auch zum Anfeuern vorbei – Lily, Küken und Harriet.«

»Und Mom«, sagte Cat. Sie lächelte bei dem Gedanken.

Macon räusperte sich. »Eins wollte ich dir noch sagen. Jemand hat deine Anmeldung in Frage gestellt, weil du nicht das ganze Jahr über hier wohnst.«

Unsicher blickte Cat ihn an. Sollte alle ihre Mühe umsonst gewesen sein?

GINGERBREAD ISLAND ANGELWETTBEWERB FÜR KINDER

Regeln und Vorschriften

1. Alle Inselbewohner zwischen 8 und 14 Jahren dürfen am Wettbewerb teilnehmen.

2. Der Wettbewerb beginnt am Samstag, 9. Juli, um 5 Uhr morgens und endet am selben Tag um 8 Uhr abends.

3. Alle Fische müssen mit der Angel gefangen werden; jeder Teilnehmer hat nur eine Angel, die entweder am Pier befestigt oder in der Hand gehalten werden muss.

4. Hilfestellungen (einschließlich des Aufziehens von Ködern) durch andere Personen sind nicht erlaubt.

5. Kein Teilnehmer darf den Pier oder dessen Umgebung verändern.

6. Nur Fische, die unverzüglich von einem offiziellen Preisrichter gewogen wurden, können für den Wettbewerb berücksichtigt werden.

7. Der Gewinner wird ausschließlich nach dem Gesamtgewicht der am Wettbewerbtag gefangenen Fische ermittelt.

»Ich wollte dich nicht beunruhigen«, sagte Macon. »Lily und ich leben ja hier, also zählst du auch nicht als Touristin.«

»Wer war denn dagegen, dass ich mitmache?«

Macon faltete den Zettel in drei Teile. »Das hat Dean nicht gesagt.«

Cat konnte sich gut vorstellen, wer das gewesen war. Aber was hatte John Harvey gegen sie?

»Ich bin stolz auf dich, Cat – du hast wirklich hart trainiert.«

»Ich will so gern gewinnen«, sagte Cat.

»Das weiß ich«, sagte Macon. »Ich weiß.«

Fünfter Teil

VORHER UND NACHHER

So toll sind Abenteuer gar nicht.

Caterpillar in *Caterpillar und Chicken: Die Regenbogen-Berg- und Talbahn*

29

Lily schnalzte genervt. »Der Mann bringt mich noch um den Verstand.«

Macon stand draußen und reckte den Kopf in den Himmel. Es war der Nachmittag vor dem Wettbewerb, und alles sah nach Regen aus. Macon bemühte sich, die Lage unter Kontrolle zu behalten. Er begann damit, einen Blick auf das Barometer an der Wand zu werfen. Dann lud er den Wetterbericht auf sein Handy. Schließlich ging er vor die Tür und betrachtete den Himmel. Dann kam er wieder herein. Ein paar Minuten später begann er wieder von vorn.

Am Abend steuerte Macon den blauen Jeep aus der Auffahrt, ohne zu sagen, wohin er fuhr. Cat überlegte, ob er wohl auf dem Festland nach einem Meteorologen suchte, mit dem er alles besprechen konnte.

Sie war in ihrem Zimmer und las, als Lily hereinkam und ihr eine graue Plastiktüte reichte. »Von deinem Großvater.«

Cat öffnete die Tüte. Darin lagen ein Regenhut und Regenhosen in ihrer Größe, leuchtend gelb.

Cat berührte das glatte, wasserfeste Material. »Wie nett von ihm.«

»Er möchte, dass du morgen gute Chancen hast.«

Cat wollte so gern, dass er stolz auf sie war. »Glaubst du, er ist enttäuscht, wenn ich morgen nicht gewinne?«

»Kein bisschen.« Lily zog die Patchworkdecke glatt. »Wirst *du* enttäuscht sein?«

»Ja«, gab Cat zu.

Lily küsste sie auf die Stirn. »Hast wohl schon das ganze Preisgeld verplant, was?«

Es ging nicht nur darum, aber trotzdem nickte Cat. Lily stand auf und zog die Tür leise hinter sich zu. Cat drehte das Kissen auf die kühle Seite.

Sie konnte es kaum erwarten, Mom zu zeigen, was sie alles gelernt hatte. Dann müsste Mom einfach begreifen, dass Macon dahintersteckte. Dass er gelernt hatte, Versprechen zu halten. Dass Mom keinen Grund mehr hatte, wütend auf ihn zu sein.

Sie würden jeden Sommer nach Gingerbread Island fahren und Macon und Lily kämen sie in San Francisco besuchen. Macon würde zugeben, dass er damals falsch reagiert hatte. Und Mom würde einräumen, dass sie viel zu lang wütend gewesen war. Sie wären endlich wieder eine Familie. Und Cat war die, die es hinkriegen könnte.

30

Cat kaute jeden Bissen bestimmt hundert Mal. Ihre Kehle war trocken, und in ihrem Magen rumorte es gewaltig. Sie hatte letzte Nacht kaum geschlafen.

Macon saß ihr gegenüber. »Alles bereit?«, fragte er.

Cat nickte. »Ich habe die Regensachen gepackt – vielen Dank dafür. Und die Ausrüstung habe ich gestern Abend auch noch mal überprüft.«

Nach einem halben Sandwich konnte sie nicht mehr, also gingen sie los und ließen das stille Haus hinter sich zurück. Sie waren schon oft morgens angeln gewesen, aber diesmal war es etwas anderes. Das nächste Mal würde sie das Haus entweder als Siegerin oder als Verliererin betreten.

Auf dem Weg zum Pier nahm sie jede Kleinigkeit genau wahr: Handtücher, die zum Trocknen über Verandageländern flatterten, lustige kleine Fenster mit Blümchengardinen davor, ein oranges Kajak, das kopfüber dalag, damit das Wasser herauslaufen konnte. Sie würde sich an alles erinnern.

Jede Menge Leute warteten schon am Pier. Ganz vorn am Aufgang stand ein knallgrüner, über und über mit Fischen bemalter Imbisswagen. Die Lichter vom Pier ließen den

Morgennebel fast gespenstisch erscheinen. Mittendrin stand Dean. Macon und Cat legten ihre Sachen beiseite und gingen zu den anderen.

Es gab vierzehn Teilnehmer. Fünf davon waren Mädchen. Die jüngsten Kinder blickten noch ganz verschlafen, die etwas älteren wie Cat aufgeregt und die großen einfach nur gelangweilt. John Harvey war natürlich auch da, er stand direkt neben Briggs. So aus der Nähe sah Cat, dass er genauso lange, gerade Wimpern hatte wie seine Brüder. Auf einmal fuhr Briggs Hand nach vorn, und er knuffte John Harvey in die Rippen. Das Ganze ging so schnell, dass Cat es überhaupt nicht bemerkt hätte, wenn sie nicht zufällig in die Richtung geschaut hätte. John Harvey sagte nichts, sondern rieb sich nur unauffällig die Seite. Cat überkam dasselbe Gefühl wie damals, als sie John Harvey am Strand begegnet war – dass sie ihm eigentlich helfen müsste. Doch sobald sie an ihr dreckverschmiertes Fahrrad dachte und an seine Drohungen, was den Wettbewerb anging, verschwand das Gefühl wieder.

Dean klopfte auf einen Eimer, und die Menge verstummte. »Gleich beginnt der jährliche Gingerbread-Island-Angelwettbewerb für Kinder«, verkündete er. »Herzlich willkommen!«

»Wie ihr sicher wisst, unterstützt uns dabei das Team von *Kleine Fische.*« Dean wies mit der Hand zum Imbisswagen. »Noch einmal zum Ablauf: Als Erstes werden alle Fische von den Preisrichtern gewogen, dann geht es weiter zum Imbisswagen, wo sie zubereitet und verkauft werden. Einen Teil der heutigen Einnahmen dürfen wir für das Preisgeld verwenden. Ein herzliches Dankeschön an das Team von *Kleine Fische* für ihre großzügige Unterstützung unseres Wettbewerbs.« Alle klatschten, und die Köche vom Imbisswagen verbeugten sich und winkten.

»Noch schnell ein Blick auf die Regeln – ich weiß, darauf hat niemand Lust«, sagte er. »Dieses Jahr wird es damit bestimmt keine Probleme geben.« Er schaute sich um, und Cat schien es, als ruhte sein Blick einen Hauch länger auf John Harvey und Briggs, aber vielleicht bildete sie sich das auch nur ein.

Mit tiefer Stimme fing Dean an vorzulesen. Es war dieselbe Liste, die sie sich mit Macon angeschaut hatte. Cat sah sich um. Die meisten anderen Teilnehmer waren mit mindestens einem Elternteil gekommen. Cat war froh, dass Lily, Küken und Harriet sie anfeuern würden. Und Mom wäre auch bald hier. Sie fragte sich, ob außer Briggs wohl jemand für John Harvey käme.

Cat blickte zu Macon. Er hörte Dean zu und nippte an seinem Kaffee. Er hatte ihr versprochen, den ganzen Tag an ihrer Seite zu bleiben, aber sie würde es ihm nicht übelnehmen, wenn er eine Pause brauchte. Fünfzehn Stunden waren ganz schön lang. Als hätte er ihre Gedanken gelesen, drehte Macon sich zu ihr um und sah sie mit einem Lächeln an, das sein ganzes Gesicht in Falten legte. Natürlich würde er die ganze Zeit bei ihr bleiben, wie er es versprochen hatte.

Dean sagte: »Und nun: Viel Erfolg! Ihr könnt auf eure Plätze gehen!«

Cat war so nervös, dass sie nicht einmal mehr wusste, wie sie ihre Angelrute halten sollte. Alle Teilnehmer suchten sich einen Platz auf dem Pier. John Harvey lief schnurstracks zu seinem Lieblingsplatz ganz am Ende.

Bei nur vierzehn Teilnehmern und einem langen Pier gab es keinen Grund, sich über die Plätze zu streiten. Im Gegenteil, Cat wollte gar nicht den gesamten Wettbewerb über an einem Platz bleiben. Sie würde bei den Vögeln und auf dem Meer nach Hinweisen suchen. Aber solange es noch dunkel war, waren alle Plätze gleich gut. Sie spießte eine kleine Garnele auf den Haken und wartete auf die Startglocke. Die Morgenluft war noch kühl, trotzdem waren ihre Hände verschwitzt.

SSST! Vierzehn Angelschnüre senkten sich ins Wasser.

Langsam verschwand Cats Nervosität. Das Training und die Vorbereitung der letzten Wochen machten sich bezahlt. Sie grinste Macon an. Endlich war sie am Ziel.

Unter den Zuschauern herrschte eine erwartungsvolle Stille. Wer würde den ersten Fisch fangen? Die Minuten vergingen.

Vom Ende des Piers ertönte Jubel. Cat konnte es nicht glauben. John Harvey zog seinen ersten Fang an Land. Ein

Helfer trug den Fisch zum Preisrichterzelt, und nur eine Minute später erklang die Glocke. Der Fisch war gewogen und registriert worden und auf dem Weg zum Imbisswagen.

»Lass dich davon nicht nervös machen«, sagte Macon.

Als die Sonne aufging, waren bereits acht Fische gefangen worden, zwei davon von John Harvey. Gar nicht so einfach, sich davon nicht entmutigen zu lassen.

»Ich geh mal ein bisschen rum«, sagte Macon. Er schlenderte zum Zelt der Preisrichter und wechselte ein paar Worte mit den Helfern. Als er zurückkam, berichtete er von großen Tafeln, auf denen der jeweilige Punktestand der einzelnen Teilnehmer notiert wurde.

»Liege ich weit zurück, Macon?«, fragte Cat.

»Du kannst dich nur verbessern«, sagte Macon.

Auf einmal sirrte Cats Angelschnur. »Macon, ich habe einen!«

Langsam und ruhig, wie sie es geübt hatte, holte sie den Fisch ein. Es war ein roter Trommler, schwerer als alle, die sie bisher gefangen hatte. Der Preisrichter trug ihn zum Wiegen, und Macon ging hinterher. GONG! Als Macon zurückkam, lächelte er.

»Vier Pfund!«, sagte er.

»Wahnsinn!« Cat hatte schon einen neuen Köder aufgespießt, hoffentlich würde der nächste Fisch bald anbeißen.

Ein paar Fische später schlug Macon ihr eine Pause vor. Er

würde auf ihre Sachen aufpassen, während sie sich die Beine vertrat.

Cat warf einen Blick auf die Menütafel. Neben den Fischsorten standen die Namen der Angler. Cats roter Trommler war bereits durchgestrichen, weil er ausverkauft war. Auch einige von John Harveys Fischen waren schon durchgestrichen. Aber da standen noch ein paar andere Namen von Teilnehmern, die sie nicht kannte: Luis, George, Annabel, Ella. Barsche und andere kleinere Fische wurden im Ganzen verkauft. Die Frau hinter dem Tresen sah, wie Cat die Tafel studierte.

»Na«, sagte sie, »hast du schon Hunger?«

»Nein, danke«, sagte Cat. »Vielleicht später.«

»Wenn du beim Wettbewerb mitmachst, musst du nichts zahlen«, sagte die Frau. »Schau, die Hushpuppies sind gerade fertig geworden.« Ohne eine Antwort abzuwarten, schob sie einen Pappteller über den Tresen. Die Hushpuppies waren klumpig und rochen süß und fettig.

Cat ging zu ihrem Platz auf dem Pier zurück. Sie zeigte Macon die Hushpuppies, und sofort stibitzte er sich einen.

»Macon? Was ist das überhaupt?«

»Hätte nie gedacht, dass ich meiner eigenen Enkeltochter erklären muss, was Hushpuppies sind!« Macon lachte. »Frittierte Maismehlbällchen. Probier mal.«

Besonders aufregend klang das nicht gerade, trotzdem biss Cat einmal ab. Außen waren sie knusprig und innen luftig, ein bisschen wie Maisbrot, nur viel leckerer. Sie griff nach dem nächsten.

»Bin ich froh, dass sie dir schmecken.« Macon lachte wieder. »Dann kannst du jetzt ja alles nachholen.«

Macon hatte es als Witz gemeint, aber eigentlich war es genau das, was Cat tat. Sie hatte ihre Zeit auf der Insel so gut wie möglich genutzt und im Gegenzug so viel zurückbekommen.

Die Flut kam. Cat erinnerte sich daran, was Macon ihr über die Gezeiten erzählt hatte. Sie spießte eine Garnele auf den Haken und ließ ihn bis auf den Meeresboden hinabsinken. Dann spulte sie die Schnur langsam wieder auf, mit ein bisschen Glück konnte sie durch die Bewegung einen Fisch anlocken. Die Leine spannte sich. Schnell zog Cat sie ein und wiederholte das Ganze ein ums andere Mal.

»Das läuft ja wie geschmiert!«, rief Macon.

Ein Preisrichter in der Nähe lachte. »Am besten wir stellen hier gleich einen Stuhl auf«, sagte er mit einem breiten Grinsen. »Hier geht's ja zu wie im Taubenschlag!«

»Das ist meine Enkeltochter«, sagte Macon und strahlte.

Er ging zu den Tafeln hinüber und kam wieder zurück. »Du bist unter den besten vier.«

Cat musste es einfach wissen: »Ist John Harvey auf Platz eins?«

Macon nickte. »Ich verstehe nicht, wie er so viel besser sein kann.«

»Er hat die letzten vier Jahre immer gewonnen«, sagte Cat. »Bestimmt gewinnt er wieder.« Sie holte tief Luft und atmete langsam wieder aus. »Aber wir haben noch den halben Tag. Und der vierte Platz ist gar nicht so weit weg vom ersten.«

Küken stürmte über den Pier, dass seine Sohlen blinkten, und rief: »Raupe! Raupe!« Er sprudelte nur so über vor Fragen. »Wie ist das Angeln? Was machen die Fische?« Dann zeigte er auf sein T-Shirt. »Schau doch, was ich bekommen habe.«

Er war so aufgeregt und wollte ihr unbedingt seine »Ich kann lesen«-Schleife vom Lesewettbewerb zeigen.

»Wie toll, Küken, hast du was gewonnen?«

Er nickte energisch. »Und ich habe auch noch ein Buch über Haie bekommen. Keine Sorge, ich leih's dir aus.«

»Toll«, sagte Cat. »Vielen Dank.«

Kükens Blick verdüsterte sich. »Ich wollte lieber lesen und auf die Schildkröte klettern, aber Lily hat gesagt, wir müssen herkommen. Und ich bin, ohne zu meckern, mitgegangen.«

Cat umarmte ihn so fest, wie es mit einem Arm und der Angelrute in der anderen Hand möglich war. »Ich bin schwer beeindruckt. Du wirst wirklich groß.«

Küken strahlte.

Macon drehte sich zu ihm um. »Komm, wir zwei holen mal was zu essen.« Dann ging er mit Küken an der Hand zum Imbisswagen.

Cat blickte Lily an. »Hast du von Mom gehört? Sie kommt doch bald, oder?«

»Sie hat gerade angerufen ... sie sagt, dass sie aufgehalten worden ist.«

Cats Lächeln erlosch. »Wann kommt sie?«

»Erst ziemlich spät«, sagte Lily. »Wir sollen nicht auf sie warten.«

Cat schüttelte den Kopf, sie wollte ihre Tränen nicht zeigen.

Lily betrachtete Cat mitleidig. »Sie wollte wirklich gern dabei sein.«

»Wollen reicht nicht«, sagte Cat. »Sie hat es mir versprochen.«

»Ich verstehe ja, wie enttäuscht du bist.« Lily drückte sanft Cats Schulter.

Es war mehr als das. Cats ganzer Plan drohte ins Wasser zu fallen. Mom würde den Wettbewerb verpassen. Aber wenn sie nicht hier war, würde sie nicht sehen, wie wichtig angeln für Cat geworden war. Und sie würde auch nicht sehen, wie geduldig und zuverlässig Macon war. Cats Plan würde niemals funktionieren.

Wenn sie noch länger darüber nachdachte, müsste sie bestimmt losheulen, also wechselte sie das Thema. »Glaubst du, es regnet heute noch?«

Lily zeigte auf eine Reihe Wolken, die hinter den Häusern gegenüber vom Strand zu sehen waren. »Der Wind wird sie schon verjagen.«

»Hoffentlich«, sagte Cat. »Obwohl Macon vielleicht traurig ist, wenn ich meine Regensachen gar nicht benutze.«

Lily umarmte sie fest. »Wir sind so froh, dass du hier bist, Cat.«

Cat erwiderte die Umarmung. »Ich auch!«

»Die Insel soll wie ein zweites Zuhause für dich sein«, sagte Lily. »Ein Rückzugsort, wo man dich auffängt. Davon kann man nie genug haben.«

Cat kam eine Idee. »Kann ich meinen Freund Rishi mal mit herbringen? Angeln ist das Größte für ihn, und er fände es bestimmt toll hier.«

Lily drückte ihre Hand. »Na klar! Wann immer du willst.«

Cat hätte am liebsten die ganze Welt umarmt – die Insel, Lily und Macon, Mom und Küken, ja sogar Flugzeuge, weil sie die Welt so nah zusammenbrachten.

Küken trug stolz eine Schale mit Hushpuppies. Macon war gleich neben ihm und balancierte ein Tablett mit Fisch, noch mehr Hushpuppies sowie Bechern mit süßem Tee und Limonade. Cat knotete die Schnur am Pier fest. Alles roch und schmeckte großartig. Zum Glück hatte Macon an ausreichend Servietten gedacht.

»Die von *Kleine Fische* machen ein ziemlich gutes Geschäft heute«, sagte Macon. »Die Schlange nimmt gar kein Ende.«

»Raupe, dein Fisch ist superfrisch«, sagte Küken.

Sie aßen in aller Ruhe. Küken schlürfte den Rest der Limonade.

Lily gab Macon einen Kuss auf die Wange. »Wir kommen heute Abend noch mal wieder.« Dann gab sie auch Cat einen Kuss.

Zusammen mit Küken lief Lily den Pier hinunter und über den Sand zurück zum Gehweg. Dabei hielt sie Küken die ganze Zeit sicher an der Hand.

Macon erkundigte sich bei Cat, wie es lief. »Willst du es mal an einer anderen Stelle versuchen?«

»Okay«, sagte Cat. Wenn sie an einem der anderen Teilnehmer vorbeikamen, grüßten sie. Am Ende des Piers war John Harvey gerade dabei, einen besonders großen Fisch einzuholen. Briggs stand neben ihm, und auch Sutton, vom Minigolfplatz, war da.

»Hast ganz schön viel Glück, John Harvey«, sagte Sutton.

Briggs spuckte auf den Pier. »Hat nichts mit Glück zu tun.«

Cat blickte Macon an, doch der zuckte bloß die Schultern. Die Jungen prahlten mit dem Gewicht der Fische, und Cat und Macon gingen weiter.

»Was sollte das heißen, dass es nichts mit Glück zu tun hat?« Cat dachte angestrengt nach. »Vielleicht, dass John Harvey so gut ist, dass er kein Glück braucht?«

»Angeln hat immer auch mit Glück zu tun«, sagte Macon. »Zumindest so, wie ich es kenne.«

Cat ging weiter und blieb schließlich in etwa gleicher Entfernung zwischen zwei anderen Teilnehmern stehen.

Plötzlich zuckte ihre Leine ein paarmal hintereinander. Sie blickte zu Macon. »Seltsam«, sagte sie. »Der zieht ja ganz oft.«

Macon sah sie aufmerksam an. »Was bedeutet das wohl?«

Cat stellte sich den Fisch im Wasser vor, der nicht nur einmal kräftig, sondern ganz oft hintereinander zog. »Wahrscheinlich versucht er den Köder richtig zu fassen zu kriegen. Am besten warte ich, bis er ihn hat, und hole ihn dann langsam hoch.«

Ein stolzes Lächeln ließ unzählige Fältchen um Macons Augen tanzen.

Cat wartete, bis sich nichts mehr tat, dann erst zog sie langsam die Leine ein. Ein flacher brauner Fisch hing an ihrem Ende. Sie erkannte ihn sofort, auch wenn sie so einen noch nie gefangen hatte. »Eine Flunder!«, sagte sie.

»Ich hatte mir schon so was gedacht«, sagte Macon. »Die brauchen immer ein bisschen, bis sie sich festgebissen haben.«

Ein Preisrichter kam und nahm die Flunder mit. Nach dem Wiegen nannte Macon Cat das Gewicht.

»Kann schon sein, dass du nicht die meisten Fische fängst«, sagte er, »aber es waren doch einige Kaventsmänner dabei, das wird sich auszahlen. Wenn du wie ein Fisch denkst, bist du unbesiegbar.«

Cat grinste breit. Sie konnte sich kein größeres Lob vorstellen.

Als sie einen neuen Köder aufspießte, sagte Macon, er wolle sich ein wenig die Beine vertreten. Sie blickte ihm hinterher, wie er in der Menge verschwand, dann warf sie die Leine aus.

Einen Augenblick später rief jemand nach ihr. Es war Harriet, zusammen mit einem etwas älteren Jungen. Der Junge war groß, hatte dunkle braune Haare und genauso viele Sommersprossen wie Harriet. Das konnte nur ihr Bruder sein.

»Walt ist seit heute Morgen aus dem Ferienlager zurück«, sagte Harriet.

»Hallo«, sagte Cat. Dann fiel ihr ein, dass sie und Harriet sich anfangs seine Angelausrüstung ausgeliehen hatten. Sie sollte sich bei ihm bedanken.

»Danke, dass du …«, fing Cat an, doch unterbrach sich sofort, als sie sah, dass Harriet wild den Kopf schüttelte. Ach ja, stimmt. Sie hatten ihn ja gar nicht gefragt, ob sie die Sachen leihen durften. Besser Cat verplapperte sich nicht. Aber wofür sollte sie sich bei ihm bedanken, wenn nicht für die Ausrüstung?

»Danke, dass du zum Wettbewerb mitgekommen bist«, sagte sie unbeholfen.

Walt sah sie verwundert an. »Man sieht sich.« Er schlenderte davon.

Cat und Harriet kicherten los.

»›Danke, dass du mitgekommen bist‹? Obwohl du ihn noch nie getroffen hast? Bestimmt denkt er, dass du in ihn verknallt bist«, sagte Harriet.

Cat stöhnte. »Habe ich das wirklich gesagt?«

»Er wäre stinksauer, wenn er wüsste, dass wir seine Ausrüstung genommen haben«, sagte Harriet.

»Ich weiß! Ich hatte es total vergessen!«, sagte Cat.

»Egal«, sagte Harriet. »Besser er findet uns kurz peinlich, als dass ich mir ewig und drei Tage sein Gemecker anhören muss.«

Harriet konnte das leicht sagen. Cat sah sich um, Walt sprach mit Luis. Auch Briggs war stehen geblieben.

»Ist John Harveys Bruder ein Freund von Walt?«, fragte Cat.

Harriet zuckte die Schultern. »Sie sind in derselben Klasse.«

Kopfschüttelnd kam Walt zurück.

»Was ist?«, fragte Harriet.

»Briggs ist sich sicher, dass John Harvey gewinnt«, sagte Walt. »Er wollte sogar mit mir wetten.«

»Wird er denn gewinnen?«, fragte Harriet. »Egal, wahrscheinlich schon.«

»Ja«, sagte Walt. »Er hat einen ziemlichen Vorsprung.«

»Das verstehe ich nicht«, sagte Harriet.

»Ich auch nicht«, sagte Walt.

Regen tropfte auf den Pier. »Oh, oh«, sagte Walt und schaute in den Himmel. »Sieht so aus, als gäbe es doch noch einen Sturm.« Er und Harriet verabschiedeten sich, aber Harriet versprach später noch mal wiederzukommen.

Der Nachmittag zog sich dahin, und die ganze Zeit nieselte es leicht. Cat war froh über ihre Regensachen. Zusätzlich hielt Macon noch seinen Regenschirm über sie.

»Kommen Lily und Küken noch mal wieder?«, fragte Cat.

»Nicht, wenn es so weiterregnet. Aber sie sind bestimmt noch wach, wenn du nach Hause kommst.«

Cat sah auf die Uhr. Nur noch vier Stunden, dann war der Wettbewerb vorbei. John Harvey lag noch immer in Führung. Cat, Luis, Ella und George kämpften um den zweiten Platz.

Macon ging runter zum Imbisswagen und kam mit Fisch und Hushpuppies zurück. »Es war noch ein bisschen von deiner Flunder übrig, also habe ich die genommen«, sagte er. Die Flunder war heiß und brach auseinander, als Cat abbiss.

»Es geht doch nichts über selbstgefangenen Fisch«, sagte Cat.

Macon tunkte einen Hushpuppy in die Sauce. »Wo du recht hast, hast du recht«, sagte er. Sie hockten nebeneinander unter dem Regenschirm und blickten hinaus auf das graue Meer.

»Vielen Dank, Macon«, sagte Cat. Sie wollte sich bedanken, dass er trotz des Regens bei ihr geblieben war, aber die Worte verhedderten sich, bevor sie sie ausgesprochen hatte. Cat dachte an das Fahrrad. An ihre Angelausflüge. Daran, wie vertraut sie sich auf dem Pier unterhalten hatten. Und wie stolz er sie bei ihrem ersten Fisch angeschaut hatte. Sie schluckte.

»Ich sollte dir danken«, sagte Macon leise. »Das waren die schönsten drei Wochen seit Urzeiten.«

»Geht mir genauso«, sagte Cat. Mehr musste sie nicht sagen.

• • •

Harriet kam kurz nach dem Abendessen noch einmal zurück, sie trug eine orange Regenjacke und gepunktete Gummistiefel. »So ein Mistwetter«, sagte sie. Einige Teilnehmer gingen nach Hause. Doch ihre Namen und die Gesamtpunktzahl blieben auf der Tafel stehen.

»Die hatten wohl eh keine Hoffnung mehr, John Harvey noch einzuholen«, sagte Harriet.

»Was ist mit dir, willst du aussteigen?«, fragte Macon Cat.

»Mir macht der Regen nichts«, sagte Cat. »Und vielleicht wendet sich das Blatt ja noch.« Kaum hatte sie die Worte ausgesprochen, zerrte etwas an ihrer Angelschnur. Das musste der dickste Fisch sein, den Cat je gefangen hatte. Die Arme taten ihr weh, als sie ihn herauszog.

»Eine spanische Makrele«, sagte Macon. »Und was für eine!«

»Ich sehe nach, wie viel sie wiegt!«, rief Harriet und lief mit zum Zelt der Preisrichter. GONG! Harriet kam mit der Nachricht zurück, dass die Makrele mehr als fünf Pfund wog.

»Wow«, sagte Cat. »Nicht schlecht.«

Harriet und Macon waren dabei, als Cat einen Umberfisch und noch eine weitere Flunder fing. Doch kein Preisrichter kam, um die Flunder abzuholen. Sie sahen sich um. Das Zelt war leer. Dafür hatte sich am Ende des Piers ein Häufchen Leute versammelt. John Harvey war nirgends zu sehen. »Was ist los?«, fragte Cat. »Hat John Harvey einen Riesenfisch gefangen?«

»Keine Ahnung«, sagte Macon. Durch den Regen konnten sie kaum etwas erkennen. Endlich kam Bewegung in die Gruppe, und laute Stimmen waren zu hören. Dann wurde es wieder still. Das Grüppchen löste sich auf. Briggs kam als Erster, die Hände tief in den Taschen vergraben. Er sah sich wütend um und ging mit schnellen Schritten davon. Hinter ihm kam John Harvey. Er war knallrot und hielt den Blick auf den Boden gerichtet. Kaum waren sie außer Sichtweite, erhob sich Gemurmel.

»Was war das denn?«, fragte Harriet.

»Das werden wir schon noch erfahren«, sagte Macon.

Die Preisrichter kehrten zum Zelt zurück. »Ich lausche mal ein bisschen«, sagte Harriet.

Damit schlich sie zum Zelt und lehnte sich mit gespitzten Ohren dagegen. Endlich kam sie zurückgerannt und hockte sich zu Cat unter den Regenschirm.

Harriet hatte die Augen weit aufgerissen. »Sie haben John Harvey disqualifiziert!«

»*Wie bitte?*«, fragten Cat und Macon unisono.

»Er hat gegen eine der Regeln verstoßen. Ich glaube, sie haben gesagt, dass er Mauersteine am Ende vom Pier gestapelt hat. Aber warum sollte er das tun?«

»Verstehe«, sagte Macon. »Er hat ein künstliches Riff geschaffen.«

Cat sah Harriet fragend an, doch die zuckte nur die Schultern. »Ein künstliches Riff?«

»Fische fühlen sich in Höhlen und Schlupfwinkeln besonders wohl«, erklärte Macon. »Wo ein Riff ist, finden sie Schutz und Futter.«

Harriet stieß einen leisen Pfiff aus. »Gar nicht dumm.«

»Nicht dumm, aber eben auch nicht erlaubt«, sagte Macon.

»Nicht erlaubt?«, fragte Cat.

»Es verstößt gegen die Wettbewerbsregeln und gegen Inselrecht«, sagte Macon. »Was für ein Durcheinander.«

»Er hat gegen ein Gesetz verstoßen?«, fragte Cat. »Bekommt er jetzt Ärger mit der Polizei?«

»Eine Geldstrafe könnte es schon geben«, sagte Macon.

»Aber dafür haben sie kein Geld«, sagte Harriet. »Vielleicht muss er ins Gefängnis.«

Harriet hatte erzählt, dass John Harveys Familie es kaum schaffte, den Minigolfplatz in Gang zu halten. Cat hatte keine Ahnung, wie hoch so eine Geldstrafe war, aber bestimmt nicht gering.

Macon sah die Frage in ihren Augen. »Mach dir keine Sorgen, Cat. Er muss nicht ins Gefängnis.«

»Darum hat sein Lieblingsplatz ihm also Glück gebracht«, sagte Harriet. »Weil er selbst dafür gesorgt hat.«

»Und darum war sich Briggs so sicher, dass er gewinnen würde«, sagte Cat.

Harriet schlug die Hände zusammen. »Na, das haben sich die beiden selbst zuzuschreiben. Echt fiese Typen. Das muss ich Walt erzählen.« Sie rannte zu ihrem Bruder.

Macon sah Cat aufmerksam an. »Was denkst du?«

Cat fingerte an der Angelspule herum. Eigentlich müsste sie sich freuen, doch sie war bloß durcheinander.

»Genau genommen habe ich mich nur wegen John Harvey beim Wettbewerb angemeldet. Ich fand ihn von Anfang an schrecklich, schon als er in den Dünen herumgeklettert ist«, sagte sie.

Macon sah empört aus. »Da herumzuklettern ist verboten. Dabei zerstört man bloß die Tiere und Pflanzen.«

»Das habe ich ihm auch gesagt!«, sagte Cat. »Aber dann hatte ich Angst, dass er sich weh getan hätte. Seine Brüder haben ihn geschubst.«

Macon nickte und wartete, bis sie weitersprach.

»Ich dachte erst, dass er viel jünger sein muss, weil er so klein ist. War ihm wahrscheinlich peinlich, dabei wollte ich ihm nur helfen. Aber seither ist er gemein zu mir, als hätte ich mich über ihn lustig machen wollen. Bestimmt hat er mein Fahrrad so vollgespritzt.«

Macon strich sich nachdenklich über die Wange. »Harriet findet ihn einfach nur gemein. Was denkst du?«

Cat wusste es nicht. Man machte es sich zu leicht, wenn man John Harvey einfach gemein nannte – das war nur eine Seite. Wenn Cat sein höhnisches Grinsen vor sich sah, musste sie gleichzeitig daran denken, wie freundlich er die Kinder auf dem Spielplatz angelächelt hatte. Die raue Stimme, die mit den Angelpokalen prahlte, war dieselbe Stimme, die Cat bei der Parade gewarnt hatte, dass es Küken nicht gutging. John Harvey hatte nicht nur eine Seite. Er war beides, manchmal freundlich und manchmal gemein.

»Ich dachte früher immer, dass Menschen entweder nur gut oder nur schlecht sind«, sagte Cat. »Jetzt denke ich das nicht mehr. Die meisten Menschen haben von beidem etwas.«

Macon hatte noch nie so stolz ausgesehen, nicht einmal, als Cat die Makrele heraufgezogen hatte. Sie standen eine Weile still nebeneinander und lauschten den Wellen.

Harriets Schritte dröhnten über den Pier. »Cat! Ich habe auf der Tafel nachgesehen. Jetzt, wo John Harvey nicht mehr dabei ist, kannst du noch gewinnen!«

Cat hob abwehrend die Hand. »Keine Zahlen. Ich will's gar nicht wissen.«

Macon lächelte still für sich. »Braves Mädchen«, sagte er leise.

Sie mussten einfach abwarten.

• • •

Die Sonne ging unter, und der Himmel färbte sich rosa. Ehe sie sich's versah, ertönte die Abschlussglocke. Cat hatte noch ein paar Fische gefangen, aber würde es reichen?

Die Teilnehmer scharrten sich um das Zelt. Es nieselte immer noch leicht. Macon hielt den Regenschirm über Cat und Harriet.

»Eins schon mal vorweg, die Preisrichter und ich sind sehr stolz auf euch«, sagte Dean. »Ihr alle habt echten Einsatz für den großartigen Angelsport gezeigt. Und wir freuen uns, dass uns um die Zukunft des Angelns auf Gingerbread Island nicht bange sein muss.« Die Menge klatschte freundlich. Harriet stieß einen Pfiff aus.

»Der erste Preis heute Abend ist der *Kleine-Fische*-Sonderpreis für unseren jüngsten Teilnehmer. Lucas Winters, komm her zu mir.« Ein kleiner Junge mit Brille und Zahnlücken trat voller Stolz in die Mitte des Kreises. Dean überreichte ihm einen kleinen Pokal, dann schüttelte er ihm die Hand. »Toll, dass du dabei warst, Lucas.« Alle klatschten.

»Ich möchte die Gelegenheit nutzen, dem *Kleine-Fische-*Imbiss für seine Unterstützung und die Preisgelder zu danken. Die ersten drei Gewinner erhalten Geldpreise: einhundert Dollar für den dritten Platz, dreihundert Dollar für den zweiten Platz und für den großartigen ersten Platz: fünfhundert Dollar!« Alle klatschten und johlten.

Harriet beugte sich zu Cat. »Hat er wirklich *fünfhundert* Dollar gesagt?«

Cat schloss die Augen. Sie hoffte unter den ersten drei zu sein.

»Der dritte Platz geht an … Ella Patterson.«

Ella flitzte nach vorn und nahm Deans Glückwünsche entgegen.

»Der zweite Platz geht an …« Dean schaute auf seinen Zettel und grinste breit. »Cat Gladwell!«

Harriet kreischte und klopfte Cat auf den Rücken. Macon pfiff und stampfte mit den Füßen auf. Cat selbst war wie gelähmt. Dean hatte ihren Namen vorgelesen! Schließlich stupste Harriet sie sanft an.

Als Cat bei Dean angekommen war, schüttelte er ihr begeistert die Hand, dann übergab er ihr einen glänzenden Pokal. Er war schwerer als erwartet. Cat stellte sich neben Ella und hörte zu, wie Dean verkündete, dass Luis Bustamante, Walts Freund, den ersten Preis gewonnen hatte. Luis reckte die Arme über den Kopf wie ein Preisboxer und erntete ein paar Lacher. Nachdem er Dean ebenfalls die Hand geschüttelt hatte, nahm er seinen Pokal entgegen und gesellte sich zu den Mädchen.

Cat beugte sich zu ihm, damit er sie trotz des Jubels hören konnte. »Herzlichen Glückwunsch, Luis!«

Er grinste zurück. »Selber Glückwunsch, Cat – und dir auch, Ella!«

Die Leute hielten ihre Handys und Fotoapparate in die Höhe, überall blitzte und piepste es. Der Reporter des *Angelanzeigers* hatte eine gewaltige Kamera mit einem noch gewaltigeren Blitz. Cat fühlte sich ganz benommen. Als alle Fotos gemacht waren, warteten Macon und Harriet auf sie.

»Gut gemacht!«, sagte Harriet.

»Mein Mädchen!«, sagte Macon und nahm sie in den Arm.

Harriet streckte die Hand aus. »Zeig mir das Glitzerding mal.« Cat gab ihr den Pokal.

»Der ist ja riesig!« Harriet tat so, als könnte sie das Gewicht kaum halten.

Während sie sich unterhielten, kamen Dean und Ms Willis herüber. Dean schüttelte Macon die Hand.

Der Nieselregen hatte sich in dicke Regentropfen verwandelt, und bald müssten sie wohl nach Hause gehen, dachte Cat. Sie wäre gern noch hiergeblieben, aber das war dem Regen egal.

»Warum stehen wir eigentlich alle im Regen herum?«, fragte Macon. »Was meinst du, Cat? Sollen wir nach Hause gehen und schauen, ob wir für die Truppe hier heißen Kakao auftreiben?«

»Ich hole Walt«, sagte Harriet und rannte los, um ihrem Bruder Bescheid zu sagen.

Gemächlich machten sie sich auf den Nachhauseweg, obwohl der Regen immer stärker wurde.

Macon ließ den Tag noch einmal Revue passieren und strahlte dabei voller Stolz. »Weißt du noch den dicken Oschi zum Schluss? Die Makrele?«, fragte er.

»Die war riesig!«, rief Harriet.

»O ja, die war wirklich groß! Fast sechs Pfund«, sagte Dean.

Um Macons Augen bildeten sich Lachfältchen. »Als Cat sie an Land gezogen hat, dachte ich, sie sind fast gleich groß!«

Macon prahlte wie ein waschechter Angler, auch wenn er sich selbst nie so bezeichnen würde. Es tat Cat gut, dass er sie für das größte Geschenk hielt, das North Carolina sich beim Angeln wünschen konnte.

Vom vielen Lächeln taten Cat die Wangen weh. Warum war sie so glücklich, wenn sie sich eigentlich etwas anderes als den zweiten Platz gewünscht hatte? Ihre Arme waren bleischwer, und die Beine fühlten sich nach einem Tag angeln wie Pudding an. Sie war erschöpft, müde und nass bis auf die Knochen. Aber sie war glücklich.

Cat blickte zu Macon hinüber. Er war schon bei der nächsten Geschichte, seine Augen blitzten, und er hatte die Arme zu beiden Seiten ausgestreckt, um zu zeigen, wie groß der Fisch gewesen war. Als er ihren Blick auffing, drückte er sie mit einem Arm an sich. Wenn sich der zweite Platz so anfühlte, würde Cat sich nie wieder etwas anderes wünschen.

31

Macon johlte lautstark, als sie sich Stone Cottage näherten. Die restlichen Kincaids gesellten sich zu ihnen, und überall in der Auffahrt standen Leute und lachten. Die Fliegengittertür wurde aufgerissen. Schnell versteckte Cat den Pokal hinter ihrem Rücken.

Lily rannte die Stufen hinunter und blickte zwischen Cat und Macon hin und her. Beide sahen sie mit ausdruckslosem Gesicht an.

»Und?«, fragte Lily schließlich.

Cat streckte den Pokal in die Höhe und strahlte. »Zweiter Platz!«

Lily schrie begeistert auf und klatschte in die Hände, dann zog sie Cat fest in die Arme.

»Sie hat es toll gemacht, vollkommen konzentriert«, sagte Macon.

»Dabei hast du doch vorher nie geangelt, oder? Und schau dich jetzt an«, sagte Lily.

Cat dachte an den Tag zurück, als sie hier angekommen war – nie hätte sie es damals für möglich gehalten, dass Macon und sie etwas gemeinsam hatten. Seither hatte sich eine Menge verändert. »Ohne Macon hätte ich es nicht geschafft.«

Er schüttelte den Kopf. »Du bist zäh, Cat – lässt nicht locker und kämpfst so lange, bis du dein Ziel erreicht hast.«

Lily blickte Macon und Cat glücklich an. In ihren Augen schimmerten Tränen. Sie räusperte sich. »Da fällt mir ein«, sagte sie zu Macon. »Wolltest du Cat nicht noch etwas zeigen?«

Macon wischte sich die Hände an den Shorts ab und ging zum Schuppen.

Aus dem Prasseln des Regens war ein Rauschen geworden. In der Auffahrt hatte sich eine Pfütze gebildet, und Neddie stapfte hinein. Er trug Gummistiefel und einen Schlafanzug. »Wo ist Küken?«

»Er ist auf dem Sofa eingeschlafen«, sagte Lily. »Wir können ihn gleich wecken.«

Da tauchte Macon wieder auf, er hielt etwas Großes, Schweres in der Hand. Es war das Holzschild, auf dem *THE STONE HOUSE* stand.

Cat war verwirrt. Sie wusste, dass Macon das Schild abgenommen hatte, aber warum zeigte er es ihr jetzt? »Hast du es repariert?«

Macon hielt das Schild direkt vor sie, und da erkannte sie es. Unter den klobigen Buchstaben waren zwei neue Schnitzereien hinzugekommen. Links saß ein Küken. Und rechts eine Katze. Das Küken sah ausgelassen und glücklich aus. Die Katze ernst und mutig. Cat fuhr mit dem Finger über die Kerben im Holz. Sie war Cat, die Katze, nicht Caterpillar, die Raupe. Macon hatte es die ganze Zeit gewusst.

»Ja«, sagte Macon. »Ich hab es repariert. Aber vielleicht wart ihr das auch, du und dein Bruder.«

Cat durchströmte ein Glücksgefühl bis in die Zehenspitzen. Als Macon das Schild aufhängte, klatschten alle.

»Und wie sieht's jetzt mit dem heißen Kakao aus?«, fragte Dean und rieb die Hände aneinander.

Die Treppe hinauf nahm Cat immer zwei Stufen auf einmal. Sie konnte es kaum abwarten, Küken den Pokal zu zeigen. Trotzdem trat sie ganz vorsichtig auf, um ihn nicht zu erschrecken. Doch das Trommeln des Regens war hier drinnen genauso laut wie draußen, und der Wind heulte durch die offene Glastür.

Cat stutzte. Die Glastür stand sonst nie offen. Cat drehte sich zum Sofa um. Eigentlich müsste Küken dort liegen und schnarchen, gut eingepackt unter einer von Lilys Patchworkdecken.

Aber da war er nicht. Das Sofa war leer, abgesehen von der zerwühlten Decke und einem kleinen Plastikhai mit angekauten Flossen.

»Küken?«

Hektisch blickte Cat sich im Zimmer um. Kalte Angst kroch ihr den Nacken hoch.

»Er ist nicht da.«

Obwohl noch immer Leute zur Küchentür hereinströmten, hatte Lily sie gehört. Mit schnellen Schritten war sie bei Cat und schaute aufs Sofa. »Im Bad?«

Macon sah besorgt aus. »Nein, da komme ich gerade her.« Er schwieg und überlegte. »Ich sehe in den Schlafzimmern nach.«

Seine Schritte dröhnten auf der Treppe. Cat hielt den Plastikhai fest umklammert. Der Wind pfiff durch die offene Tür. Natürlich war Küken oben. Bestimmt war alles bloß ein dummes Missverständnis. Cat hörte, wie Macon von einem Zimmer ins nächste ging.

Dann rief er: »Hier oben ist er nicht! Lily, er ist nicht hier!« Der kalte Luftzug von der Tür wurde stärker.

Plötzlich hielt Lily inne. »Eben war der Wäschekorb noch da. Wo ist er?«

Doch der Wäschekorb war verschwunden. Alle Blicke richteten sich auf die Glastür. War der Spalt breit genug, dass ein schmaler Siebenjähriger hindurchpasste? Ein Siebenjähriger, der sich für einen Haiforscher hielt und einen Wäschekorb mit sich herumschleppte, der sein Boot sein sollte?

Ms Willis griff nach ihrem Handy und begann zu tippen. »Ich rufe den Rettungsdienst.« Dann sprach sie eindringlich mit dem Telefonisten am anderen Ende.

Sie suchte Lilys Blick. »Was hatte er an?«

Lily biss sich auf die Lippe. »Einen blauen Schlafanzug mit Haien drauf.«

Plötzlich schien der Fußboden zu schwanken. Cat hatte Angst, sich zu übergeben.

Mit zwei Schritten hatte Macon das Zimmer durchquert. Er schob die Glastür weiter auf und trat auf die Veranda. Dean und Mr Kincaid waren direkt hinter ihm. Wie aus weiter Ferne hörte Cat die Stimme von Mrs Kincaid, die zu Walt sagte, er solle bei den Nachbarn klopfen. In null Komma nichts war Walt zur Tür hinaus.

»Neddie und ich suchen noch mal oben«, sagte sie. »In den Schränken und unter den Betten.« Dann unterbrach sie sich und blickte Cat an. »Wir finden ihn, Süße. Alles wird gut.«

Noch bevor Cat etwas sagen konnte, liefen die beiden schon die Treppe hinauf. Küken war bestimmt nicht da oben. Cat kam ein schrecklicher Gedanke. Auch wenn sie kaum genug Luft zum Atmen hatte, musste sie es den anderen sagen. Sie sah Macon an und zwang sich die Worte auszusprechen.

»Er hat sein Boot dabei«, sagte sie. »Bestimmt ist er zum Meer gegangen.« Sie musste ihn finden. Sie lief zur Tür.

»Nein.« Macons Arm hielt sie auf. »Du bleibst hier.«

Währenddessen rannten die anderen die Treppe hinunter und an den Strand. Lily verteilte Taschenlampen, dieselben, die sie für die Jagd auf die Geisterkrabben benutzt hatten.

»Ich komme mit«, sagte Cat entschlossen. Sie stemmte sich gegen Macon.

Er versperrte ihr den Weg und sah sie streng an. »Keine Kinder am Strand.«

Sie stemmte sich noch einmal gegen ihn. »Ich bin kein Kind mehr.«

Macon biss die Zähne aufeinander. »Von wegen, mein Fräulein. Du bist ganz sicher ein Kind.«

Sie kämpfte. Doch Macons Stimme war laut und duldete keinen Widerspruch.

»NEIN, Cat. Ich werde es nicht riskieren, dich zu verlieren. Und ich habe keine Zeit, jetzt mit dir zu streiten. Du kommst nicht mit an den Strand.«

Cat wusste, dass er sich nicht umstimmen lassen würde. Und wenn sie versuchte, ihm zu entwischen, würde er nach ihr suchen anstatt nach Küken. Dabei konnte niemand ihrem Bruder besser helfen als Macon, der dickköpfige Macon, der jeden Morgen am Strand spazieren ging und ihn besser kannte als jeder andere.

Inständig blickte sie ihren Großvater an. »Du musst ihn finden, Macon. Bitte.«

Schon halb zum tosenden Meer gewandt, drehte er sich noch einmal um. »Das verspreche ich dir!«

Dann rannte er über den Strand, bis die Dunkelheit ihn verschluckt hatte. Am Ufer entlang blinkten die Taschenlampen, und durch den trommelnden Regen und den peitschenden Wind riefen die Erwachsenen Kükens Namen.

Cat stellte sich, so dicht es ging, vor die Glastür und beobachtete alles ganz genau. Die Dunkelheit und der Regen machten es unmöglich zu erkennen, welche der Gestalten Macon oder Lily waren. Immer mehr Leute trafen ein und schlossen sich der Suche an. Cat hatte keine Ahnung, wo sie alle hergekommen waren.

Als ob Harriet ihre Gedanken gelesen hätte, sagte sie: »Jemand hat einen Notruf über die Insel geschickt. Wahrscheinlich meine Mutter oder Ms Willis.«

Cat wandte sich zu Harriet um. »Und dann sind alle so schnell hier?«

Harriet nickte. »Hier auf der Insel müssen wir zusammenhalten. Es würde zu lange dauern, auf Hilfe vom Festland zu warten.«

Cat umklammerte noch immer Kükens Plastikhai. Die Flossen schnitten ihr in die Hand. Aus der Ferne hörte sie das Heulen von Sirenen.

Harriets Sommersprossen zeichneten sich deutlich auf ihrem blassen Gesicht ab. »Vielleicht ist er ja gar nicht zum Meer gelaufen.«

»Ich hasse dieses Warten«, sagte Cat. »Ich möchte auch etwas tun. Egal, was.«

»Na, ja«, sagte Harriet und sah Cat aus dem Augenwinkel an. »Macon hat gesagt, dass wir nicht an den Strand dürfen. Aber er hat nicht gesagt, dass wir im Haus bleiben müssen.«

Cat wirbelte herum und starrte Harriet an. Ihre Freundin war einfach brillant.

»Wo können wir denn noch suchen?«, fragte Harriet.

Dazu musste Cat genauso denken wie Küken – und das konnte sie besser als jeder andere.

Der Nachmittag in San Francisco fiel ihr wieder ein. Küken liebte Bücher. Auf Gingerbread Island gab es zwar keinen Buchladen, aber …

»Die Bücherei«, sagte sie. »Er hat gesagt, dass er auf den Skulpturen klettern wollte, aber Lily bestand darauf, dass er mit zum Pier kommt.«

Gemeinsam liefen sie zur Küchentür. Sie stürzten die Treppen hinunter, bogen scharf nach links und rannten, so schnell sie konnten, durch den Regen Richtung Stadt.

In Cats Kopf drehte sich alles. Sie hatte das Gefühl, als würde sich ihr Leben gerade in ein Davor und ein Danach teilen, wie das Davor und Danach, als Daddy gestorben war. Wenn sie Küken nicht wiederfanden, wäre diese Nacht für immer die Trennlinie. Alles, was zum Davor gehörte, wäre auf der einen Seite. Und alles was passierte, nachdem Küken verschwunden war, wäre das Danach. Wenn er wirklich verschwunden blieb, gäbe es kein Zurück zum Davor. Ihr ganzes Leben wäre zerstört.

Die Sirenen wurden lauter, dann brauste die Feuerwehr an ihnen vorbei. Würden die Sirenen Küken wieder Angst einjagen? Sollte sie den Feuerwehrleuten Bescheid sagen? Einen Augenblick lang zögerte Cat, doch Harriet packte sie am Ärmel und zog sie weiter.

»Meine Mutter wird ihnen schon zeigen, wo sie hinmüssen«, sagte Harriet. »Wir wollten doch in der Stadt suchen.«

Cat nickte und rannte weiter. Sie erreichten die Bücherei und sahen mit einem Blick, dass Küken nicht da war. Harriet zeigte auf die oberste Stufe der Treppe, sie lag unter einem Dachvorsprung, der Schutz vor dem strömenden Regen bot. Oben angekommen, rüttelte Harriet an der Tür, aber die gab nicht nach. Enttäuscht trat Harriet dagegen.

Cat hatte sich an dem Gedanken festgeklammert, dass sie Küken hier finden würden. Bis jetzt hatte sie die Vorstellung, dass er ganz allein draußen auf dem Meer war, weit von sich schieben können, doch nun hatte sie das Gefühl, als würde sie ihn noch einmal verlieren. Sie hätte heulen können, schreien oder um sich schlagen. Sie wollte doch nur ihren Bruder wiederfinden – mit seinen Leuchtsohlen-Schuhen und dem Ohne-Tränen-Shampoo, seinen Hai-Fakten und den Zusammenbrüchen am Flughafen.

»Küken!«, rief Harriet. »Küken!«

Von der obersten Stufe aus konnten sie den ganzen Platz überblicken. *Miss Sunshines* Eisladen hatte geschlossen. Willis Supermarkt lag im Dunkeln. Niemand verirrte sich bei diesem Sturm nach draußen.

Harriet klebten die nassen Haare an der Stirn. »Wo können wir noch suchen?«

Cat schloss die Augen. Der Regen trommelte auf den Dachvorsprung und spritze auf die Stufen. Sie konnte nicht klar denken. Von weitem hörte sie ein seltsames Geräusch, das Gewitter war es nicht.

Cat blickte Harriet fragend an. »Hörst du das auch?«

Harriet legte den Kopf schief. Ein metallisches Quietschen drang durch den Sturm. *Iiieks, iiieks, iiieks.*

Die Mädchen sahen sich an.

»Der Spielplatz«, sagte Cat. »Los, komm.«

Mit vollkommen durchweichten Schuhen liefen sie durch schmale Gassen, an einem Fahrrad vorbei, bis in den Park. Das Karussell dreht sich, aber es war nicht Küken, der darauf saß. Es war John Harvey.

Cat hätte losheulen können. Sie rannte zu ihm. »Was machst du denn hier? Es regnet, falls dir das noch nicht aufgefallen ist.«

John Harvey starrte sie an, ohne etwas zu sagen.

Ausgerechnet ihn musste sie hier treffen. Immer störte er. »Nur, damit ich es richtig verstehe: Du bist vom Wettbewerb ausgeschlossen worden und statt wie jeder normale Mensch nach Hause zu gehen, sitzt du im strömenden Regen auf dem Karussell?«

John Harvey wischte sich die Haare aus den Augen. »Ich habe den Notruf gehört, wegen deines Bruders, und da wollte ich nach ihm suchen. Ich weiß, dass er gern zum Spielplatz geht.«

Ein Blitz zuckte über den Himmel, dann donnerte es. Erschrocken schlug Cat die Hände über die Ohren.

»Das war ganz schön nah«, sagte John Harvey. »Ziemlich gefährlich.«

Sie gingen durchs Tor. John Harvey stieg aufs Rad. »Ich halte auf dem Rückweg weiter nach ihm Ausschau. Ihr geht besser auch nach Hause.«

Damit trat er in die Pedale und kurvte durch tiefe Pfützen, dass das Wasser nur so spritzte.

»Komm«, sagte Harriet. Beschützend legte sie den Arm um Cat und führte sie zügig nach Hause. Jedesmal, wenn ein Blitz die Straßen in gespenstisches Licht tauchte, keuchte Cat auf. Sie konnte nicht glauben, dass sie ohne Küken zurückkam. Er würde sich zu Tode fürchten, wenn er in diesem Sturm allein draußen war. Sie hoffte so sehr, dass die anderen ihn gefunden hatten und sie sein liebes Gesicht am Fenster sehen würde.

Sie bogen um die Ecke. Da vorn stand die Feuerwehr mit blinkenden Lichtern. Das ganze Haus war hell erleuchtet und die Auffahrt mit unbekannten Autos vollgeparkt. Gerade hielt ein weiteres kleines Auto mit quietschenden Reifen. Mom sprang heraus.

Panisch blickte sie sich um. »Was macht die Feuerwehr hier? Ist alles in Ordnung mit dir?«

»Ja, mit mir schon«, sagte Cat. »Aber …«

»Was aber?« Mom war kurz davor durchzudrehen.

Cat wollte antworten, doch es kamen keine Worte. Sie versuchte es noch einmal. »Küken.«

Mom packte Cat an der Schulter. »*Was?* Was ist passiert?«

»Mrs Gladwell«, sagte Harriet. »Küken ist verschwunden.«

Mom flog die Stufen hinauf, die Mädchen liefen hinter ihr her. Drinnen war es warm, trocken und still. Mrs Kincaid stand neben der Glastür. Walt las Neddie und ein paar anderen kleinen Kindern, die Cat vom Spielplatz kannte, etwas vor.

Mrs Kincaid bemerkte die drei als Erste. »Ihr seid zurück! Gott sei Dank.«

»Haben sie ihn gefunden?«, fragte Mom. Ihre Stimme klang klein und verängstigt.

Mrs Kincaid schüttelte langsam den Kopf. »Es tut mir so leid. Noch nicht.«

Mom schob die Glastür auf und rannte nach draußen. Cat wollte hinterher, doch Mrs Kincaid hielt sie auf.

»Du hast es deinem Großvater versprochen«, sagte sie. Dann nahm sie Cat und Harriet fest in den Arm, obwohl sie klitschnass waren.

»Sie werden ihn schon finden«, sagte Harriet. »Sie müssen einfach.«

Harriet meinte es gut, aber sie hatte keine Ahnung. Man hatte auf nichts Anspruch im Leben. Cat lehnte sich gegen das Glas und starrte ins Leere. Sie wollte sich nicht ausmalen, wie es wäre, ohne Küken weiterzuleben. Sie wollte ihn nicht auch noch für alle Zeiten vermissen.

»Zieht euch was Trockenes an«, sagte Mrs Kincaid.

Cat und Harriet sahen sie unwillig an.

»Ich weiß, dass ihr dazu keine Lust habt, aber im Augenblick bin ich die einzige Mutter hier, und ich bestimme jetzt einfach. Ihr erkältet euch nur, wenn ihr weiter hier rumzittert.«

Cat hatte keine Kraft zu widersprechen. Ohne ein Wort zu sagen, ging sie die Treppe hinauf und zog sich Jogginghose und Kapuzenpulli an. Dann nahm sie ein paar trockene Klamotten für Harriet von dem Stapel mit der sauberen Wäsche, der nur noch darauf wartete, eingepackt zu werden.

Einpacken, dachte Cat – und auspacken. Sie hatte nicht mehr an ihren Koffer gedacht, seit Macon Küken und sie in der Auffahrt zum Haus begrüßt hatte.

Sie überlegte angestrengt. Es war unmöglich.

Ihre Füße berührten kaum die Stufen. Sie rannte quer durch die Küche zum Kühlschrank. Daneben an der Wand die Haken. An jedem Haken hing ein Schlüssel.

Nein, einer fehlte.

Cat sah noch einmal genau hin, zwang sich in aller Ruhe nachzusehen. Sie suchte den glänzenden weißen Küchentresen ab. Den Fußboden. Kein Schlüssel.

Mit jedem Schritt Richtung Fahrstuhl wuchs ihre Hoffnung.

Da war er. Der Schlüssel steckte im Schloss.

Sie drückte auf den Knopf. Sie dachte nicht nach. Sie machte sich keine Hoffnung.

Ein gedämpftes *Pling,* dann glitten die Fahrstuhltüren zur Seite. Dahinter stand ein grüner Wäschekorb. In dem grünen Wäschekorb war ein Junge im blauen Pyjama. Er blinzelte. Draußen grollte der Donner.

»Hallo, Raupe«, sagte Küken. »Kommst du mit in mein Boot?«

32

Cat fehlten die Worte, um Küken zu erklären, warum sie ihn so fest umarmte. Aber wenn es nach ihr ginge, würde sie ihn nie mehr loslassen.

»Das reicht jetzt mit umarmen«, sagte er schließlich.

Sie lockerte ihren Griff, wenn auch nur ein kleines bisschen. »Wir dachten, du wärst verlorengegangen, Küken. Ich bin so froh, dass du wieder hier bist.«

Mrs Kincaid lief auf die Veranda und rief nach den Helfern.

Mom war als Erste zurück. Sie rannte zu Küken und schloss ihn in ihre Arme.

Er protestierte wütend. »Warum drückst du mich so doll?« Er wand sich hin und her, aber sie ließ ihn nicht mehr los.

»Ich kann immer noch nicht glauben, dass du einfach so verschwunden bist. Ich hatte noch nie im Leben solche Angst.« Sie sah ihn an, als wollte sie sich sein Gesicht für immer einprägen.

Küken reckte den Hals. »Wo kommen denn all die Leute her?«

Cat drehte sich ebenfalls um. Inzwischen waren auch die

anderen Helfer zurückgekommen. Sie hatte nicht gewusst, dass so viele mitgesucht hatten.

Lily stürzte zur Tür herein und geradewegs auf Küken zu. Tränen standen ihr in den Augen. Erst bedeckte sie Kükens Gesicht mit unzähligen Küssen, dann zog sie Mom und Cat an sich, so dass sie ihn zu dritt umarmten. Küken maulte, weil es ihm viel zu nass und sandig war, doch Cat machte es nicht das Geringste aus.

Als Nächster kam Macon. Er legte Küken seine große Hand auf den Kopf und tätschelte ihn so sanft, dass es aussah, als wäre ein Schmetterling darauf gelandet. Sein Blick drückte unendliche Erleichterung aus, und er erinnerte Cat daran, was sie alles hätten verlieren können.

Mit weit ausgebreiteten Armen drehte Macon sich zu ihr um. Er schloss sie so fest in die Arme, dass ihre Füße vom Boden abhoben. Und ehe er sie wieder absetzte, wirbelte er sie einmal im Kreis.

»Du hast ihn gefunden! Was für ein Glück!« Sein Lächeln wärmte mehr als tausend Sonnen.

Alle wollten Küken sehen und freuten sich zusammen mit Mom, Macon und Lily, dass er wieder da war. Es dauerte nicht lange, da stand Macon am Herd und kochte einen riesigen Topf heißen Kakao. Lily versuchte die ganze Zeit, ihm eine Decke umzulegen, aber davon wollte er nichts wissen. Es sei ihm noch nie besser gegangen, sagte er.

Schließlich erfuhr Cat auch, warum Macon so klitschnass

war. Er war einfach ins Meer gelaufen, als er glaubte, Küken in den Wellen entdeckt zu haben.

»Das war vielleicht ein Anblick«, sagte Dean. »Hätte nie gedacht, dass er so schnell sein kann.« Das Lachen fiel leicht, jetzt da Küken in Sicherheit war und sie alle beisammen saßen.

»Also wirklich!«, schimpfte Lily. »Hast also gedacht, du hättest ihn in den Wellen gesehen. Wenn du nicht aufpasst, holst du dir noch eine Lungenentzündung.« Aber auch Lily lachte, und ihre Augen glänzten vor Liebe.

Die halbe Insel war gekommen. Weil es nicht genügend Becher gab, mussten sie improvisieren. Ms Willis bekam ihren Kakao in einem Marmeladenglas, und Dean trank in großen Schlucken aus einer Suppenschüssel. Es war genug für alle da.

Cat hatte sich auf das Schlimmste gefasst gemacht und war im letzten Moment gerettet worden. Aufgefangen. Von Macon und Lily.

Als der Regen nachließ und die Kinder anfingen zu gähnen, leerte es sich langsam. Ms Willis nahm Cat fest in die Arme. »Ich werde dich vermissen, meine Kleine. Aber am allermeisten wird dich dein Großvater vermissen. Komm uns bald wieder besuchen.«

Harriet stand vor ihr und runzelte die Stirn. Genau wie an dem Tag, als sie sich zum ersten Mal begegnet waren. Aber inzwischen wusste Cat, dass es ein nachdenkliches

Stirnrunzeln war, ein Nur-die-Ruhe-bewahren-Stirnrunzeln.

Harriet umarmte Cat nur ganz kurz, es war vorbei, kaum dass Cat es richtig mitbekommen hatte. »Ich komme morgen noch mal her, dann muss ich mich heute noch nicht verabschieden.« Sie nickte entschlossen und drehte sich zur Tür.

Dann waren sie nur noch zu fünft. Mom und Küken saßen auf dem Sofa. Macon fegte den Sand vom Boden, und Lily sammelte bergeweise Decken und Handtücher zusammen.

»So, fertig«, sagte sie. »Ich stell noch schnell eine Wäsche an, bevor wir ins Bett gehen.«

Mom stand auf. »Ich glaube, es ist besser, wenn wir heute Nacht noch fahren.«

Cat sackte der Magen in die Kniekehle. Noch heute Nacht fahren? »Mom – was meinst du? Ich dachte, wir fahren morgen.«

Mom schüttelte entschieden den Kopf. Ihre Lippen waren zu einer schmalen Linie zusammengepresst. »Das Ganze war eine Schnapsidee. Ich hätte euch nie herbringen sollen. Sie haben Küken verloren – wir hätten ihn für immer verlieren können.«

Lily sah sie bestürzt an. »Bitte bleib, Amanda. Mit den Kindern. Wir können morgen darüber reden. Es war ein wunderbarer Urlaub. Lass ihn nicht so enden.«

»Nein«, sagte Mom unnachgiebig. »Es war ein Versuch, aber es hat nicht geklappt. Ihr hättet besser aufpassen sollen.«

Mom wandte sich an Cat. »Pack deine Sachen.«

Cat war sprachlos. Erst hatte Mom Küken und sie hier abgeladen, wo sie niemanden kannten, und jetzt wollte Mom sie einfach so von hier fortreißen. Cat wurde ganz schlecht bei der Vorstellung, die Insel, Macon und Lily vielleicht nie wiederzusehen.

Mom hatte die Zähne zusammengebissen, ihr Entschluss stand fest. Aber Cats Entschluss stand ebenfalls fest.

»Nein«, sagte Cat. »Ich fahre nicht.«

»Und ich auch nicht«, schaltete Küken sich ein. Er machte sich so groß, wie er konnte, und verschränkte die Arme vor der Brust.

Mom sah aus, als traue sie ihren Ohren nicht. »Das müsst ihr verstehen, Kinder. Ich bin für euch verantwortlich. Es kann nicht sein, dass Küken einfach so verschwindet. Es war reines Glück, dass er nicht ins Meer gelaufen ist.«

Cat blickte zu Macon. Er würde ihr bestimmt helfen. Doch er sah aus, als hätte er bereits verloren.

»Bitte, Macon«, sagte sie. »Sag was.«

Macon räusperte sich. »Amanda, bitte, geh nicht so. Nicht noch einmal.«

Mom schüttelte aufgebracht den Kopf. »Du bist doch an allem schuld, Dad. Nie warst du für mich da, und dann gebe ich dir die Chance, es bei deinen Enkeln besser zu machen, und wieder bist du nicht da.«

Macon machte einen Schritt zurück.

»Mom«, sagte Cat. »Das ist nicht fair.«

»Du weißt doch gar nicht, wie es war«, sagte Mom. »Nie war er da. So als hätte ich überhaupt keinen Vater.« Kaum hatte sie die Worte ausgesprochen, schlug sie sich mit der Hand vor den Mund, als wollte sie es ungeschehen machen.

Einen Augenblick lang waren alle still, sogar Küken.

Als Cat sprach, wählte sie ihre Worte mit Bedacht. »Ich weiß genau, wie das ist, Mom. Keinen Vater zu haben. Schon möglich, dass Macon oft weg war, aber es ist trotzdem nicht so wie für Küken und mich.«

»So habe ich das nicht gemeint«, fing Mom an. »Ich wollte nur sagen, dass er nie …«

Aber dann sah sie Cats Blick und schwieg.

»Du hattest einen Vater, selbst wenn er nicht so oft zu Hause war, wie du es dir gewünscht hast«, sagte Cat. »Ich habe die Fotos gesehen. Er hat dich geliebt.«

Mom stieß einen kurzen Schrei aus. »Das hätte ich nicht sagen dürfen. Du hast recht, das kann man überhaupt nicht vergleichen. Es tut mir so leid.«

Cat war erstaunt. Mom entschuldigte sich so gut wie nie. Und ihre Entschuldigung legte sich wie ein Verband über eine tiefe Wunde. Cat durfte jetzt nicht aufhören.

Sie holte tief Luft. »Es war nicht Macons Schuld oder Lilys. Es war meine.«

Aber Küken schüttelte den Kopf. »Hör auf, Cat. Das stimmt nicht. Ich war schuld.«

»Was meinst du damit?«, fragte Cat.

»Das war allein meine Idee«, sagte Küken. »Also ist es auch *meine* Schuld. Ich wollte euch nicht erschrecken.«

Cat blickte ihn unverwandt an. Er sah so mutig aus, wie er dastand in seinem blauen Schlafanzug, der an den Beinen ein bisschen zu kurz war.

»Aber warum läufst du denn weg?«, fragte sie.

Er zuckte die Schultern. »Manchmal habe ich einfach Lust wegzulaufen, und dann kann ich an nichts anderes denken. Da ist kein Platz mehr für andere Gedanken.«

Cat hatte immer nur an ihre Angst gedacht, wenn er weglief, aber nie daran, wie er sich dabei fühlte. Sie hätte Küken schon früher bitten sollen, es ihr zu erklären.

Mom betrachtete Cat aufmerksam. »Warum glaubst du, dass es deine Schuld ist, dass er wegläuft?«

»Nicht, dass er wegläuft«, sagte Cat. »Aber dass ich dir nichts davon erzählt habe. Er ist bei der Parade weggelaufen. Und zu Hause auch, in der Clement Street, einen Tag bevor wir hergekommen sind.«

Mom war fassungslos. »Aber die Clement Street ist immer rappelvoll, die Busse überall und der ganze Verkehr. Da hätte alles Mögliche passieren können.« Sie schüttelte den Kopf, um wieder klar zu denken. »Das hättest du mir sagen müssen.«

»Tut mir leid.« Cat atmete stockend aus. »Ich wollte nicht, dass du dir Sorgen machst. Aber es ist dieses Jahr schon ziemlich oft vorgekommen.«

Mom blickte zwischen Cat und Küken hin und her. »*Ziemlich oft?*«

Küken sah zu Boden.

»Alles klar«, sagte Mom. Manchmal begriff sie überhaupt nichts, und dann wieder verstand sie in Sekundenschnelle.

Und das hier musste sie begreifen. »Hier auf der Insel war es viel besser. Abgesehen von heute Abend. Und eigentlich war er ja die ganze Zeit zu Hause.«

»Stimmt, ich bin gar nicht weggelaufen«, sagte Küken. »Ich habe nur etwas *erforscht.*« Er nickte, als würde das alles erklären.

Mom rieb sich die Schläfen, als ob sie Kopfschmerzen hätte. Ihr Blick wanderte zur Treppe. Cat hatte Angst, Mom würde sich die Sachen schnappen und so schnell wie möglich mit Küken und ihr von hier verschwinden. Wenn Küken sich doch nur einen anderen Tag zum Weglaufen ausgesucht hätte.

Macon fasste nach Lilys Hand. Cat war sich nicht sicher, ob er sie trösten wollte oder selbst Trost suchte.

»Ich habe schon verstanden, dass du Macon und Lily nicht mehr brauchst«, sagte Cat. »Aber hast du je darüber nachgedacht, dass Küken und ich sie brauchen könnten? Die beiden gehören doch genauso zu uns wie zu dir.«

Es war still geworden im Zimmer. Küken gähnte herzhaft und machte ein paar Schritte auf Macon zu, der ihn wie selbstverständlich auf den Arm nahm.

»Ich gehe jetzt schlafen«, sagte Cat. »Und ich fahre erst von hier weg, wenn ihr euch vertragen habt. Ihr seid doch die Erwachsenen, also verhaltet euch auch so.«

Sie stürmte die Treppe hoch und wartete nur darauf, dass jemand hinter ihr herrief, doch nichts geschah. Todmüde fiel sie ins Bett. Sie fühlte sich, als wäre sie eine ganze Woche lang wach gewesen.

Cat versuchte ihrem Arm zu befehlen, sich auszustrecken, um das Licht zu löschen, aber ihr Arm reagierte nicht. Unmöglich konnte irgendjemand schon mal so müde gewesen sein.

Es klopfte leise an der Tür, und Cat öffnete die Augen. Es war Lily.

Sie setzte sich auf den Bettrand und betrachtete Cat aufmerksam. »Ist dir warm genug? Du bist doch bestimmt ganz durchgefroren von dem Herumrennen da draußen.«

»Ist okay«, sagte Cat.

Lily stopfte die Decke um sie herum fest, genau so, wie Cat es mochte, dann knipste sie das Licht aus.

»Schlaf gut, meine Süße«, sagte Lily, und ihre Stimme war so warm und samtig wie heißer Kakao.

»Lily?«, fragte Cat. »Reden sie?«

Obwohl es dunkel war, wusste Cat, dass Lily lächelte. »Ja.«

»Gut.« Cat kuschelte sich unter die Decke, der Kissenbezug lag sanft und glatt an ihrer Wange. Sie war schon fast eingeschlafen.

An der Tür blieb Lily noch einmal stehen.

»Ich habe nachgedacht«, sagte sie. »Manchmal ist es gar nicht so leicht, eine Familie zusammenzuhalten. Manchmal ist es harte Arbeit.«

Dann zog sie die Tür zu, und Cat schlief lächelnd ein.

33

Mom saß mit einer Tasse Kaffee vor sich am Tisch. Als sie Cat entdeckte, blickte sie auf. »Hunger?«

»Nicht so richtig.«

»Wollen wir rausgehen?«, fragte Mom.

Cat nickte. Draußen war es noch kühl. Auf der Hollywoodschaukel lag eine Decke. »Komm, wir setzen uns hierher«, sagte Mom. Sie holten Schwung. *Iiieks, iiieks, iiieks* machte die Schaukel. Die Wellen schlugen an den Strand. Ein beruhigender, vertrauter Rhythmus. Cat dachte daran, wie seltsam es ihr vorgekommen war, als Mom die salzige Luft eingeatmet hatte. Jetzt holte sie selbst tief Luft. Sie hatte nicht gewusst, dass einem ein Ort so viel bedeuten konnte. Dass er zu einer Art Freund werden konnte. Es würde ihr schwerfallen, von hier wegzufahren.

»Darf ich den Arm um dich legen?«, fragte Mom mit unsicherer Stimme. Cat nickte. Mom räusperte sich. »Was für eine Nacht, meine Süße. Es tut mir so leid.«

Cat nickte wieder. »War keine gute Idee, dass du uns einfach von hier wegholen wolltest.«

»Ich weiß.« Mom seufzte. »Ich war die ganze Nacht hier draußen.«

Cat sah sie erstaunt an. »Allein?«

Mom schüttelte den Kopf. »Mit deinem Großvater. Und mit Küken.«

Cat riss die Augen auf. »Durfte Küken die ganze Nacht wach bleiben? Das ist unfair.«

Mom lächelte. »Nein, das nicht. Er ist auf Macons Arm eingeschlafen, und keiner von uns hat es übers Herz gebracht, ihn ins Bett zu tragen. Also hat Küken auf seinem Arm geschlafen.« Sie wischte sich die Augen.

»Und warum wart ihr die ganze Nacht wach?«

»Wir hatten viel zu besprechen«, sagte Mom. »Er musste sich für einiges entschuldigen … und ich auch. Die Mauer zwischen uns steht schon lange – da war ich noch jünger als du jetzt.«

»Habt ihr sie eingerissen?«, fragte Cat.

Mom lachte auf. »Na ja, auf jeden Fall haben wir ein bisschen was abgeschlagen. Ich habe ihm zugehört und dabei einiges verstanden, und ganz unschuldig war ich ja auch nicht.«

Cat schaute aufs Meer. Die See war unruhig.

Mom redete weiter: »Er war oft weg, als ich klein war. Klar, er hat für uns gesorgt, das war ihm wichtig, und vielleicht war es das auch. Aber ich hatte nie das Gefühl, dass er mich so sah, wie ich war. Für ihn war ich seine hübsche Amanda, seine süße Amanda, als wäre ich ein Haustier – oder ein Spielzeug. Ich fand es schrecklich. Und als ich ihn dann damit konfrontierte, wer ich wirklich war … was ich wollte … kam er damit nicht klar. Er kam mit *mir* nicht klar.«

»Was du wolltest? Meinst du Daddy?«

Mom strich Cat sanft über die Wange. »Ja, auch Daddy, aber eigentlich ging es um mehr. Dass ich Illustratorin werden wollte, nach San Francisco gezogen bin – und dich bekommen habe. Das alles wollte ich mein ganzes Leben, davon habe ich immer geträumt.«

Cat dachte an die Buntstifte in sämtlichen Farben, die detailverliebten Schiffszeichnungen und die Karten der ausgedachten Orte. Es war das Zimmer einer Illustratorin, eines Mädchens, das auf und davon segeln wollte, weg von all den Erwartungen hier.

»Klar«, sagte Cat.

Mom lachte wieder. »Für ihn war das ganz und gar nicht klar, er ist fast an die Decke gegangen.«

»Vielleicht schaffen Eltern es manchmal einfach nicht, ihre Kinder richtig zu sehen«, sagte Cat.

Mom drückte sanft Cats Schulter. Cat lehnte sich an sie. »Klingt, als wüsstest du, wie sich das anfühlt.«

»Manchmal«, sagte Cat. Sie schaukelten eine Weile schweigend.

»Dad hat gestern Abend noch etwas gesagt«, fuhr Mom fort. »Er fürchtet, uns beiden könnte dasselbe passieren.«

Cat verzog das Gesicht. »Ich hatte nicht vor, mit jemandem durchzubrennen, Mom. Igitt!«

Mom lachte. »Nicht das! Aber dass ich zu viel arbeite und nicht genug Zeit für euch habe. Dass ich zu viel von dir verlange.« Sie berührte Cat leicht an der Hand. »Das ist wohl so, oder?«

Cat nickte. »Ja. Das ist so. Ich helfe wirklich gern, aber …«

»Aber du musst manchmal auch einfach ein Kind sein dürfen«, beendete Mom ihren Satz.

Cat erinnerte sich an letzte Nacht, als Macon ihr verboten hatte, mit an den Strand zu kommen, eben weil sie noch ein Kind war. Sie nickte.

»Wir werden es ab jetzt anders machen«, sagte Mom. »Es wird natürlich nicht sofort perfekt sein. Wir müssen einfach miteinander reden, bis wir eine Lösung finden. Und wenn wir sie haben, bist du schon wieder etwas älter, und wir müssen neu reden. Aber ich habe mir schon ein paar Dinge überlegt.«

Cat stieß sich von der Veranda ab, und die Schaukel schwang höher. »Okay. Und was?«

Mom lachte. »Als Erstes wird Küken in die Nachmittagsbetreuung gehen, sobald er in die zweite Klasse kommt.«

»Bist du sicher?«, fragte Cat.

Mom blies langsam die Luft aus. »Ganz sicher bin ich mir ehrlich gesagt nicht. Aber wir sollten es versuchen.«

Cat dachte darüber nach. Was hatte Harriet am Tag der Parade noch mal gemeint? Dass Küken die Chance haben sollte, Dinge selbst zu klären. Sie nickte.

»Und was hältst du von einem eigenen Zimmer für dich?«

Cat riss die Augen auf. »Echt? Aber was ist mit deinem Atelier?«

Mom lächelte. »Das findet sich schon, meine kleine Raupe.«

Ihr eigenes Zimmer! Sie könnten die Wände in demselben Grau streichen wie in ihrem Zimmer hier. Sie würde Lily fragen, wie die Farbe hieß. Aber etwas störte sie noch.

»Mom, nein.«

Mom sah sie fragend an. »Willst du gar kein eigenes Zimmer?«

»Ich will nicht mehr Raupe genannt werden.«

Mom holte tief Luft. »Okay. Auch nicht zu Hause?«

»Nirgends«, sagte Cat. »Na ja, Küken darf mich noch so nennen. Aber nur er.«

»Ich versuch es«, sagte Mom schließlich. »Wenn es wichtig für dich ist, versuch ich es.«

Cat wollte es ihr gern erklären. »Ich will keine Figur aus deinen Büchern sein. Schon gar nicht die.«

Mom lächelte sie vorsichtig an. »Ist Caterpillar denn so schlimm?«

Cat lachte auf. »Das ist es ja gerade. Sie ist kein bisschen schlimm! Und trotzdem zieht sie immer den Kürzeren.«

Mom nickte. »In mancher Hinsicht bist du für mich wie Caterpillar. Weil du so lieb bist. Und Caterpillar verkörpert nun mal alles Gute …«

»Schon klar!«, sagte Cat.

Moms Lächeln wurde breiter. »Aber du musst nicht wie Caterpillar sein. *Ich* wünschte mir, ich wäre wie sie. So eine Mutter solltet ihr haben.«

Cat lehnte sich an sie. »Ich will aber keine Raupe als Mutter.«

Mom nahm sie fest in die Arme. Als sie Cat anschaute, glänzten ihre Augen. Sie zog die Patchworkdecke eng um Cat und sich. »Für euch soll alles perfekt sein.«

Sie lehnten sich zurück und blickten über das Meer. Bei jedem Quietschen der Schaukel dachte Cat an den Sommer mit seinen Enttäuschungen und Überraschungen. Nichts war so gekommen, wie sie es erwartet hatte.

»Weißt du«, sagte Cat und kuschelte sich noch ein wenig enger an Mom, »ich glaube allmählich, dass gar nicht alles perfekt sein muss.«

• • •

Den Vormittag verbrachten sie am Strand. Alle waren noch müde von letzter Nacht, aber die Anspannung war verflogen. Macon und Mom saßen nebeneinander und sahen Cat und Küken beim Sandburgenbauen zu und dabei, ein letztes Mal am Strand nach Schätzen zu suchen. Es war so, wie es sein sollte, auch wenn sie nicht zusammen angelten.

Nach dem Mittagessen klopfte es an der Tür, es war

Harriet. Cat ging mit ihr nach draußen, und sie unterhielten sich in der Auffahrt.

»Ich wollte dir tschüss sagen«, sagte Harriet. »Der Sommer wird jetzt ganz schön langweilig ohne dich.«

»Kann nicht sein«, sagte Cat. »Ich kenne niemanden, mit dem man so viel Spaß haben kann wie mit dir.«

Sie tauschten ihre Adressen und Telefonnummern und umarmten sich fest.

Der Aufzug klingelte und Macon kam mit den Koffern. Cat war aufgefallen, dass der Schlüssel nicht länger am Haken hing, sondern sicher in Macons Tasche steckte. Er nickte den Mädchen zu.

Harriet radelte los, doch dann kehrte sie noch einmal um. »Ich habe was vergessen!«

»Was denn?«, fragte Cat.

Harriet sprang vom Fahrrad und zog einen Umschlag aus der Hosentasche. »Für dich.«

Cat betrachtete den Umschlag. CAT war in großen Buchstaben darauf geschrieben. Sie hätte jetzt auch gern etwas für Harriet gehabt.

»Das war doch nicht nötig«, sagte Cat.

Harriet schüttelte den Kopf. »Er lag ganz unten auf der Treppe, als ich herkam. Ich habe ihn in die Tasche gesteckt und dann vergessen.«

»Oh!« Cat betastete den Umschlag. Was auch immer sich darin verbarg, es war schwerer als ein Brief.

»Ich verschwinde lieber, bevor ich noch heulen muss«, sagte Harriet. Sie schob das Fahrrad die Auffahrt hinunter, sprang auf und raste davon.

Cat riss den Umschlag auf. Sie traute ihren Augen nicht. »Macon, schau!«, sagte sie und hielt es hoch.

Er blickte ebenso ungläubig. »Wer hat das denn gefunden?«

Cat hielt das Nummernschild in den Händen und fuhr mit dem Finger über die geprägten Buchstaben. Es gab nur einen, von dem der Umschlag sein konnte. Einer, der weder nur schlecht noch nur gut war, sondern von beidem etwas hatte. Wie Cat.

Sie sah hoch. »Ich muss noch einmal weg.«

Macon warf einen Blick auf die Uhr. »Du hast ungefähr eine halbe Stunde. Ab mit dir, bevor Lily dich sieht. Sonst lässt sie dich erst wieder los, wenn ihr schon halb auf der Straße seid.«

Mehr Ermutigung brauchte Cat nicht. Sie fuhr an hübschen pastellfarbenen Häusern vorbei, am Pier und am Sumpfgebiet. Sie war auf dem Weg zu ihrem Erzfeind. Sie war auf dem Weg zu John Harvey.

34

Der Rauch aus dem gemalten Vulkan wies Cat den Weg. Harriet hatte gesagt, dass John Harvey hinter dem Minigolfplatz wohnte. Cat musste ihn finden, auch wenn sie noch immer nicht wusste, was sie ihm sagen würde.

Das Haus am Ende der Straße war ziemlich klein. Die Farbe blätterte ein wenig, aber abgesehen davon sah es gemütlich aus, als würde sich jemand gut darum kümmern. Der Garten war von einem niedrigen weißen Zaun umgeben, und davor parkte der orange Kleintransporter.

Bevor Cat sich anders entscheiden konnte, zog sie die Pforte auf. Dann ging sie zum Haus, klopfte und wartete. Als sie gerade aufgeben wollte, wurde die Tür geöffnet.

Eine Frau mit einem Gehwagen stand dahinter. Sie sah alt und zerbrechlich aus, wie eine Porzellanpuppe. Die Frau blinzelte in die Sonne.

»Hallo«, sagte sie. Ihre Stimme klang freundlich. »Kann ich dir helfen?«

»Tut mir leid, wenn ich störe«, sagte Cat. »Ich suche John Harvey.«

»Er ist nicht da«, antwortete die Frau langsam. »Vielleicht ist er auf dem Minigolfplatz.«

»Danke«, sagte Cat.

Die Frau machte die Tür zu.

Cats Entschlossenheit bröckelte. Wahrscheinlich war es besser, nicht nach ihm zu suchen. Sie trat wieder durch die Pforte und zog sie hinter sich zu. Auf einmal hörte sie ein Geräusch, das sie überall erkennen würde.

Wuff! *Wuff*! Gefolgt von einem Klimpern.

Dixie kam die Straße entlanggerannt, geradewegs auf das kleine weiße Haus zu. John Harvey war direkt hinter ihr.

Cat hockte sich hin, um Dixie zu streicheln, und die legte sich sofort auf den Rücken und streckte Cat ihren flauschigen Bauch entgegen. »Du bist vielleicht ein Kuschelhund«, sagte Cat.

John Harvey kam näher. »Hallo.«

Nicht gemein. Aber auch nicht freundlich.

»Hallo«, erwiderte Cat. Sie stand auf.

Dixie schüttelte sich, dass die Hundemarken nur so klimperten.

»Wieso hat sie eigentlich so viele Hundemarken?«, fragte Cat.

John Harvey schüttelte den Kopf. »Was willst du hier?«

Cat wusste nicht, wo sie anfangen sollte. »Deine Großmutter hat gesagt, dass du nicht da bist.«

John Harveys Schultern wurden ganz starr. »Sie ist nicht meine Großmutter«, sagte er tonlos. »Sie ist meine Mutter.« Er öffnete die Pforte, und Dixie hüpfte auf den Rasen.

»Oh«, sagte Cat. »Ich dachte …«

»Ich weiß, was du gedacht hast.« Einen Augenblick lang kniff er die Augen zu, dann öffnete er sie wieder. »Sie ist krank. Manchmal funktionieren ihre Muskeln nicht richtig, dann kann sie sich kaum bewegen.«

Irgendwie geriet Cat immer mit John Harvey aneinander, selbst wenn sie es nicht wollte. Sie hatte nicht vorgehabt, ihn zu verletzen. »Sie ist sehr freundlich.«

John Harvey holte tief Luft und stieß sie dann langsam wieder aus. »Wieso bist du überhaupt hier?«

Am besten, sie fragte ihn einfach. »Also, wegen gestern …«

John Harvey drehte sich zu ihr, die Hände in den Hosentaschen. »Bist du etwa den ganzen Weg hierhergekommen, um dich über mich lustig zu machen, weil ich im Regen auf dem Karussell gesessen habe? Oder um mich einen Betrüger zu nennen?«

»Nein, hör mir doch mal zu. Ich wollte mich bedanken, weil du nach Küken gesucht hast. Es war alles in Ordnung, er war die ganze Zeit im Haus.«

John Harvey nickte. »Im Fahrstuhl. Ich weiß.«

Cat seufzte. Er machte es ihr nicht gerade leicht. »Ich habe gehört, dass du vielleicht Geld zahlen musst oder so was, als Strafe. Ich wollte fragen, ob – ob du Hilfe brauchst.«

John Harvey schüttelte den Kopf, dass die Haare nur so flogen. »Damit das klar ist: Deinen Gewinn nehme ich nicht. Und außerdem habe ich das alles schon geklärt. Ich mache gemeinnützige Arbeiten, bis ich steinalt bin, aber zahlen muss ich nichts.«

Cat war erleichtert. »Gut. Ich habe mir Sorgen gemacht.«

John Harvey sah sie aufmerksam an. »Sorgen um mich?«

Cat hielt Daumen und Zeigefinger ein klitzekleines bisschen auseinander. »Nur ganz wenig. Eigentlich kaum.«

Langsam breitete sich ein Lächeln auf John Harveys Gesicht aus. Zum ersten Mal fiel Cat auf, dass sein eines Ohr etwas weiter abstand als das andere. »Machst du dir immer Sorgen um Leute, die du für *Idioten* hältst? Ich dachte, das Beste an mir wäre Dixie.«

Cat wäre am liebsten im Boden versunken. Es war nicht besonders angenehm, ihre eigenen Worte von jenem Tag mit Harriet auf dem Pier vorgehalten zu bekommen. Sie hatte gehofft, John Harvey hätte sie nicht gehört, doch das hatte er offenbar.

»Also gut. Ja, ich finde dich immer noch schrecklich, John Harvey. Aber nicht nur.«

Dixie kam mit einem angesabberten Tennisball im Maul zu ihnen getrottet. John Harvey nahm ihn ihr ab und warf ihn die Straße entlang. »Vielleicht hast du recht. Schummeln ist gemein.«

Dixie stürmte dem Ball hinterher und trabte dann zurück, ganz offensichtlich überzeugt davon, der beste Hund der Welt zu sein. Bei ihnen angekommen, ließ sie den Ball fallen.

»War eigentlich keine schlechte Idee«, sagte Cat. »Nur leider gegen die Regeln.«

John Harvey nickte und warf den Ball noch weiter. Dixie flitzte zurück und brachte den Ball zu Cat. Sie warf.

John Harvey blickte Dixie nach, die schon wieder hinter dem Ball herlief.

»Also gut«, sagte er. »Ich habe nachgedacht und bin *doch* einverstanden.«

Cat ließ den Verschluss vom Fahrradhelm einrasten und sah John Harvey skeptisch an. »Womit?«

»Mal angenommen, du kommst nächstes Jahr wieder und machst den ersten Platz …«

Cat saß schon auf dem Rad. Sie dachte ans Meer, an den Pier und daran, wie die Fische an der Angel zupften. »Ja, mal angenommen.«

John Harvey grinste sie an, nur einen Hauch spöttisch. »DANN kannst du mir gern deinen ganzen Gewinn geben.«

Fast hätte Cat losgelacht. Er war unmöglich.

»Was?«, sagte sie. »Der Gewinn vom zweiten Platz reicht dir nicht, es muss schon der erste sein?«

»Ganz genau.« John Harvey sah sehr zufrieden mit sich aus.

Cat schüttelte den Kopf. »Nee. Keine Chance.«

Dixie bellte hell und aufgeregt. Sie war wirklich nicht kleinzukriegen.

Cat stieß sich vom Bordstein ab. »Tschüss, Dixie.«

John Harvey klang entrüstet: »Warte mal! Keine Chance, dass du nächstes Jahr wiederkommst? Oder keine Chance, dass du mir deinen Gewinn gibst?«

Cat war schon am Ende der Straße, aber er rief immer noch hinter ihr her.

»Keine Chance oder vielleicht doch, Cat Gladwell?«

»Keine Chance, John Harvey!«, rief sie zurück.

• • •

Das Auto war vollgepackt und startklar.

Als Lily Cat sah, breitete sich ein Lächeln auf ihrem Gesicht aus. »Ich habe noch was für dich.«

Sie reicht Cat einen Beutel, nicht größer als ihre Hand, mit einer Kordel zum Zuziehen daran. Darin lag eine Kette mit einem Anhänger aus Meerglas in genau dem Ton, den das Meer an Cats erstem Tag hier gehabt hatte.

Cat sah Lily an.

»Die ist für dich. Damit du dich immer an diesen Sommer erinnerst«, sagte Lily schnell.

Cat schlang die Arme um sie. »Den werde ich niemals vergessen.«

Während Lily ihr die Kette umlegte, warf Macon Küken in die Luft, dass der vor Begeisterung schrie. Dann setzte er ihn ab und breitete seine Arme für Cat aus.

Cat umarmte Macon, so fest sie konnte.

»Ich werde dich vermissen. Vielen Dank für alles, was du mir beigebracht hast«, murmelte sie an seiner Brust.

Macons Stimme war ein Brummen. »Ebenso, meine Kleine.«

Sie ließen sich los.

»Ihr könnt uns ja mal besuchen kommen«, sagte Cat.

»Das ist eine ganz famose Idee. Dann kann ich mir endlich ansehen, was ich bisher verpasst habe.« Er fing Moms Blick auf und zwinkerte ihr zu. Sie lächelte zurück, und dann umarmten sie sich tatsächlich. Cat konnte es kaum fassen. Wenn ihr jemand vor drei Wochen gesagt hätte, dass Mom und Macon sich zum Abschied umarmen würden, hätte sie es nicht geglaubt. Vielleicht lag über Gingerbread Island ja wirklich eine Art Zauber.

Macon reichte Cat einen Umschlag. »Aber mach ihn erst auf, wenn ihr losgefahren seid, ja?«

Cat nickte. Die Koffer und alle ihre Schätze waren verstaut. Es war Zeit aufzubrechen. Sie winkten zum Abschied.

Sie fuhren die Ocean Road entlang, und Cat nahm noch einmal alles in sich auf: die bunten Häuser, den kleinen Platz und die Meeresbrise. Der Sommer war ganz anders gewesen, als Cat ihn sich vorgestellt hatte. Aber trotzdem war es der beste Sommer aller Zeiten geworden. Küken saß neben ihr und schaute in seinen eigenen kleinen Seidenbeutel von Lily. Er zog einen Haifischzahn heraus, der fast acht Zentimeter lang war.

»Ist der riesig«, sagte er andächtig und wiegte ihn in der Hand.

Vorsichtig berührte Cat die Kante des Zahns. »Der ist echt toll, Küken. Bald kannst du eine Zahnarztpraxis für Haie aufmachen, so viele Zähne wie du schon hast.«

»Das ist doch Blödsinn«, sagte Küken mürrisch.

Cat fiel der Umschlag von Macon wieder ein, und sie öffnete ihn. Darin lag ein Foto vom Angelwettbewerb gestern. Lily hatte es gemacht, als sie zu Mittag gegessen hatten. Macon hatte den Arm um Cats Schulter gelegt. Sie hatten die Augen zusammengekniffen und grinsten in die Kamera, hinter ihnen leuchtete grün das Meer. Jetzt würde auch Macon in ihrem Fotoalbum sein. Und sie in seinem. So viel war sicher.

»Können wir nächstes Jahr wieder herkommen?«, fragte Küken, als sie über die Drehbrücke fuhren.

»Das kriegen wir bestimmt hin«, sagte Mom.

Cat lächelte. Nächstes Jahr war wieder ein Angelwettbewerb. Sie würde Harriet wiedersehen, die verrückte Nudel. Und wer weiß, ob sie nicht doch noch gegen John Harvey gewinnen könnte, bei etwas, das sie beide liebten. Sie berührte die Kette und betrachtete das Foto. Und sie würden wieder Seite an Seite auf dem Pier stehen. Cat konnte es kaum erwarten, nach Gingerbread Island zurückzukehren.

DANKSAGUNG

Ich habe so viel Hilfe bekommen.

Laura Case hat mich durch den gesamten Schreibprozess begleitet. Sie war meine erste Leserin und mein größter Fan, und sie hat mich ermutigt, richtig loszulegen und schließlich *loszulassen*. Ich bin so dankbar für ihre Freundschaft. Durch sie wird die Welt zu einem besseren Ort.

Ein Riesendankeschön an Marietta Zacker, für dein Verständnis, deine Unterstützung und deine Beharrlichkeit. Ich bin froh, dich auf meiner Seite zu wissen. Vielen Dank an Nancy Gallt und alle anderen bei Gallt & Zacker, vor allem Erin Casey, die sich als Erste in Küken verliebt hat.

Vielen Dank auch an Bloomsbury Kids. Mary Kate Castellani ist die beste Fürsprecherin, die dieses Buch haben konnte. Ihr Lektorinnenblick hat das Buch (und mich!) stärker gemacht. Herzlichen Dank auch an Claire Stetzer, Erica Barmash, Anna Bernard, Bethany Buck, Alexis Castellanos, Regina Castillo, Phoebe Dyer, Beth Eller, Alona Fryman, Emily Gerbner, Cristina Gilbert, Courtney Griffin, Melissa Kavonic, Jeanette Levy, Erica Loberg, Cindy Loh, Donna Mark, Elizabeth Mason, Brittany Mitchell, Oona Patrick, Emily Ritter und Lily Yengle. Danke an Alisa Coburn für